AtV

EDGAR RAI, 1967 geboren, studierte Musik, verkaufte Versicherungen und arbeitete als Model für Mercedes-Benz. Seinen Roman »Ramazzotti« schrieb er in drei heißen Sommermonaten in einer schäbigen Wohnung im Rotlichtviertel von Budapest nieder. Rai ist Vater einer sechsjährigen Tochter und hat vor kurzem seinen Job bei einem Internet-Start-up gekündigt, um sich ganz dem Schreiben widmen zu können.

Rai hat sich sein Leben ganz gut eingerichtet, findet er. Er lebt in einer Kreuzberger Wohnung, Bach, Gershwin und die Stimme Anatoliens leisten ihm Gesellschaft. Es gibt niemanden, der ihm Vorschriften macht, sein Leben gehört ihm allein. Mit seinen Freunden ist er fest verwachsen, wie Muscheln mit einem Stein. Sein Klavierspiel reicht zwar nicht an Ivo heran, doch es ist gut genug, um als Barpianist und Lehrer ein Auskommen zu finden.

Natürlich, da sind die Ärgernisse des Alltags: Ein Ofen, der nicht zieht, fleischgewordener Stoizismus in Gestalt formloser Behördenwächterinnen, Supermärkte voller Zombies, Frauen ... Unter dem Strich aber ist das nicht mehr als Gekräusel an der Wasseroberfläche.

Doch dann ist er einmal zur falschen Zeit am falschen Ort, und über Rai schlagen die Wellen zusammen. Dabei hat er nichts weiter getan, als eine junge Frau vor einer Vergewaltigung zu bewahren. Diese Frau heißt Mila, sie hat zwei verschiedenfarbige Augen, und Rai verliert sich ganz und gar darin.

Mila weckt jedoch nicht nur Rais Beschützerinstinkt, sie stellt ihn auch vor undurchschaubare Rätsel. Nach glücklichen Momenten verschwindet sie tagelang, ohne von sich hören zu lassen. Ihre Entschuldigungen klingen dubios, und immer seltener ist sie so liebevoll und unbeschwert wie auf ihrem gemeinsamen Segelausflug.

Rai muß sich eingestehen, daß Milas Leben einem komplizierten Puzzle gleicht und ihm die entscheidenden Fragmente dazu fehlen. Als er dann doch die Zusammenhänge begreift, zerfällt ihm das schöne Mosaik in den Händen ...

Edgar Rai

# Ramazzotti

Roman

Aufbau Taschenbuch Verlag

ISBN 3-7466-1739-1

1. Auflage 2001

Einbandgestaltung Preuße & Hülpüsch Grafik Design
unter Verwendung eines Fotos von Jakob Finger, Bavaria Bildagentur
Druck Elsnerdruck GmbH, Berlin
Printed in Germany

www.aufbau-taschenbuch.de

Eigentlich heiße ich Reinhold, aber wer erträgt das schon? In einer Zeit, in der man seinen Kindern Namen wie Stefan, Uwe, Klaus oder Peter gibt, ist es eine Bestrafung für jedes Kind, Reinhold heißen zu müssen. Ich weiß nicht, was sich meine Eltern dabei gedacht haben, spätestens bei der Einschulung wird selbst einem Autisten klar, daß man mit einem Namen aus dem Mittelalter bei seinen Klassenkameraden nichts reißen kann. Als ich dann im Winter des ersten Schuljahres mit meiner Ohrklappenmütze von meinen Mitschülern als ›Ritter Reinhold‹ verspottet wurde, wußte ich, es mußte etwas geschehen, wenn aus mir mal ein nützliches Mitglied der Gesellschaft werden sollte. Ich beschloß, mich Rai zu nennen, mit a-i, nicht wie Rei in der Tube. Das klang irgendwie … cool.

Meine Eltern hielten es für eine vorübergehende Macke, wie man bei Kindern alles gern als vorübergehend abtut, aber sie unterschätzten meinen Haß. Was mich nicht wundert, denn ich hatte mich noch nie gegen sie durchsetzen können. Sechs Wochen lang schrie ich meine Mutter an, wenn sie mich bei meinem alten Namen rief, ich hieße R-A-I! Als sie mir zum zweiten Halbjahr einen Stapel neue Schulhefte kaufte, zerriß ich diese ausnahmslos und ließ sie auf den Küchenfußboden schneien – sie hatte es gewagt, überall Reinhold draufzuschreiben.

Dann hatte ich sie soweit.

Dem ersten meiner Mitschüler, der mich nach den Winterferien mit ›Ritter Reinhold‹ begrüßte, schlug ich ohne

Erklärung die Nase blutig, danach war Ruhe. Wenn mich meine Lehrer beim Namen nannten, antwortete ich nicht, sondern saß nur zornerfüllt auf meinem Stuhl und starrte ihnen in die Augen.

Als ich nach den Sommerferien in die zweite Klasse kam, war der Name aus meinem vorigen Leben für immer getilgt.

Warum ich das erzähle? Es war die größte Willensleistung meines Lebens. Mein größter Triumph.

# 1

Ich fühlte mich wie der geborene Underdog. Wie der Fisch, der gegen den Strom schwimmt, stolz und in der sicheren Gewißheit, das Richtige zu tun.

Der Kies war weiß – außerordentlich weiß. Er fing das Sonnenlicht ein und blendete mich damit. Natürlich knirschte er auch angemessen. Und so wohlgeordnet. Jedes Steinchen an seinem Platz. Ein balsamierender Anblick für jeden, der auch auf der eigenen Toilette gerne Sitzauflagen verwendet.

Die Auffahrt führte wie eine große Geste in das Anwesen hinein und auf der anderen Seite wieder heraus. Vom Tor aus war das Haus noch nicht zu sehen. Ein Haufen unordentlich zusammengewürfelter Yuppie-Schlitten parkte beiderseits des Weges. Cabrios in dezent gehaltenen Farben waren diese Saison besonders angesagt. Die Villa selbst war eine durchaus pompöse Angelegenheit, jemand hatte viel Geld ausgegeben, um sie in neuem Glanz erstrahlen zu lassen. Ein bedrohlicher Charme haftete ihr an. Man durfte vermuten, daß im Laufe ihrer Geschichte einige Leichen im Keller vergraben worden waren. Ein paar davon kannte ich – flüchtig.

Vom Hausherrn wußte ich, daß der wesentliche Teil seines Vermögens auf eine Trickserei zurückging. Bei einer Immobilienschieberei der größeren Art hatte er seinen Partner um dessen Gewinn beschissen und in den Ruin getrieben. Dafür hatte er jetzt die Frau, die er verdiente. Zum Portal führte eine geschwungene Freitreppe – der ideale Ort für ganz wahnsinnig spontane Familienaufnahmen.

Eine schwüle Hitze hatte sich über die Stadt gelegt. Seit

Tagen kündigte sich ein Gewitter an, der Staub hing in der Luft wie festgeklebt.

Die Tür öffnete sich, bevor ich klingeln konnte. Ein schlaksiger Mann mit vorbildlich fallender Haartracht, der es geschafft hatte, sich bei diesem Wetter in Krawatte und Jackett zu zwängen, erschien. Aus der rechten Tasche seiner Joppe lugte der Nippel seiner Handyantenne hervor.

Die Party hatte sicher noch gar nicht richtig angefangen, aber für ihn war der Abend bereits gelaufen. Nachdem er mich erfolgreich fokussiert hatte, fing er an, wild lallend mit der Tür hin und her zu schwingen, wobei er die letzten Tropfen aus seinem Glas wedelte. Seinen Schlips hatte er unbemerkt zwischen Hand und Türrahmen eingeklemmt. Ich ging an ihm vorbei, bevor er sich strangulieren konnte.

Im Foyer stieß ich auf die lebensgroße Statue eines antiken Diskuswerfers, der mit energisch nach hinten gestrecktem Arm festgefroren war. Sein Kopf war mit Mullbinden umwickelt, und hinter seinem rechten Ohr steckte eine Davidoff.

Von der Veranda drang Dancefloor-Musik herein, aber bis jetzt stand man noch artig in Grüppchen und zeigte den neuesten Chic. Im Vorbeigehen erfuhr ich, daß man sich inzwischen ohne Laptop in der Uni ganz nackt vorkam und daß sich jemand mit grünen Lackschuhen unter die Anwesenden zu mischen gewagt hatte. Ein paar Schritte weiter erörterten zwei Frauen, ob denn nun Polinnen oder Türkinnen die besseren Putzfrauen seien.

Ich würde viel trinken müssen, um diese Horde von Flitzgesichtern amüsant zu finden. Unverzüglich begab ich mich daher auf die Suche nach der Getränkeausgabe – besser nichts auf die lange Bank schieben.

Bier gab es nicht, wie ich enttäuscht feststellte. Man legte

Wert darauf, daß dies eine Cocktailparty war – überall unterschiedlich geformte Gläser mit Getränken in den wildesten Farben. Am Pool hatte man eine Art Jahrmarktbude errichtet, die mit blau-weiß gestreiftem Stoff bespannt war, wie bei Asterix und Obelix. Später würde hier getanzt, im weiteren Verlauf dann jemand in den Pool gestoßen werden, und das wäre dann unheimlich witzig.

Mister Mix war sehr beschäftigt: grins-grins-grins-schüttel-schüttel-schüttel-schüt …

Grins – »Tagchen« – grins – »Was kann ich schönes für dich tun?« – grins.

Ohne Frage eine Frohnatur. Er machte den Eindruck, als könne man ihn auch als Animateur buchen, wenn Not am Mann war.

»Einen Gin Tonic, bitte.«

Er zwinkerte mir vertrauenheischend zu, das beruhigte mich ungemein.

Ich versuchte Susanna auszumachen, ihretwegen war ich schließlich gekommen – wenn ich ehrlich war. Um zu sehen, ob … Eigentlich wußte ich gar nicht so recht, warum, aber es hatte etwas mit ihr zu tun. Als ich mich wieder umdrehte, stand mein Gin Tonic vor mir, inklusive Lemon Juice, einer aufgesteckten Orangenhälfte, einer Papierserviette, drei Würfeln Eis und eines gebogenen Strohhalms.

Mister Mix hatte sich bereits erneut seinen Lieblingsbeschäftigungen zugewandt und grinste und schüttelte, was das Zeug hielt. Ich legte Strohhalm und Orangenschälchen auf die Serviette, schlenderte den Pool entlang und fragte mich, was ich hier eigentlich verloren hatte. Von den anwesenden Personen kannte ich nicht mehr als eine Handvoll, und auch die nur vom Sehen, glücklicherweise. Zu allem Überfluß gab es nicht mal einen Sitzplatz. Dämlich rumsitzen ist mitunter noch erträglich, aber dämlich rumstehen ist scheiße. Ich zündete mir eine Zigarette an, das bewahrte mich davor, mit dem Glas zu spielen. Während ich abwechselnd rauchte und trank, dachte ich darüber nach, wie ich sie kennengelernt hatte.

Das lag inzwischen über zwei Jahre zurück. Ich war mit Tom unterwegs gewesen, dessen höchstes Streben wohlgeratenen Bürgerstöchtern galt, die möglichst nicht über achtzehn sein durften. Auf diese Weise waren wir im Laufe des Abends in einem mir unbekannten Club gelandet, wo Tom mehrere bekannte Gesichter ausmachte und sich einem davon sofort zuwandte. Wir sprachen dann nur noch einmal miteinander, als er mich fragte, ob ich ihm Geld leihen könne. Das war mir ganz recht, denn ich hatte Susanna gleich beim Reinkommen entdeckt und war von da an für andere Reize unempfänglich. Sie stand an der Theke, quasselte mit ihrer Freundin und sah hinreißend verwegen aus. Um von dem, was ich für ihren Charme hielt, nicht geblendet zu werden, mußte man wenigstens blind, wahrscheinlich aber tot sein. Sie hatte die größten Augen, die mich je angeblickt haben, und wenn sie lächelte, mußte ich die Arschbacken zusammenkneifen, um nicht in die Hose zu scheißen.

Ich weiß nicht mehr, wie wir ins Gespräch kamen oder worüber wir sprachen, aber ich stotterte viel dummes Zeug zusammen, und der Abend endete damit, daß ich am Hackeschen Markt auf die erste S-Bahn wartete und mich fragte, wie ich von nun an weiterleben sollte. So ähnlich jedenfalls. Vielleicht nicht ganz so dramatisch.

In den folgenden Monaten begegneten wir uns dann mit einer gewissen Regelmäßigkeit. Es stellte sich heraus, daß Tom sie kannte (alles andere wäre ein Wunder gewesen), und eine Freundin einer Freundin des Cousins ihrer ..., jedenfalls gelang es mir dadurch, bei der einen oder anderen Party anwesend zu sein, auf der auch sie sich rumtrieb. Ich erfuhr, daß sie seit einem Jahr mit diesem reichen Maklerschnösel namens Hans verheiratet war und bereits den Polterabend dazu genutzt hatte, um mit einem seiner Geschäftsfreunde ins Bett zu gehen. Leider nicht mit dem, den Hans zuvor um seinen Gewinn betrogen hatte. Das hätte der Geschichte so eine schöne ironische Note verpaßt. Er wiederum prahlte mit ihr und ließ sich bei jedem, der es hören oder auch nicht hören wollte, über die Bettqualitäten seiner Angetrauten aus, obwohl sich – wenn man Tom Glauben schenkte, was man besser nicht tat – die meisten seiner Bekannten lieber aus erster Hand informierten. In Gesellschaft war er ein wahrer Großkotz, in den eigenen vier Wänden allerdings langte es gerade mal dazu, heimlich ins Waschbecken zu pinkeln oder an den Fingernägeln zu kauen. Jetzt war sie schwanger – hieß es. Tom sagte mir, die Chancen, daß das Kind von Hans sei, stünden etwa so wie die von Henry Maske, Tyson in der ersten Runde k.o. zu schlagen.

Mir war klar, daß sie berechnend und abgebrüht war. Aber ihr Lächeln machte mich zum Sklaven. Ich wußte all das, trotzdem suchte ich ihre Nähe, zeitweise wenigstens.

Sie ging weder aus Lust noch aus Zuneigung mit so vielen Männern ins Bett, sondern aus reiner Bestätigungssucht und Habgier. Na ja, Lust vielleicht schon. Natürlich konnte ich auch das mit der Bestätigungssucht und der Habgier nicht wissen, aber ich bildete es mir ein.

Es hätte mir egal sein sollen, war es nur leider nicht. Deshalb begann ich mit der Zeit eine Art Haßliebe für sie zu empfinden, überhaupt ging mir der ganze Schnöselclan mit seinen Upperclass-Allüren inzwischen entsetzlich auf die Nerven.

In den vergangenen sechs Monaten waren wir uns häufiger begegnet als in der Zeit zuvor, doch je häufiger sie mich mit ihrem Lächeln in die Knie zu zwingen versuchte, das so natürlich wirkte, wie es falsch war, um so stärker wurde meine Verachtung. Ich ging weiterhin in alle möglichen Clubs und auf Partys, wenn ich sie dort vermuten konnte – jetzt jedoch, um sie mit Nichtbeachtung zu strafen. Erstaunlicherweise hatte dieses Vorgehen ihren Jäger- und Sammlerinstinkt erst richtig aktiviert, und bei sich bietenden Gelegenheiten zog sie sämtliche Register, die ihre Verführungsorgel zu bieten hatte.

So lud sie mich auch zu der Party ein, die sie anläßlich der vorübergehenden Abwesenheit ihres Mannes ausrichtete.

Als ich meinen zweiten Gin Tonic so weit ausgetrunken hatte, daß die Eiswürfel Bodenkontakt hatten, kreuzten sich unsere Wege. Ihre Begrüßung war – husch die Maus – kühl und kurz. Ein Blick – »hallo« – ein Lächeln – weg.

Na schön, wenn sie es so haben wollte, dann mußte ich mir das Glas eben noch einmal füllen lassen und noch eine Zigarette rauchen. Nach meinen Vorstellungen war ich derjenige, der abblitzen ließ. So würde ich mich keinesfalls geschlagen geben.

Mit dem lebenden Vibrator im Römerzelt hatte ich mich inzwischen geeinigt, Lemon Juice und Eiswürfel gehörten dazu, Serviette, Orangenschale und Strohhalm wurden für jene aufgespart, die diesen Service zu schätzen wußten.

»Hi, ich bin Carina, und wer bist du?«

Eine kleine brünette Lady im Minirock streckte mir ihre

Hand entgegen. Ich schüttelte sie, nicht mehr als ein Pfötchen in meinen Fingern – ein Handküken. Sie war sehr ... jung. Tom hätte Purzelbäume geschlagen. Zwanzig vielleicht, oder aber erst achtzehn, wer weiß? Sie schien die Party ausgesprochen spannend zu finden, ihre Augen guckten ganz hungrig.

»Ich bin Sonderbeauftragter der Kriminalpolizei und muß hier ein wachsames Auge auf den Drogenkonsum werfen.«

Das war nicht besonders witzig, aber es reichte, ihr ein Lächeln zu entlocken.

Was folgte, war eine halbe Stunde züchtigen Geplausches über Carina, ihre Familie im allgemeinen und ihren Vater im besonderen. Er hatte einen Reitstall mit richtig echten Pferden, und überhaupt bestand die ganze Familie aus irrsinnig netten Leuten.

Ich wäre gerne freundlicher gewesen, aber ich war nicht gut drauf und brachte einfach kein nettes Wort über die Lippen. Es tat mir leid, denn sie gab sich wirklich Mühe, mich an der Faszination ihrer Familie teilhaben zu lassen. Der ganze Auflauf ging mir gehörig auf den Zeiger. Ich überlegte, ob ich nicht doch gehen sollte.

Ein kühler Wind kam auf, Vorbote des lang ersehnten Gewitters. Carina beschloß, wir sollten reingehen und dort weiterplauschen.

»Klar«, sagte ich, «eh man sich's versieht, hat einen der Blitz erwischt.«

Als sie es sowieso schon fast aufgegeben hatte und wir nur noch artige Belanglosigkeiten austauschten, hakte sich unvermittelt jemand von hinten in meinen Arm ein und zog mich herum – Susanna.

»Mit wem unterhalten wir uns denn da so angeregt?« fragte sie.

Das also war der Knopf, auf den ich drücken mußte. Sie wollte eifersüchtig gemacht werden. Wie billig.

Ich sagte voller Unschuld: »Oh, ich dachte, ihr kennt euch«, so als erkläre das alles.

»Was willst du mit der Kleinen?«

»Weiß dein Mann, daß du mich das fragst?«

»Mach keine Witze.«

Draußen brach das Gewitter los, eifrige Hände versuchten, das Römerzelt und die neueste Erfindung auf dem Hi-Fi-Sektor in Sicherheit zu bringen.

Carina nahm meine Hand, murmelte noch etwas Nettes und verschwand im Getümmel. Ich glaube, sie war ganz froh.

»Der Feind ist in die Flucht geschlagen, was nun, Frau Neureich?« fragte ich.

»Sag mal, warum bist du eigentlich immer so griesgrämig?«

»Bin ich das?«

»Ja, bist du.«

»Hältst du dich für umgänglicher?«

Wie im Kindergarten: Du bist blöd – selber blöd.

»Ich bemühe mich wenigstens.«

»...«

Sie sagte: »Ich geh uns was zu trinken holen, vielleicht hebt das ja die Stimmung des gnädigen Herrn«, nahm mir mein Glas aus der Hand und verschwand.

Zwei Grüppchen weiter stand Carina und lächelte mir schüchtern zu. Ich lächelte zurück, aber es fühlte sich an, als würde mein Gesicht einreißen.

Ich dachte schon, Susanna ließe sich überhaupt nicht mehr blicken und ich wäre auf ewig dazu verdammt, diese großformatigen Bilder anzusehen, die mir um so weniger sagten, je länger ich sie ansah, als sie wieder neben mir auftauchte und mich mit etwas konfrontierte, das so aussah, als ätzte es einem das Fleisch von den Fingern. Es schmeckte süß, klebrig und sehr alkoholisch.

Einige Zeit standen wir uns schweigend gegenüber, jeder guckte in eine andere Richtung. Es begann mich langsam zu amüsieren, als sie plötzlich wieder an meinem Arm zerrte.

»Los, komm mit.«

»Wohin denn?«

»Komm einfach mit.«

Sie zog mich durch ein Gewühl von glücklich lächelnden Menschen und stieß mit dem Fuß die Küchentür auf. Es war eine von diesen mittig geteilten Saloon-Türen, die hin und her schwingen wie im Western. Oben waren zwei Herzen ausgefräst. In der Mitte des Raumes war eine Kochinsel installiert, drum herum war gerade genug Platz für ein Pferderennen. Die Einrichtung sah völlig unbenutzt aus. Ich mußte an meinen braungeränderten Gasherd denken und hatte das Gefühl, in meinem Leben etwas Entscheidendes versäumt zu haben.

»Wo bereitet ihr denn die kulinarischen Köstlichkeiten zu, an denen sich sonst eure Gäste den Magen verderben? Diese Arbeitsplatte scheint mit Salz oder Pfeffer noch nicht in Berührung gekommen zu sein.«

Wie zum Beweis wischte ich mit zwei Fingern über die Platte und hielt ihr meinen unbefleckten Zeigefinger vor die Nase.

Sie murmelte etwas von ›Catering-Service‹, kippte auf der Marmoranrichte ein Briefchen Koks aus und rollte sich einen Hunderter auf Nasenlochgröße zusammen. Nachdem sie zweimal tief Luft geholt hatte, hielt sie mir den Hunderter hin und fragte: »Na, was ist?«

Ich nahm ihn und tat, als steckte ich ihn in die Hosentasche.

»Super. Danke. Bin zur Zeit ein bißchen knapp bei Kasse.«

»Mußt du jetzt versuchen, witzig zu sein?«

Ich starrte auf das weiße Pulver und wendete den Gedanken in meinem Kopf hin und her.

»Bist du unsicher?« fragte sie.

»Ich bin nicht sicher«, gab ich zur Antwort.

Ich halte nicht viel von dem Zeug, aber ungewöhnliche Situationen erfordern ungewöhnliche Maßnahmen. Ich nahm etwa die Hälfte der Menge, die sie sich ins Hirn geblasen hatte, den Rest fegte sie mit einem Handstreich von der Platte.

»Für die Götter«, sagte sie.

Sie trat ganz dicht an mich heran, es war seit der mißglückten Begrüßung das erste Mal, daß wir uns in die Augen sahen. Eine ihrer Hände verirrte sich in meinem Gesicht, die andere strich mir über den Arsch. Einen Moment lang konnte ich ihren Atem schmecken, dann steckte sie mir ihre Zunge in den Hals.

Als sie fertig war, sagte sie: »Ich geh jetzt nach oben. Rechter Gang, letzte Tür links.«

Sie drehte sich um und schlenderte zur Tür. Meine Knie fühlten sich an wie die eines jungen Fohlens. Als sie draußen war, ließ ich mich auf einen Stuhl fallen und versuchte, mich zu ordnen. Wie Kaulquappen stromerten die Gedanken durch meinen Kopf. Ich versuchte, wenigstens einen davon zu fassen, nur einen, bitte! Aussichtslos, es plätscherte alles ziellos durcheinander. In Reichweite lag ein Päckchen ›Benson & Hedges‹. Ich fingerte eine Zigarette aus der Packung, warf sie nach meinem Mund und traf beim ersten Versuch. Jemand polterte in die Küche, Flaschen klirrten. Ich glaube, er sprach mit mir, aber ich hörte ihn kaum.

Meine Füße kribbelten. Ich legte meinen Kopf in den

Nacken und zog an der Zigarette, wann immer ich an sie dachte. Das Kribbeln wurde immer schlimmer, so als schliefen meine Beine von unten nach oben ein. Ich stand auf und schleuste mich ins Getümmel. Es dauerte eine Weile, bevor ich eine Treppe fand, die nach oben führte. In Bergsteigermanier zog ich mich den Handlauf entlang, hoffentlich sah Carina mich nicht, der Anblick würde ihr alle Illusionen nehmen.

Der Gang war zu beiden Seiten mit Wandlampen ausstaffiert, die blaues Licht verströmten. Die Musik wurde leiser – ich mußte mich fortbewegen. Meine Füße waren inzwischen völlig taub. Susanna hatte die Tür einen Spalt offen gelassen, damit ich das Zimmer nicht verfehlte. Was für ein netter Zug.

Ich betrat das Schlafgemach, schloß leise die Tür und stand im Dunkel. Ich zog die Schuhe aus in der Hoffnung, wieder etwas Gefühl in die Füße zu bekommen. Der Innenarchitekt hatte sich mit dem Teppichboden schwer ins Zeug gelegt, hier wurde sicher regelmäßig Unkraut gejätet.

Langsam gewöhnten sich meine Augen an die Dunkelheit. Die Türen zum Balkon standen offen, draußen zuckten Blitze durch die Landschaft. Die auf dem Balkon aufschlagenden Regentropfen bildeten kleine Springbrunnen. Im Gegenlicht konnte ich Susannas Umrisse erkennen. Sie stand mit dem Rücken zu mir in der Balkontür und sog die feuchte Luft ein, die ins Zimmer drang.

*Sie war nackt wie der Mond und schön wie die Venus.*

Ich stakste auf sie zu, schlang ihr von hinten meine Arme um den Bauch und küßte ihren Hals so vorsichtig ich konnte. Ein kurzer, klarer Gedanke kam ungeschickt vorbeigewackelt, drehte mir den Kopf zu und sagte: ›Du bist nicht gekommen, um ihr zu widerstehen, sondern um zu kapitulieren.‹

Sie drehte sich um und küßte mich mit einer Zärtlichkeit auf den Mund, die ich ihr niemals zugetraut hätte. Wenn du jetzt mit ihr ins Bett gehst, ging es mir durch den Kopf, dann fühlst du dich anschließend beschissen. Es war das letzte, was mir durch den Kopf ging.

## 2

Ich wachte auf und fühlte mich beschissen. Es war noch dunkel, aber es hatte zu regnen aufgehört. Susanna schlief an mich geschmiegt, einen Arm und ein Bein um mich gewunden. Ich schaute an die Decke, fühlte ihren Pulsschlag auf meiner Haut. Langsam schob ich ihren Arm von meiner Brust, stand auf und suchte meine Sachen zusammen. Ich nahm an, daß sie nicht sehr scharf darauf sein würde, mich hier noch am nächsten Morgen vorzufinden. Erst als ich die Tür hinter mir geschlossen hatte, zog ich mich an. Die Party schien vorbei zu sein, die Musik war verstummt.

Im Erdgeschoß erwartete mich ein Gläserstilleben, vervollständigt durch überfüllte Aschenbecher, einen Damenstrumpf, der über den CD-Spieler drapiert war, und zwei Schuhe, die rechts und links auf einem Geweih steckten. Designermöbel und Hirschgeweihe, Hans war ein echter Bonvivant.

Die Füße zu den Schuhen auf dem Geweih gehörten einem Gast, der es nicht mehr nach Hause geschafft hatte. Er saß in einem fetten Polstersessel und schnarchte, während sein über dem Bauch spannendes Hemd sich gleichmäßig auf und ab bewegte. Seine aufgedunsene, milchig schimmernde Haut erinnerte mich an das Michelin-Männchen. In seiner Hand hielt er ein Glas, dessen Inhalt sich über seine Hose auf das Parkett ergossen hatte, wo eine Pfütze zu sehen war. Ich ließ ihn schlafen, vielleicht war er ja der nächste. Ich fühlte mich wirklich zum Kotzen. Der griechische Diskuswerfer im Foyer hielt inzwischen einen abgefressenen Blumenstrauß in der freien Hand.

Auf dem Kiesweg stand mein alter Volvo Amazon wie auf dem Siegertreppchen, er hatte sie alle in die Flucht geschlagen. Ich konnte unmöglich fahren, also ließ ich ihn, wo er war, und wünschte ihm eine gute Nacht. Die ersten Vögel kündigten den Tag an, der noch gar nicht begonnen hatte, ein Ereignis, in dessen Genuß man viel zu selten kommt. Ich beschloß, erst mal dem Morgen entgegenzugehen.

Später, während ich auf die S-Bahn wartete, beobachtete ich, wie kleine Mäuse zwischen den Gleisen hin und her wuselten.

Gegen sechs kam ich nach Hause. Ich kickte meine Schuhe in eine Ecke, am liebsten hätte ich mich gleich hinterhergeschmissen. Im Kühlschrank war noch ... Bier! Ein Bier, juchu! Ein echtes deutsches Bier, gebraut nach dem Reinheitsgebot von 2000 vor Christi.

Ich goß mir ein Glas ein und leerte es in einem Zug (manchmal brauche ich einfach das Gefühl, aus einem Glas zu trinken), ließ mich aufs Bett fallen und fragte mich irgend etwas. Dann schlief ich ein.

* * *

Im Hinterhof zitterte die Stimme Anatoliens von einer Wand zur anderen. Wie hatte ich nur das Fenster auflassen können? Ich trat es mit dem Fuß zu und drehte mich um, als das Telefon mich endgültig aus dem Schlaf holte. Meine Zunge fühlte sich an wie ein Tennisball. Ich tastete mit drei Fingern im Mund herum, konnte aber nichts Außergewöhnliches diagnostizieren.

»Da?«

»Rai?«

»Da.«

»... Hi, hier ist Tom. Ist mit dir alles in Ordnung?«

»Da.«

»Ich wollte nur noch mal anrufen wegen heute abend. Um zehn Uhr erwarten wir dich geschniegelt und gebügelt, nicht daß du es vergißt.«

»Da.«

»Also dann, bis später.«

Ich ging ins Bad. Die Zunge sah ganz normal aus. Ich hieb mir eine Handvoll kaltes Wasser ins Gesicht, aber erst der Kaffeeduft brachte mich halbwegs auf die Beine. Es war halb sieben abends, wie war der Tag bloß ohne mich ausgekommen? Ich hatte drei Stunden Zeit, mich wieder mit meinem Körper anzufreunden.

Tom hatte, wie schon so oft, einen Kameraassistenzjob bei einer unabhängigen Filmproduktion übernommen, was ja an sich ganz schön war, nur daß die Jungs zwar alle wahnsinnig ambitioniert waren und ungeheuer gute Ideen hatten, aber auch nur total unheimlich wenig Knete, du. Mit anderen Worten: Auf das bißchen Kohle, das Tom für seine Arbeit bekam, würde er Monate warten müssen. Das hätte mir egal sein können, wenn es nicht bedeutet hätte, daß mir Wochen intensiven Angeschnorrtwerdens bevorstanden.

Der Film jedenfalls war abgedreht, und ich hatte mich für einen feuchten Händedruck und freie Getränke (freie Getränke – was für eine schreckliche Vorstellung) verpflichten lassen, auf der Abschlußveranstaltung mein Bestes zu geben, um Klavier zu spielen und für sentimentales Schwarzweiß-Stummfilmambiente zu sorgen. Ein bißchen Satie, ein bißchen Gershwin, und wenn ich das Gefühl hätte, daß sie es wirklich verdienten, dann würde ich die Anwesenden mit einem Debussy nach Hause schicken, auf Knien rutschend und mit gesenkten Häuptern. So jedenfalls hatte ich es mir vorgestellt.

Aber nicht in dem Zustand. Nee, Rai, aber echt nicht.

Am besten alles ausschwitzen, so daß man sich nachher wie tot und neugeboren gleichzeitig fühlt. Dieses Ziel war am besten zu erreichen durch – joggen. Noch ehe ich wegen dieser Entscheidung mit mir hadern konnte, saß ich in der U-Bahn. Mein Auto konnte erst mal bleiben, wo es war, Susanna wollte ich jetzt ohnehin nicht begegnen.

Am Jakob-Kaiser-Platz ins Freie, und ab dafür. Im Jungfernheidepark angekommen, fühlte ich mich bereits wie Edwin Moses. Ich beschloß, den ersten Teil am Wasser entlangzulaufen, dann an den Wildschwein- und Rehgehegen vorbei.

Der Park ist nie sehr belebt, aber um diese Zeit ist er nahezu ausgestorben. Es ist die Zeit, wenn die Kinder ins Bett gesteckt werden und Mami und Papi sich fürs Abendprogramm vorm Fernseher einrichten.

Erst als ich am Wasser rechts abbog, um auf dem Uferweg zu bleiben, schnaubte ich an einem Mann vorbei. Er pfiff auf seinen Fingern in den Wald hinein, was mich wunderte, denn er hatte seine Töle an der Leine. Hoffentlich nicht noch so ein Tier.

Als passionierter Jogger bin ich ein ebensolcher Hundehasser. Jedem, dem mal aus dem Nichts ein freudig bellender Rottweiler entgegengesprungen ist, während er gerade seinen Schlußspurt hinlegt, weiß, was ich meine.

Mit jedem Tritt fühlte ich mich besser, schade, daß es keine Hürden und Wassergräben gab, so konnte ich lediglich auf fünfzehnhundert, drei-, fünf- und zehntausend Metern Olympiasieger werden. Ich schnaufte wie ein Pferd, stellte mir vor, wie ich für die letzte Runde ins Stadion einbog und achtzigtausend Zuschauer vor Begeisterung ihre Sitzkissen gen Himmel warfen.

Kurz bevor der Uferweg endete und ich wieder nach rechts in den Wald einbiegen mußte, hörte ich das, was im ›Tatort‹ immer als ›erstickte Schreie‹ bezeichnet wird. Es kam von irgendwo hinter mir. Einen Moment blieb ich stehen wie ein Kaninchen im Scheinwerferkegel, aber außer meinem Pulsschlag konnte ich nichts hören. Ich drehte mich um und ging ein paar Schritte zurück. Auf keinen Fall Einbildung. Ich wünschte mir den Pulsschlag aus den Ohren, versuchte ruhiger zu atmen. Da war doch was.

Es war schon dämmrig, aber seine rote Jacke glühte wie ein Warndreieck durchs Unterholz. Jetzt konnte ich auch die Frau wieder hören, und mir war klar, daß ich gerade Zeuge einer Vergewaltigung wurde. Ich packte den nächstbesten Ast, der rumlag: »LOSLASSEN, DU ARSCHLOCH!«, brüllte ich.

In drei Sätzen sprang ich durchs Gebüsch. Er richtete sich auf, drehte sich zu mir um. Er hatte etwas Glänzendes in der Hand, ich achtete nicht mal darauf. Während ich noch auf ihn zulief, holte ich bereits aus, dann schlug ich den Ast ohne Zögern an seinem Kopf in Stücke. Das Ding war morsch, aber es reichte, daß er neben der Frau der Länge nach hinschlug. Ich griff ihn mit beiden Händen am Kragen, zerrte ihn über den Boden und rammte seinen Schädel gegen einen Baumstumpf, noch bevor er sich zur Gegenwehr sammeln konnte. Er blieb reglos liegen.

Die Frau schien soweit in Ordnung zu sein. In Zeitlupentempo setzte sie sich auf und umklammerte ihre Knie mit den Armen. Ich wollte zu ihr gehen, als mir plötzlich ein Gedanke kam – der Mann mit dem Hund.

Ich lief auf den Weg zurück und blickte in die Richtung, aus der ich gekommen war. Es war schon zu dunkel. Ich hörte den kleinen vierbeinigen Scheißer, bevor ich ihn sehen konnte. Seine Stummelbeinchen spurteten über den Weg auf mich zu, aber ich konnte ihn VERDAMMT NOCH MAL NICHT SEHEN!

Ich hatte nicht den Hauch einer Chance. Noch bevor ich überhaupt wußte, was los war, lag ich bereits am Boden und spürte nur noch Schmerzen in meinem rechten Bein. Es war eines dieser possierlichen Tierchen, wie sie seit einiger Zeit in Mode waren, ein de Tomaso oder Bossanova oder so ähnlich. Jedenfalls war es ein beschissener KAMPFHUND! Die Schmerzen waren unerträglich, er zerkaute meine Wade wie einen Hundeknochen. Erst versuchte ich ihn abzuschütteln, dann schlug ich auf ihn ein, trommelte wie verrückt mit meinen Fäusten auf ihm herum, aber das störte ihn nicht im mindesten, ich bekam ihn nicht von meinem Bein los.

Ich hörte ein Geräusch, als zersplitterte ein Besenstil, und als der Schmerz meinen Kopf erreichte, wußte ich, irgend etwas war gebrochen.

Es gab nur eine Möglichkeit, dieses Monstrum loszuwerden. Mit dem freien Bein schob ich mich über den Weg und ließ mich die Böschung runterrutschen, der kleine Teufel klebte an meiner Wade wie festgewachsen. Ich rollte mich über die Uferbefestigung und sah aus dem Augenwinkel die beiden Männer auf dem Weg stehen. So schlimm konnte ich ihn also nicht erwischt haben – leider. Sie sahen zu mir herab, und einer von ihnen rief mir etwas zu, auf russisch oder polnisch oder wer weiß was für einer Sprache.

Noch eine halbe Drehung, und ich fiel einen Meter tief ins Wasser. Die Schmerzen waren so stark, daß ich fürchtete, ohnmächtig zu werden. Das Wasser ging mir bis zur Hüfte, aber dem Köter nicht.

Ja, du kleines Arschloch, ich kann stehen, wie sieht's mit dir aus? Mein Bein knickte weg, ich sackte ab, bis ich auf dem Grund saß. Nur mein Kopf ragte noch aus dem Wasser. Der kleine Scheißer war vollständig untergetaucht, trotzdem ließ er mein Bein nicht los. Mit den Händen tastete ich nach ihm. Ich mußte eine Menge Blut verlieren, da, wo ich ihn zu fassen bekam, war das Wasser wärmer. Ich krallte mich mit beiden Händen in sein Nackenfell, gleich würde er loslassen, dann war ich am Zug.

Als er merkte, daß man unter Wasser nicht atmen kann, mußte das verschissene Biest schon den Tod vor Augen haben. Ich grub meine Finger noch etwas tiefer in sein Fell und hielt ihn mit ausgestreckten Armen unter Wasser. Nicht loslassen! Wenn du jetzt losläßt, bist du tot.

Der Scheißer hatte unglaubliche Kräfte, noch nie hatte ich etwas so zappeln sehen. Ich weiß nicht, wie lange ich ihn so unter Wasser hielt, aber als ich meinen Griff lockerte, war ich sicher, daß kein Funken Leben mehr in ihm war.

Meine Hände waren noch immer zu Fäusten geballt. Ich hielt sie vor mein Gesicht und glaubte, in der Dunkelheit ihre weißschimmernden Fingerknöchel zu sehen. Meine Kräfte schwanden rapide, ich mußte aus dem Wasser, bevor ich kollabierte. Mein Unterschenkel baumelte wie ein abgestorbener Ast, als ich mich auf die Uferbefestigung zog. Danach war ›Schicht im Schacht‹, wie Tom gesagt hätte.

Oben auf dem Kiesweg hörte ich die Frau schluchzen.

»Komm her«, rief ich.

Sie schluchzte weiter, ansonsten tat sich nichts.

»KOMM HER, SCHEISSE!«

Ich hörte Schotter knirschen, dann sah ich vage ihren Umriß sich gegen den Himmel abzeichnen. Sie kam den Abhang herunter.

»Gib mir deinen Gürtel.«

Sie war völlig abwesend. Ich wäre gern geduldiger gewesen, aber meine Kräfte verließen mich.

»MACH SCHON!«

Langsam zog sie den Gürtel aus der noch offenen Hose. Ich schlang ihn mir um den Oberschenkel, bekam aber das Ende nicht durch die Schnalle.

»Zieh ihn fest.«

Sie friemelte an der Schnalle und zog.

»Fester – so fest du kannst.«

Ich wand mich vor Schmerzen und rührte mit den Händen in der Luft.

»Zumachen«, keuchte ich.

Sie verknotete ihn. Ich hatte schon den ganz dicken Weichzeichner vor der Linse.

»Jetzt geh, und ruf einen Krankenwagen.«

Ich mußte ihr eine Ohrfeige geben, aber danach stand sie auf und lief los.

Ich drehte meinen Kopf zur Seite und schaute auf den See hinaus. Undeutlich konnte ich sehen, wie die weißen Flecken seines Fells im schwarzen Wasser davontrieben. Etwas weiter hatten sich in der himmlischen Stille ein paar Enten für die Nacht eingerichtet.

Mit einer Hand schabte ich einige Steinchen zusammen und schubste sie ins Wasser. Ich konnte die bewundernswert vollkommenen Kreise erahnen, die sie dort zogen und die sich langsam in der Dunkelheit verloren.

Wie schön, dachte ich, dann schlossen sich meine Augen. Ich dachte noch etwas: So fühlen sich Helden.

Dann ging das Licht aus.

# 3

Zwei grüne Mützen, zwei Schnauzbärte und vier fragende Augen hatten sich an meinem Bett versammelt. Die beiden hätten eineiige Zwillinge sein können, außer daß sie unterschiedlich groß waren. Ich ließ sie gar nicht erst zu Wort kommen:

«Gibt es in euerm Betrieb denn keinen ohne Schnauzer?« sagte ich.

Sie waren artig, ließen sich nicht aus der Ruhe bringen.

»Herr Borgers?«

»Und außerdem sieht's Scheiße aus«, trompetete ich munter weiter.

Ich fing an, völlig hysterisch zu lachen, verschluckte mich, mußte husten, was mir mein Bein aufs schmerzhafteste in Erinnerung rief.

Sie tauschten einen Blick aus und warteten, bis ich fertig war.

»Wir sind von der Polizei und ...«

»... ach was.«

»... möchten Ihnen gerne einige Fragen stellen.«

»...«

Ich war herrlich breit, alles auf Krankenschein.

»Können Sie eine Aussage über den Täter machen?«

»Den mit dem Hund oder den mit der Frau?«

Sie schauten sich schon wieder an, anscheinend hatten sie sich richtig lieb in ihren hübschen grünen Leibchen.

»... Entschuldigung?« sagte der Kleine.

»Es waren zwei, due.«

Ich zeigte ihnen zwei Finger.

»Aha«, sagte der Kleinere, danach kam Leere. Der Größere hub an: »Bis jetzt wußten wir nämlich nur von einem ...«

Leere.

Der Kleinere: »... Zwei also.«

»Und ein Köter«, sagte ich.

Das verwirrte sie vollends.

Ich erzählte ihnen, was passiert war, daß ich keine Aussage machen könne, außer daß der eine dunkle Haare und eine rote Jacke, der andere dafür einen Hund bei sich gehabt und Schmiere gestanden habe. Es sei ja schließlich bereits relativ dunkel gewesen, und eigentlich hätte ich zu besagtem Zeitpunkt gerade anderes zu tun gehabt, als die beiden nach Name und Adresse zu fragen. Es tue mir sehr leid, aber das sei alles.

»Können Sie uns etwas über die Frau sagen?«

»Ja, ich hab noch ihren Gürtel.«

»Weil, es ist nämlich so: Nachdem sie dem Notarzt den Weg zu Ihnen gezeigt hatte, war sie plötzlich verschwunden. Wir haben keine Ahnung, wer sie ist.«

»...«

»Was ist mit dem Hund?«

»Gehen Sie gerne Angeln?«

»... Entschuldigung?«

Der Kleine war wirklich penetrant dusselig. Ich sagte: »Er geht neuerdings gerne schwimmen, der Hund. Werfen Sie im Jungfernheidepark ein paar Angeln aus. Wenn Sie als Köder blutiges Frischfleisch benutzen, fangen Sie ihn sicher.«

»Sie haben ihn also im See zurückgelassen?«

Keine Frage, der Mann gehörte zum Kriminalobermeister befördert. Weshalb schickten die mir nicht einfach jemanden mit einem Kopf zum Denken vorbei? Dann müßte ich wenigstens nicht alles zweimal erzählen. Ich sagte ihnen, genau so sei es gewesen, und ob sie mich jetzt nicht freundlicherweise auch zurücklassen könnten. Sie tauschten noch einen ihrer wahnsinnsscharfen Blicke aus, verabschiedeten sich und gingen. Mein Bettnachbar kicherte leise.

Ich ließ die Augen zufallen. Mein Bein pochte, ich hatte Kopfschmerzen und Hunger, außerdem war ich müde. Ich klingelte nach der Schwester, etwas später ging die Tür auf.

»Ja?«

Sie war sehr streng frisiert, eine von der alten Schule. Ich winkte sie an mein Bett.

»Was gibt es denn, Herr Borgers?«

»Schwester?«

»Ja ...«

»Sagen Sie mir was Nettes.«

Sie tat mächtig echauffiert und machte mit dem Arm eine wegwerfende Bewegung, als sie das Zimmer verließ, aber wirklich böse war sie nicht.

Warum kamen im Leben auf einen in Erfüllung gegangenen Wunsch immer so viele, die sich nicht erfüllten? Bevor mir die Antwort einfiel, schlief ich wieder ein, träumte von fliegenden Fischen und blauhaarigen Frauen, die bis in den Himmel ragende Pyramiden bewachten.

»Herr Borgers, hallo, Herr Borgers. Wachen Sie mal auf, hallo.«

Nach den grünen waren jetzt die weißen Männchen dran. Spacig.

»Ich bin Doktor Surbani, der Stationsarzt. Wie geht es Ihnen?«

»Keine Ahnung? Wie geht es mir?«

»Tja, Sie haben großes Glück gehabt.«

»Da bin ich aber froh.«

Er sagte mir, daß mein Wadenbein gebrochen, das aber nicht weiter tragisch sei, denn es wachse von selbst wieder zusammen. Ansonsten hätte ich einen Eimer Blut verloren, und für die Näherei sei eine ganze Rolle Garn draufgegangen, hahaha. Jedenfalls, die wichtigsten Bänder und Sehnen sind wundersamer Weise noch intakt, in einigen Tagen können Sie also nach Hause, mit Gehhilfen, versteht sich. Nach zehn bis zwölf Tagen werden dann die Fäden entfernt, und Sie können wieder laufen lernen. Morgen werden es 18 bis 24 Grad, und nun wünschen wir gute Unterhaltung bei unserem Spielfilm.

Endlich mal jemand, der Spaß an seiner Arbeit hatte. Er machte den Eindruck, als bliebe er auch dann noch bei Laune, wenn man ihn – in Zuckerwasser gebadet, Arme und Beine gefesselt – in einem Imkerhof aussetzte.

Ich war in einem Vierbettzimmer untergebracht. Zu meiner Rechten lag ein hektischer Geschäftsmann, der jeden Augenblick zu hyperventilieren drohte. Er hatte sich bei einem Fahrradunfall das Fußgelenk gebrochen, dabei gar nicht auf dem Rad, sondern im Auto gesessen. Er hatte den Radfahrer auf die Haube seines neuen S-Klasse-Mercedes genommen und war nach dem Unfall so durcheinander gewesen, daß er vergessen hatte, den Fuß nachzuziehen, als er wieder einstieg und die Tür zuschlug. Der Radfahrer, der indessen unverletzt geblieben war, hatte ihn mit seinem neuen Wagen ins Krankenhaus fahren müssen, das Fahrrad im Kofferraum.

Er lenkte sich ab, indem er Tag und Nacht seinen Watchman vor sich hatte und zusätzlich das Radio plärren ließ. Wenn seine Frau ihn besuchte, schob er beides zur Seite und ließ es weiterlaufen, sie mußten sich anschreien.

Links von mir lag Mr. Clark, die Kreuzbandplastik. Im Krankenhaus heißt das so. Dort schrumpft der Mensch auf seine Gebrechen zusammen.

Um 18 Uhr gab es Abendessen. Seine Freundin kam jeden Tag pünktlich um 17:45 Uhr ins Zimmer geflattert, um es nicht zu versäumen. Es lag immer etwas Trauriges in seinem Blick, wenn er mit ansah, wie sie sich über Wurst, Käse, Joghurt, Tee und seine Brote hermachte, er schien sie aber nicht reizen zu wollen. Sobald sie gegangen war, gegen 18:30 Uhr, holte er eine Dose Schultheiss aus der Eisbox, die eigentlich der Kühlung seines Knies dienen sollte, versank in Schweigen und blickte wehmütig aus dem Fenster. Er war schon ganz abgemagert.

Längs an der gegenüberliegenden Wand war ein alter Mann aufgebahrt, der in seinem Leben zu viele Zigarren geraucht hatte. Mit Beruhigungs- und Schmerzmitteln wurde er über seine Beinamputation hinweggetröstet, verbrachte also die meiste Zeit schlafend oder im Dämmerzustand. Ich hatte das Bett mit der besten Aussicht, den ganzen Tag über konnte ich verfolgen, wie sich seine Drainagebeutel mit Eiter füllten.

Meine Wade ihrerseits machte einen nicht gerade euphorischen Eindruck. Sie sah aus, als habe man die Rückseite nach vorn gedreht.

# 4

Am dritten Tag stellte mir die Schwester mit der strengen Frisur morgens eine Waschschüssel ans Bett und legte einen Einwegrasierer daneben. Meinen fragenden Blick kommentierte sie mit den Worten: »Sie sehen völlig verzottelt aus. Nehmen Sie sich mal den Filz aus dem Gesicht.«

»Ich hab mir gleich gedacht, daß Sie mich mögen«, antwortete ich mit Puderzucker in der Stimme.

Leider vergaß sie zu erwähnen, welche Konsequenzen es nach sich zieht, wenn man schachtelweise mit blutgerinnungshemmenden Mitteln vollgestopft wird und die Ungeschicklichkeit besitzt, sich beim Rasieren zu schneiden. Bis zur Visite beschäftigte ich mich damit, Handtücher gegen meine untere Gesichtshälfte zu pressen.

Am vierten Tag stellte mir eine Krankengymnastin Krücken ans Bett, der erste Schritt zurück in die Freiheit. Als ich aufstand und das Blut sich in meinem Bein staute, dachte ich, mein Fuß müsse platzen. Nach einer Runde im Schwinggang durch die Station, während der mich die Krankengymnastin immer mit einer Hand an meinem weißen Flatterhemdchen festhielt, so als könne sie durch bloßes Handauflegen verhindern, daß ich kollabierte, war ich schweißgebadet. Sie hatte lustige braune Korkenzieherlocken, die ihr radial vom Kopf abstanden.

»Beim nächsten Mal geht es besser«, sagte sie, als sie mich auf dem Bett absetzte.

Mein Kreislauf war während der vier Tage in Rückenlage irgendwie versandet. Eine Stunde später raffte ich mich erneut auf, um Tom anzurufen.

Biep – biep – bieklick: ›Hi, hier ist Tom. Ich versteh das nicht. Da kauf ich mir für teuer Geld diesen Toaster, und jetzt wird der Toast nicht braun. Seit einer Viertelstunde hab ich das Brot jetzt da drin, glaubste da würd mal was passieren? – piep.‹

Wie konnte einem nur jede Woche aufs neue so ein Spruch für seinen Anrufbeantworter einfallen?

»Hallo Tom, hier ist Rai. Schade, daß du nicht da bist, ich wollte dir 'ne lustige Geschichte erzählen, mir ist da nämlich was Komisches passiert ...«

Es klickte in der Leitung, er hatte gewartet, um zu hören, wer anrief: »... Rai, du altes Arschloch. Deinetwegen ist meine Zukunft als Kameramann im Arsch. Wo warst du Arschloch, oder hab ich das schon gesagt?«

Ich erklärte ihm, warum ich nicht hatte kommen können. Er sagte, so richtig habe er den Job ohnehin nicht gemocht, er würde vorbeikommen.

»Bring mir ein paar Klamotten mit und eine Zahnbürste«, bat ich.

»Wie heißt das Ding? Zahnbürste? Hmm, wo bekommt man denn so was?«

Am Nachmittag flog die Tür auf, und er polterte auf die ihm eigene ungestüme Art ins Zimmer, vor seiner Brust hielt er ein ›Penthouse‹ und ein ›LUI‹. Das seien durchaus übliche Mitbringsel für einen Rekonvaleszenten, klärte er mich auf. Aber er wüßte doch gerne, weshalb die Schwester beim Anblick der Zeitschriften so ahnungsvoll gelächelt habe, als er sich nach meinem Zimmer erkundigte.

Wir gingen runter und setzten uns im Garten an ein fünf mal fünf Meter großes Schachfeld mit Figuren wie Schiffsbojen. Tom ging ziemlich hektisch auf dem Feld hin und her, er mußte meine Figuren mit bewegen, schließlich hatte ich mein

Bein hochzulagern. Es machte großen Spaß, ihn zwischen den Figuren hin und her zu scheuchen, während mir die Sonne auf den Pelz brannte.

»Geh mal mit dem Läufer von C3 auf D5, aber noch nicht loslassen ... Nein, ich glaube, besser mit dem Bauern von B2 auf B3, oder nein, der Zug mit dem Läufer hat mir doch besser gefallen.«

»Sehr witzig, wirklich. Nein, nein, Rai, laß nur, bemühe dich nicht, es sind bloß 35 Grad. Mach ich doch gern.«

Kleine Perlen formten sich auf seiner lichter werdenden Stirn. Er regte sich ein bißchen künstlich auf, aber das gehörte zum Spiel.

Er sprach nicht direkt darüber, aber er hatte schon wieder – oder immer noch – Liebeskummer wegen Jenny und war ganz froh über die Ablenkung.

Mehr als ein halbes Jahr war das jetzt schon her. Tom war ihr verfallen von dem Tag an, da sie sich ihm in seinem abgegammelten Strich-8er hingegeben hatte. Auf einer TU-Party hatten sie sich gegenseitig abgefüllt, und obwohl es eiskalt und drei Uhr Nachts gewesen war, waren sie beide in der Glut der Leidenschaft auf dem speckigen Lammfellbezug seines Beifahrersitzes ineinander verschmolzen, so jedenfalls hörte es sich an, wenn Tom seinen Verklärten bekam und zu schwärmen anfing. Man mußte einfach annehmen, daß es Liebe war.

Ich stellte mir vor, wie er auf dem TU-Parkplatz versucht, ihre Beine zu ordnen, bei jedem Atemzug eine Dampfwolke vorm Gesicht, und dann, als endlich alles gerichtet ist, ein Handschuh, der einen Kreis in die beschlagene Heckfensterscheibe reibt, worauf zwei neugierige Männlein ihre Nasen an die Scheibe heften, um einen geifertriefenden Blick in den Innenraum zu erhaschen. Ich konnte mit so etwas nicht viel anfangen, aber Tom fand solche Aktionen herzzerreißend romantisch.

Es war bereits nach acht, als wir unsere letzte Partie beendeten. Ich hatte drei von fünf Spielen gewonnen, was ein guter Schnitt ist, wenn ich gegen Tom spiele. Ein farbenfroher Sonnenbrand leuchtete auf Brust und Schulter.

Die nächsten Tage verbrachte ich im wesentlichen damit, mich der Schwesternschülerinnen zu erfreuen, die bei der Hitze unter ihren Kitteln nichts als enge Höschen auf ihren frischen Rundungen trugen, deren Ränder sich neckisch durch den Stoff abzeichneten.

Als ich endlich gehen durfte – Dr. Surbani hatte es wirklich drauf, einem das Gefühl zu vermitteln, die Entlassung sei ein Gnadengeschenk –, packte ich meine Sachen in einen nach Benzin stinkenden Rucksack, den mir Tom mitgebracht hatte, warf einen letzten Blick auf die eitergefüllten Drainagen meines Zimmerkollegen und schwang mich aus dem Zimmer. Meine Krücken gaben bei jedem Aufsetzen ein zartes ›Klick‹ von sich.

Im Schwesternzimmer bedankte ich mich aufrichtig beim Pflegepersonal, sagte ihnen, daß ich gerne einen Kuchen besorgt hätte, weil mir bekannt sei, daß sie kein Geld nehmen dürften, dazu aber keine Gelegenheit gehabt hätte, weshalb ich verbotenerweise trotzdem etwas in ihre Kaffeekasse tun würde.

Als ich mich mit einer vehementen Krückendrehung anschickte, das Zimmer zu verlassen – Abschiedsszenen jeglicher Art sind mir ein Greuel –, steckte mein Kopf unversehens in einem Blumenstrauß, der den gesamten Türrahmen ausfüllte. Der Strauß hatte eine junge Frau mitgebracht, die er versteckt hielt. Sie hatte langes braunes Haar, eine feine, schmale, spitze Nase und zwei lächelnde Augen, ein braunes und ein grünes.

Das war der Moment, in dem ich die Frau aus dem Park wiedererkannte. Eisflocken rieselten mein Rückgrat hinunter. Jemand füllte Weichspüler in meine Blutbahn, und mein Magen vollführte einige mittelschwere Spagatübungen, am liebsten hätte ich mich auf der Stelle in Luft aufgelöst.

Sie sah so verdammt ... zart aus, als hätte sie ihr ganzes Leben in einem gut geschützten Nest verbracht, dessen Ränder das Ende der Welt bedeuteten. Ich schluckte hörbar.

»Hallo, erkennst du mich wieder?«

Ihre Stimme war merkwürdig tief und wie zum Anfassen. Sie kratzt an der Seele, dachte ich. Ich stand da wie ein Lobotomierter.

»Hallo, ja ... ich meine – natürlich erkenn ich dich wieder ... Du hast übrigens zwei verschiedenfarbige Augen«, stammelte ich.

»Die hab ich schon länger.«

»Ja, kann ich mir denken ... Sind die für mich?«

»Wenn du die Blumen meinst, die sind für dich, ja.«

Da waren sie und ich und dieser riesige Blumenstrauß, und keiner von uns wußte weiter. Ich konnte mich nicht daran erinnern, daß mir schon mal jemand Blumen geschenkt hatte. Meine Kehle schnürte sich zu. Wenn wir allein gewesen wären, hätte ich sicher zu heulen angefangen.

Wie konnte man dieses Geschöpf bloß vergewaltigen? Ganz hinten in einer verborgenen Ecke meines Geistes machte etwas ›zing‹ – als ob eine äolische Harfe zu klingen anfinge –, und jetzt mußte ich wirklich mit meiner Fassung ringen. Der Moment rollte sich aus wie Hefeteig.

»Möchtest du gehen?« fragte sie endlich.

»… Ja.«

Ohne einen Blick zurück verließen wir das Stationszimmer, die Schwestern und Brüder waren so ergriffen, daß keiner etwas zu sagen wagte, nicht mal ein Hüsteln war zu hören. Von hinten bohrten sich Blicke in mein Kreuz. Einige von ihnen grinsten bestimmt, dabei hatten sie keine Ahnung, diese Trottel. Die ehrfürchtige Stille währte nicht lange. Bevor wir die Station verlassen hatten, fing das Getuschel an.

Ich ließ mich ohne Gegenwehr in ihr Auto stecken.

»Wohin?«

»Ich wohne in der Manteuffelstraße«, sagte ich, »aber ich kann mir auch ein Taxi nehmen. Wirklich, du mußt nicht …«

Unterwegs regenerierte ich mich wieder, die Entlassungslaune kehrte zurück. Ich kurbelte das Fenster runter, streckte die Hand in den Fahrtwind und freute mich, daß ich ihn nicht greifen konnte. Immer wieder drehte ich meine Hand gegen den Widerstand des Windes. Als ich bemerkte, daß ich dabei schief von der Seite angeguckt wurde, drehte ich ihr den Kopf zu und sagte: »Toll, was?«

Danach sagte lange Zeit keiner ein Wort. Es war nicht einfach, aber schließlich brach ich das Schweigen.

»Willst du ein Eis essen gehn?«

Sie sagte, sie würde gern, also bogen wir an der Postdamer rechts statt links ab, fanden überraschend einen Parkplatz und setzten uns in die Eisdiele Ecke Pallasstraße. Für mich bestellte ich ein Banana Split und, weil sie nicht wußte, was sie wollte, für sie einen Becher mit vielen Amarena-Kirschen.

Das große Schweigen, Teil II. Sie spielte versonnen mit dem langstieligen Löffel in ihrem Becher und tat alles, um mich nicht ansehen zu müssen.

»Ich wollte ...«, fing sie an.

... dich bedanken? Ich nahm ihr die Arbeit ab: »Vergiß es«, sagte ich. Sie schien erleichtert, aber ihr Blick blieb gesenkt. Sie wußte, daß ich sie ansah, was es ihr nicht leichter machte, also tat ich unbeteiligt und ließ meinen Blick in Richtung Kleistpark davonflattern. Warum hatte man in solchen Situationen nur immer das Gefühl, etwas sagen zu müssen – als ginge im nächsten Moment die Welt unter?

Ihr schien das Schweigen gleichgültig zu sein – oder sogar angenehm? Sie hob den Kopf, hielt mit geschlossenen Augen ihr Gesicht in die Sonne. Sah sie nicht zufrieden aus? Sie strich sich eine Haarsträhne aus dem Gesicht, hielt aber die Augen geschlossen. Entspann dich, Rai.

Wir hatten unsere Eisbecher längst vertilgt, mein Bein wollte nach Hause ins Bett, und ich begann abzubauen, mir blieb keine Wahl: »Ich glaube, wenn die Blumen nicht bald Wasser bekommen, sind sie hin.«

Sie drehte den Kopf, schlug die Augen auf und sah mir – direkt in die Augen. Jetzt mußte ich meinen Blick senken. Sie nickte zustimmend, und wir gingen zum Auto. Ihr blaues Kleid flatterte im Wind, und ihre Haare waren nicht mehr zu bändigen.

Mein Bein pochte widerlich, als wir endlich bei mir ankamen. Ich wollte sie nicht bitten, mit raufzukommen, wußte aber nicht, wie ich sonst alles tragen sollte. Nicht daß mir ihre Gegenwart unangenehm gewesen wäre, im Gegenteil, aber würde sie nicht gleich wer weiß was denken?

Glücklicherweise nahm sie mir die Entscheidung ab. Als sie sah, daß ich die Blumen nehmen wollte, sagte sie: »Die kann ich doch nehmen ...«

Meine Wohnung war, wie ich sie verlassen hatte – in vollendetem Maße unordentlich. Der Fußboden verzehrte sich nach einem Staubsauger, und in Küche und Bad sah es auch nicht so aus, als hätte Meister Proper während meiner Abwesenheit vorbeigeschaut. Was einem doch so alles auffällt, sobald eine Frau die Türschwelle übertreten hat.

Die Blumen steckte ich in den Tonkrug, mit dem ich die Pflanzen gegossen hatte, als es so etwas in meiner Wohnung noch gab.

Die Wohnungstür war noch offen, als ich aus der Küche kam, und meine Besucherin stand verloren im Zimmer herum.

»Mach doch die Tür zu und setz dich, die Flusen auf dem Teppich kann man vom Sessel aus genausogut zählen.«

Wieviel sicherer sich die Zunge doch innerhalb der eigenen vier Wände bewegt. Die ganze Zeit hatte ich kein Wort rausbekommen und jetzt …

»Und … hopp!« In Hochspringermanier hüpfte ich aufs Bett und ließ mich ausschaukeln. Die Matratze wand sich in den letzten Zuckungen.

»Entschuldige, aber ich muß mein Bein hochlegen, ich hoffe, es stört dich nicht.«

Sie faßte das als sanften Rausschmiß auf, also beeilte ich mich einzulenken, bevor sie aus der Tür war: »Ich könnte uns 'nen Kaffee machen.«

Sie war unentschlossen: »Ich denke, du sollst dein Bein ruhig halten. Sag mir, wo er steht, und ich mach ihn.«

Zehn Minuten später saßen wir uns gegenüber, jeder eine Tasse in der Hand. Ich gewöhnte mich langsam daran, daß sie nicht besonders mitteilsam war.

Als das Telefon die sakrale Stille zerbrach, schrak sie zusammen. Es war Tom: »Rai, wir werden deine Entlassung feiern.

Camie und ich haben schon telefoniert, wir kommen dich nachher abholen.«

»Können wir nicht hier trinken?«

»Nein, wir brauchen einen angemessenen Rahmen.«

»Oh weh. Wann?«

»Wenn die Zeit reif ist.«

Plötzlich schien meine Besucherin es eilig zu haben. Die Vorstellung, in der Wohnung zu sein, wenn jemand kam, war ihr offensichtlich unbehaglich. Sie trank noch artig ihren Kaffee aus, dann flitzte sie in die Küche und stellte die Becher in die Spüle. Ich brachte sie zur Tür.

»...«

»...«

»Ich heiße übrigens Mila.«

»Ah ...«

»...«

»...«

Sie lächelte – ein Engelslächeln. Was sie wohl auf dem Boden suchen mochte?

»Sehen wir uns wieder?« fragte ich. »Morgen abend – Kino?«

»Gerne, aber morgen kann ich nicht, da muß ich arbeiten. Übermorgen könnte ich.«

»Auch gut.«

Ich gab ihr meine Telefonnummer, und sie verschwand die Treppe hinunter.

Zurück auf dem Bett, fing ich an nachzudenken. Warum wollte sie mich wiedersehen? Was war am See passiert? Warum sprach sie kaum ein Wort? Seit wann trank ich mittags Kaffee? So viele Fragen ...

# 5

Meine ganze Verwandtschaft ist zu Besuch, und ich koche Spaghetti. Was sonst. Der Topf ist so groß, daß ich auf einer Leiter stehen muß. Ich brauche beide Arme, um mit dem Löffel – groß wie ein Ruder – die Nudeln umzurühren. Als sie fertig sind, steige ich von der Leiter, ziehe einen kegelgroßen Korken aus dem Topfboden und lasse das Wasser ablaufen. Dann klettere ich in den Topf, um mit meinen Füßen die Butter in den Nudeln zu verteilen, komme aber nicht mehr heraus, denn einer meiner Füße steckt in einem Nudelzopf, wird heißer und heißer, aber so sehr ich auch ziehe, ich bekomme ihn nicht frei.

Schweiß stand mir auf der Stirn. Mein Bein hatte sich zwischen Bett und Wand verkantet, ich lag ganz verdreht in meinen Laken.

Bis Camie und Tom kamen, würde es noch dauern. Ich hüpfte durch die Wohnung, sammelte meine dreckigen Klamotten ein, stopfte alles in die Waschmaschine. Ich versuchte, die Unordnung so zu gestalten, daß man sich einreden konnte, es solle so aussehen, dann nahm ich mir ein Bier und knallte mich vor den Fernseher, von dem ich erfuhr, daß sich während meiner Abwesenheit praktisch nichts verändert hatte. Die Welt war noch immer im Untergang begriffen.

Bevor die Tagesschau endete, trommelte Tom an die Tür.

»Hi. Wir haben was zu trinken mitgebracht. Um Viertel nach acht gibt's eine Teenieschnulze mit Molly Ringwald, die müssen wir sehen.«

Er stürmte an mir vorbei ins Zimmer, riß den Sixpack auf und pflanzte sich breitbeinig auf mein Bett.

»Wow«, rief er und drückte prüfend an der Matratze herum, »was ist das? The hippie hippie shake?«

»Hallo Rai, wie schön, dich wieder in Freiheit zu sehen«, sagte Camie und gab mir einen dicken Kuß.

»Camie, ich werde dich ewig lieben.«

Wie ich die beiden vermißt hatte. Da heißt es immer, man entbehre die Dinge, wenn sie nicht mehr da sind, in Wirklichkeit aber ist es anders: Oft weiß man erst, wie sehr man etwas vermißt hat, wenn es wieder da ist.

Leider fiel während des Films für zehn Minuten der Ton aus, weil die Waschmaschine den Schleudergang einlegte und auszubrechen versuchte.

»KLINGT SO, ALS OB SIE DEINE WÄSCHE IN STÜCKE REISST!« brüllte Tom.

»SIE FRISST GERADE EINE VON DEN SOCKEN«, klärte ich ihn auf.

Nachdem Molly ihren letzten Schmollmund gezogen hatte, machte ich mich auf die Suche nach einer Hose, die über mein Bein paßte. Ich bin nicht besonders eitel, aber in Trainingshose auszugehen geht halt einfach nicht.

Als ich in die Küche kam, war Camie damit beschäftigt, die Wäsche aufzuhängen, während Tom die Maschine an ihren alten Platz zurückstellte.

»Sie ist nicht weit gekommen, scheint schlecht in Form zu sein«, sagte er.

»Camie«, sagte ich mit einem wehmütigen Blick auf ihre weiblichen Rundungen, »vielleicht sollten wir doch heiraten.«

»Vielleicht aber auch nicht.«

»O.K. ... Was ich eigentlich sagen wollte, war ... danke.«

»Ich weiß.«

Warum fiel einem dieses Wort bloß immer so schwer.

Wir gingen Cocktails trinken, in der kleinen Bar in der Motzstraße. Es wurde ein wunderschöner Abend. Es bediente eine äußerst nette Französin mit viel Charme, im Hintergrund spielte Tom Waits.

Tom redete auf die Französin ein, sie möge doch einen Gin-Fizz mit Sahne machen, das gebe so eine zarte Milde, aber sie hatte Verständnisschwierigkeiten, also fingen wir alle mit einem Pina Colada an, der so sämig war, daß der Strohhalm darin stand wie in frischem Zement.

Tom war der große Unterhalter des Abends, erzählte Witze, unterhielt die ganze Kneipe. Er ruderte mit den Armen, sein massiger Körper wogte hin und her, einmal fiel er mit seinem Stuhl nach hinten über. Als sich eine Frau am Nebentisch besorgt erkundigte, ob ihm auch nichts passiert sei, nahm er ihre Hand, rieb seinen Kopf an ihrem Unterarm und sagte: »Keine schlechte Anmache, was?«

Bei jeder neuen Runde versuchte er, die Französin von der zarten Milde eines mit Sahne zubereiteten Gin-Fizz zu überzeugen. Sie lächelte jedesmal gelassen.

Als außer uns alle anderen Gäste gegangen waren, legte sie den Bolero auf und tanzte mit ihrem Kollegen hinter der Bar. Sollten die beiden vorher noch nichts miteinander gehabt haben, heute abend war es soweit, und wir wurden Zeugen dieses wundersamen Ereignisses. Sie tanzte um ihn herum, sponn ihn ein mit ihrem Charme, bis er nur noch lachend hin und her taumelte. Es war ein außergewöhnliches Schauspiel, wie aus Grzimeks ›Wunder der Tierwelt‹. Zum Schluß bekam jeder von uns einen Gin-Fizz mit Sahne auf Kosten des Hauses, aber das Zeug war so stark, daß ich von einer zarten Milde nichts schmecken konnte.

Von Heißhunger gepackt, steuerten wir die nächste Falafelbude an. Meine Krücken waren leicht wie Streichhölzer. Tom besorgte Falafel und Schawarma. Wir setzten uns auf einen zeitlos-formschönen Betonblumenkübel, sauten uns mit Soße ein und guckten die Sterne an.

Das Hupen eines Taxis holte mich zurück. Es war Wolfgang. Mit ihm zusammen hatte ich eine Zeitlang Teppichböden für ›Blum's Bodenbeläge‹ ausgefahren. Ich hatte ihn über ein Jahr nicht gesehen.

»Zöpfchen«, stammelte ich, »dich schiggt der Himmel.«

»Rai, was hast du denn schon wieder gemacht?«

»Ich ... vergisses. Fährst du uns für ...« – ich kramte die letzten Scheine aus der Tasche – »... zwannsich Maak ins Bett?«

Er lachte, schnappte sich die zwanzig Mark. »Darf ich bitten, die Herrschaften.« Er hielt mir sogar die Tür auf.

»Schön machst du das« neckte ich.

Wir waren geschafft. Auf der Fahrt sagte keiner ein Wort, aber ich fühlte mich großartig, und Tom und Camie ging es ähnlich, vermutete ich. Wolfgang schob eine Kassette ein und drehte laut – Comedian Harmonists. Damit hatte er mich schon gequält, als wir noch gemeinsam auf dem Bock saßen.

»Iss das nich merkwürdig? Das Leben hat kaum angefangen, da wird man auch schon sendimendal.«

Er drehte den Kopf und schaute mich von der Seite an: »Ja«, sagte er und lachte laut auf, »ist das nicht toll?«

Er langte an die Konsole und drehte noch ein bißchen lauter. Ich griff nach dem Rückspiegel und stellte ihn so ein, daß ich Tom und Camie sehen konnte. Sie waren Kopf an Kopf eingenickt.

# 6

Zwei Tage später sahen Mila und ich uns ›Jenseits der Stille‹ an. Kein Film passte besser zu ihr.

Sie rief mich an, holte mich ab. Anschließend gingen wir noch ins ›Karakas‹, wo sie Beck's aus der Flasche trank, was bei ihr irgendwie komisch aussah. Als sie mich absetzte fragte sie: »Hast du am Wochenende schon was vor?«

»Nein.«

»Soll ich dich anrufen?«

»Ja.«

»Gut.«

In ihrer Gegenwart lief ich Gefahr, das Sprechen zu verlernen.

Samstag fuhren wir schon früh zum Sakrower See und blieben den ganzen Tag dort. Ich verfluchte meine Krücken, als wir über den sandigen Waldweg stapften, noch vier Wochen im Schwinggang, und ich würde aussehen wie Arnold.

Als sie Shorts und T-Shirt abstreifte, um in ihrem Badeanzug schwimmen zu gehen, nahm ich sie zum ersten Mal richtig als Frau beziehungsweise andersgeschlechtlich wahr. Die Erkenntnis traf mich ebenso unerwartet wie vehement. Ganz unverhohlen blickte ich ihrem Körper hinterher, beobachtete, wie ihre angenehmen Rundungen nach und nach vom Wasser verschluckt wurden. Ich kam mir vor wie ein Kind, das eine große Entdeckung macht.

»Was liest du?«

Wasser tropfte auf meinen Fuß. Sie stand vor mir und wrang sich die Haare aus.

»Der Kontrabaß.«

»Gut?«

»Mmh.«

»Ließt du mir vor?«

Ich las ihr das ganze Stück vor, steigerte mich richtig rein. Sie lag neben mir und hörte zu. Einmal nur machten wir eine Pause, als uns die Schatten der Bäume einholten und wir unseren Standort wechseln mußten. Es war angenehm warm, wie man es, wenn der Sommer zur Neige geht, besonders genießt, weil man spürt, daß die schönen Tage gezählt sind. Der Verband fühlte sich klebrig und feucht an, ob mein Bein wohl schon abgefault war?

Von der Vorleserei bekam ich Hunger, sie auch. Wir aßen Fladenbrot mit Schafskäse, Knoblauchwurst und Tomaten. Sie hatte alles adrett in Tupperdosen eingepackt und das Besteck in Servietten eingerollt. Nachdem ich ein halbes Rad vertilgt hatte, schlief ich ein.

Am Sonntag stand sie wieder um neun auf der Matte. Ich freute mich auf einen weiteren schönen Tag am See, auch wenn mich ärgerte, daß ich nicht ins Wasser konnte.

»Nimmst du was zu lesen mit?«

»Kann ich machen.«

Es war diesig. Die Sonne kam nicht richtig durch, als hätte sie Muskelkater von den Anstrengungen des Vortages. Mila ging an diesem Tag nicht schwimmen, und ich ertappte mich mehr als einmal bei der Vorstellung, sie täte es.

Mit der Zeit hatte ich mich daran gewöhnt, daß sie nicht besonders mitteilsam war, es gefiel mir sogar. Ihr fehlender Hang zur Selbstdarstellung war erholsam. Die Spannung, die ich bei unseren ersten Treffen verspürt hatte, war verflogen. Unsere Treffen hatten etwas angenehm Selbstverständliches, ohne Etikette oder theatralischen Schnickschnack. Ich hatte vermutet, sie mache das alles nur, weil sie Schuldgefühle habe und glaubte, ihre Dankbarkeit zeigen zu müssen, aber das konnte es nicht sein. Es war, als ob wir seit Jahren die Sommer gemeinsam am See verbrächten. Trotzdem dauerte es Wochen, bis ich ihren vollständigen Namen und ihre Telefonnummer wußte.

* * *

Am Tag, bevor meine Fäden gezogen werden sollten, rief mich Tom an: »Rai, kannst du mir für eine Woche dein Auto leihen? Ich hab morgen einen Dreh in Westdeutschland, und wenn meine Kiste ein Autobahnschild sieht, stirbt sie mir glatt weg.«

»Nach all den Jahren?«

»Für Stadtfahrten reicht es grad noch, aber du weißt ja: Asche zu Asche, Staub zu Staub.«

»Du kannst meinen haben, das Problem ist nur, wir müßten ihn erst mal abholen.«

»Abholen?«

»Abholen.«

»Wieso denn abholen?«

»Weil er in Zehlendorf steht.«

»In Zehlendorf.«

»In Zehlendorf.«

»Was macht denn dein Auto in Zehlendorf? Oder nein, vergiß es, ich glaub, ich will es gar nicht wissen. Kannst du fahren?«

»Ich kann's probieren.«

»Ich hol dich ab, bis gleich.«

»Hier rein? Iss nich dein Ernst«, sagte Tom, als ich ihn anwies, die langgezogene Auffahrt zu nehmen.

Es war die richtige Hütte, aber von meinem Amazon keine Spur. Ich eierte die Stufen rauf und lehnte mich gegen die Klingel.

Der Majordomus öffnete höchstselbst die Tür. Sein Blick wanderte einmal an mir runter und wieder rauf. Als er fertig war, sagte er: »Kann ich Ihnen helfen?«

Kann ich Ihnen helfen – was für ein Schwaller. Klar können Sie mir helfen, Sie sind doch Makler. Darf ich Ihnen eben das Gebiß einschlagen? Das würde mir wirklich helfen.

»Das hoffe ich. Ich vermisse mein Auto.«

Ein unbeschreiblich bornierter Ausdruck kroch über sein Gesicht. Ich deutete hinter mich: »Ich hatte ihn da geparkt ...«

Tick – tack – tick – tack – Mann, das dauerte. Schließlich wußte er mich zu plazieren.

»So, Sie vermissen also Ihr Auto. Na, Sie sind mir vielleicht einer. Wie kommen Sie überhaupt dazu ... Wissen Sie, dies ist ein Privatgrundstück«, ereiferte er sich.

»Wer ist denn da, Liebling?«

Von hinten kam Susanna angerauscht. Als sie mich sah, machte sie ein Zeichen.

»Stell dir vor, da ist der Kerl, der sein Auto auf unserem Driveway abgestellt hat.«

Noch so ein Ding, und ich würde schreien.

»Siehst du«, trällerte sie, »ich hab dir gleich gesagt, der Besitzer würde sich melden. Du hättest das Auto nicht entfernen lassen sollen.«

AAAaaaahh! Das konnte doch nicht wahr sein. Sie hatte zugelassen, daß ihr Verschrobener mein Auto abschleppen ließ. Zu allem Überfluß tat sie jetzt auch noch so, als hätte sie mich nie zuvor gesehen. Mochte ja sein, daß ihr Göttergatte nichts erfahren sollte, aber das war nicht mein Problem. Außerdem hatten wir miteinander geschlafen, und selbst wenn ihr das nicht mehr bedeuten sollte, als eine Flasche Wasser in den Abguß zu schütten, sie hatte sich nicht gerade überwinden müssen. Doch jetzt so zu tun, als würde sie mich nicht kennen, mußte ich als persönlichen Affront auffassen.

»Mensch Suse, ick bin's doch, Rai«, plärrte ich. »Ick waa neulich ooch uff der Paadie jewesen!«

Um zu demonstrieren, daß sie und ich echt alte Kumpels waren, machte ich an ihm vorbei ein Zeichen mit der Faust und nach oben abgespreiztem Daumen, dann wandte ich mich an ihn. Ich erzählte ihm, was seine Frau doch für eine professionelle Gastgeberin sei, etc. pp., knuffte ihm zwischendurch kumpelhaft die Schulter und produzierte schlußletztendlich einen ahnungslosen Gesichtsausdruck.

»Oh weia, jetze ha ick ma wohl verplappert, wa? Na ja, ick hab denn hier ja wohl eh nüscht mehr verlorn. Tschüüsken.«

Susanna sah aus, als würde sie gerne in eine andere Dimension gebeamt werden.

»Sie haben ...«, stammelte er, »was für eine Feier? ... Susanna, wer ist das?«

Ich sah zu, daß ich wegkam.

»Und...?« fragte Tom, als ich wieder im Auto saß.

»Wir müssen bei der Polizei anrufen, der Saftsack hat mein Auto abschleppen lassen.«

»Wieso hast du ihm nicht die Krücke in die Eier gehauen?«

»Tom, du verstehst einfach nichts von psychologischer Kriegsführung.«

* * *

Das Bein stank mitleiderregend, als der Verband endlich runter kam, der Geruch erfüllte das ganze Behandlungszimmer – anaerobe Fäulnis, lecker. Die Wade war so abgemagert, daß ich Angst hatte, sie könne durchbrechen, wenn ich auftrat. Überhaupt war meine untere Extremität kein besonders schöner Anblick, insgesamt verteilten sich sieben Nähte zwischen fünf und zwanzig Zentimetern Länge über die verschrumpelte Haut.

Ein PJler machte sich daran, die Fäden zu ziehen. Er sammelte fein säuberlich die Knoten und legte sie neben sich auf ein Tuch, während ich die Deckenplatten zählte. Als er fertig war, sah das Tuch aus wie von einem Ameisenhaufen bevölkert. Er schwitzte. Doktor Surbani, der alte Chefanimateur, kam rein:

»Sie werden noch eine Weile mit Krücken laufen müssen, aber aufsetzen dürfen Sie das Bein.«

»Was hab ich mir denn unter ›eine Weile‹ vorzustellen?«

»So lange, bis es geht. Das kann auch noch ein paar Wochen dauern. Ich habe Ihnen einen Bericht für den nachbehandelnden Arzt geschrieben. Am besten, Sie besorgen sich eine Verordnung für eine krankengymnastische Behandlung, das kann die Rekonvaleszenzzeit erheblich verkürzen.«

Ich bekam sofort eine Vorstellung von dem, was er mit ›eine Weile‹ meinte, als ich versuchte, beim Gehen den Fuß aufzusetzen.

»Sie sehen«, schnatterte er und grinste süffisant, »bis die Muskeln wieder zusammengewachsen sind, wird es noch dauern.«

Am Abend feierte ich mit Tom, Camie, Jan (einem Freund aus Köln, der zu Besuch war) und Christopher den Umstand, daß ich wieder normale Hosen anziehen konnte. Christopher hatte ich bei ›Blum's Bodenbeläge‹ kennengelernt. Dort arbeitete er immer noch, im Verkauf. Spezialgebiet: Alleinstehende Frauen mit Geld. Er hörte niemanden lieber reden als sich selbst. An seinen freien Tagen versuchte er sich einzureden, er studiere Betriebswirtschaft.

Vorher nahm ich ein langes Bad, wobei ich einmal neues Wasser einließ. Ich ekelte mich bei der Vorstellung, etwas von dem, was von meinem Bein bröckelte, könne an meinem Körper haftenbleiben.

## 7

Mit Mila traf ich mich inzwischen regelmäßig. Sie schlich sich in mein Leben ein. Ich konnte sogar Klavier üben, wenn sie da war, bei jedem anderen war das unmöglich. Sie saß im Sessel und laß, während ich die Herren Cramer und Bülow auf den Mond wünschte.

Auf die Idee, Mila mit Camie, Tom oder Christopher zusammenzubringen, kam ich nicht. Sie blühte nicht gerade auf in Gesellschaft, so nahm ich an, daß sie kein besonderes Interesse an ausgelassenen Abenden in illustrem Kreis hätte.

Alles in allem blieb sie ein Rätsel für mich. Ich war immer noch nicht dahintergekommen, weshalb sie soviel Zeit mit mir verbrachte. Einmal dachte ich, sie könne sich in mich verliebt haben, verwarf den Gedanken aber sofort wieder.

Sie war äußerlich ruhig, aber selten richtig entspannt. Sie flezte sich nicht in den Sessel und ließ die Arme über die Lehne baumeln, wie Camie es tat, sondern saß mit angezogenen Beinen, die Knie unterm Kinn, aber trotzdem wie in Startlöchern, als würde sie jeden Moment losrennen müssen. Wenn das Telefon klingelte, zuckte sie zusammen.

Was war ich für sie? Ein Freund, ein unterhaltsamer Zeitvertreib, Bruder- oder Vaterersatz? Was für nutzlose Überlegungen. Aber so ist das: Wenn etwas im zwischenmenschlichen Bereich nicht offensichtlich mit Sex zu tun hat, ist man als Mann sofort überfordert.

»Erzähl mir was über deinen Vater.«

Wir spielten Backgammon. Ich fragte sie ganz unvermittelt

und bereute es sofort. Am innersten Tor zu rütteln war strengstens verboten.

»Mein Vater ist Kapitän zur See. Hab ihn ewig nicht gesehen.«

Damit war das Thema abgegessen. Ich versuchte, die Situation zu entschärfen: »Sei nicht sauer. Was soll ich machen, die Neunschwänzige aus dem Schrank holen und mein sündiges Fleisch kasteien?«

Sie lächelte.

Ich mußte nur noch zwei Steine aus dem Feld bringen, dann hatte ich gewonnen. Sie nahm den Koffer und schlug ihn mitsamt den Steinen zusammen.

»Gewonnen«, verkündete sie, womit mein Fauxpas rückstandslos entfernt war.

* * *

Als ich soweit genesen war, daß ich den Weg vom Bett ins Klo bewältigte, ohne einen Krampf im Bein zu bekommen, verabredete ich mich mit Christopher zum Billard. Ich bestellte den 12er Tisch in Frank's Billard Saloon, das ist der mit der besten Aussicht. Wenn man sich aus dem Fenster lehnt, hat man die Oranienstraße vom Moritzplatz bis zur Skalitzer unter sich. Christopher zockte mich erwartungsgemäß ab, von siebzehn Spielen gewann er elf, und das, obwohl ich versuchte, ihn betrunken zu machen.

Mitten in meinem besten Spiel kam eine Frau mit gestreiften Stretch-Jeans an unseren Tisch. Sie war betrunken, hatte dunkle, strähnige Haare und einen harten Zug um den Mund.

»Du fühlst dich wohl ganz toll mit deinem Holzschwanz.«

Sie machte eine Bewegung, die dem Queue galt. Im ersten

Moment dachte ich, sie würde es bespucken. »Kannste denn mit deinem Holzdildo auch schön STOSSEN?«

Ich wollte ihr schon sagen, daß ich momentan leider gezwungen sei, mein edel Stöckchen auch als Stütze zu verwenden, da ich es böse mit dem Bein hätte und mir durchaus bewußt sei, daß dies so aussähe, als säße ich auf hohem Roß, daß ich ansonsten aber ein ganz patenter Kerl sei, doch stand mir der Sinn nicht nach einer Diskussion, also sagte ich: »Ich bin halt ein echt knorker Typ, da kann man nichts machen.«

»Chauvi-Wichser!«

Sie beugte sich über den Tisch und rührte in den Kugeln, bis keine mehr an ihrem Platz war, dann sah sie mich herausfordernd an. Christopher hatte sich zur Wand gedreht und versuchte, sich das Lachen zu verbeißen, um ihren Zorn nicht noch mehr anzufachen.

»Warum gehst du nicht nach Hause und steckst dir einen Finger in die Ritze«, sagte ich. Irgendwie dachte ich, ich müsse ihren Erwartungen entsprechen.

Sie nahm eine Kugel vom Tisch und wog sie in ihrer Hand. Mir wurde kribbelig in den Fingerspitzen, so einer Billardkugel kann man eine gewisse Härte nicht absprechen. Statt mir damit den Schädel zu zertrümmern, ließ sie sie in eine Ecktasche fallen. Es genügte ihr, mein Adrenalin aufgeschreckt zu haben. Sie zischelte noch etwas von Eiern, die man abschneiden und Schwänzen, die man zu Seife verarbeiten sollte, dann schlängelte sie sich zwischen den Tischen durch dem Ausgang entgegen.

* * *

Mila und ich überlegten, was wir am Samstag machen könnten, als Chris anrief. Er erzählte mir, daß Elyssas Mast gebrochen war, daß sie aber am Samstag trotzdem eine Bootstour nach Klein-Venedig machen würden, weil am Wochenende auch Motorboote erlaubt waren, und ob ich nicht mitkommen wolle.

Chris war mein Zahnarzt, und die Kohle, die er mit seinem Job machte, interessierte ihn nicht sonderlich, solange er davon gut leben konnte, was nicht schwer ist, wenn man eine gut laufende Praxis hat. Eitelkeit war ihm völlig fremd, seine Klamotten kaufte er grundsätzlich im Ausverkauf, und wenn ihm jemand ein Sweatshirt für mehr als 30 Mark anzubieten wagte, verließ er wortlos den Laden.

Selbst ich amüsierte mich zuweilen über den Fummel, den er trug. Letztes Jahr hatte er einer Okkasion nicht widerstehen können und von einem polnischen Spediteur zwei Umzugskartons voller T-Shirts und Jogginganzüge erstanden, seitdem gingen seine Frau Caroline und er im Partnerlook. Das beste daran war nicht, daß die T-Shirts alle zu klein waren, sondern daß jedes einzelne Stück mit lachenden Clownsköpfen und einzeiligen Lebensweisheiten wie ›Don't worry, be happy‹, ›Clown Fashion‹ oder ›Keep smiling‹ bedruckt war.

Die Elyssa war ein inzwischen altersloser Schaukelkahn mit einem Dieselmotor, der so gebrechlich war, daß man eigentlich nicht weiter mit ihm rausfahren durfte, als man zurückschwimmen konnte. Dem gebrochenen Mast würde der Rest bald folgen. Doch manchmal veranstaltete Chris damit Tages- oder Wochenendtouren, die immer etwas Besonderes waren.

»Ich bin eigentlich schon mit einer Freundin verabredet«, sagte ich.

»Dann bring sie mit, wir sind nicht so viele, diesmal. Nur Tina, Lars, Marc und ich.«

»Wart mal kurz.«

Ich preßte den Hörer an meine Schulter.

»Hast du Lust, am Samstag eine Bootstour nach Klein-Venedig zu machen?«

»Au ja!«

Sie wippte vor Freude in meinem Sessel auf und ab. Ich war etwas erstaunt, sagte aber nichts.

»Chris? ... Ist gut, wir kommen mit. Wann?«

»Um neun bei uns.«

»Soll ich was mitbringen?«

»Wir haben alles außer Wein.«

»Bis dann.«

Es war das erste Mal, daß ich sie mit Freunden zusammenbrachte.

## 8

Samstag schmiß sie mich um sieben aus dem Bett, wahrscheinlich hatte sie vor Aufregung die ganze Nacht kein Auge zugemacht. Ich zog mir etwas über und ging zur Tür: »Wer hat die Chuzpe und wagt es …« – ich zog die Tür einen Spaltbreit auf und linste durch die Ritze, als wisse ich nicht, wer da sei – »… einen unbescholtenen Steuerzahler samstags um sieben Uhr zu behelligen. Aha, dacht ich mir's doch. Meine Teuerste, die Uhren werden noch nicht umgestellt, warum gehst du nicht noch mal nach Hause und legst dich ein Stündchen auf's Ohr?«

»Weil du deinen Arsch sonst überhaupt nicht mehr hoch bekommst.«

Das mußte ich ihr lassen, sie hatte sich schnell an meine Umgangsformen gewöhnt.

»Ich hab dir was mitgebracht«, sagte sie und drückte mir ein nachtblau eingeschlagenes Päckchen in die Hand.

»Was ist das?« Manchmal habe ich die Gabe, die dümmstmöglichen Sachen zu sagen. Jemand drückt dir ein Geschenk in die Hand, und du fragst: wasissndadrin? Mein Gott, Rai. Das ist so, wie jemanden, der sich die Fußnägel schneidet, zu fragen: wasmachstnda?

»Ein Geschenk.«

»…«

»Mach es auf.«

Ich zog die Schultern hoch und pellte die Verpackung ab. Zum Vorschein kam eine zierliche, undenkbar kitschig aufgemachte Hochglanzschachtel, deren Deckel mit einer

Vierfarb-Sternenpracht überzogen war, über der in erhabenen Goldlettern DESIDERI prangte.

»Pralinen?«

Sie legte den Kopf schief, als sehe sie die Schachtel zum ersten Mal.

»Tatsächlich.«

»Ich dachte immer, der Mann brächte der Frau Pralinen mit – als Zeichen seiner Hilflosigkeit. Weil er unfähig ist, sich etwas Originelles auszudenken. Nicht umgekehrt.«

»Ich bin eben emanzipiert.«

»Hmm. Ich esse eigentlich keinen Süßkram. Trotzdem – danke.«

»Probier eine.«

Sie machte ein bißchen viel Geschiß um eine Schachtel Pralinen, fand ich.

Als ich die Packung öffnete, kamen zwölf kleine Schokoladenhalbmonde zum Vorschein, von denen jeder wie in einem eigenen Schatzkästchen hockte. Als ich in einen hineinbiß, ergoß sich unerwartet eine stechende alkoholische Flüssigkeit in meinen noch verschlafenen Mund, die sich sofort mit der Schokolade zu einem intensiven süß-klebrigen Brei vermischte, der meinen ganzen Kopf zu füllen schien. Ich schwankte zwischen ausspucken und runterschlucken.

»Am besten du legst sie in den Kühlschrank, kalt essen sie sich leichter.«

»Wer hat sich denn das ausgedacht?« fragte ich, als ich die Masse meine Speiseröhre hinabgekämpft hatte und wieder atmen konnte.

»Ein makaberer Mafiosi, nehme ich an.«

»Die Füllung?«

»Ramazzotti. Die Pralinen sind ein Italien-Import. Scheißteuer. Selbst in Italien kaum zu bekommen. In Deutschland gar nicht. Eine echte Rarität.«

»Ein Glück. Wo hast du sie denn her?«

»Die bekomme ich immer von einer Freundin geschenkt. Und ich finde, sie schmecken fürchterlich.«

»Stimmt. Und was mache ich jetzt damit?«

»Essen, nehme ich an. Was sonst?«

»Toll. Danke noch mal. Muß eine gute Freundin sein, die dir so etwas schenkt.«

»Sehr komisch ...«

»Nein, im Ernst. Wenn du nicht den Mut aufbringst, ihr zu sagen, wie scheußlich die schmecken, mußt du sie schon sehr mögen.«

»Da ist was dran.«

Ich wollte die Schachtel an einer entlegenen Ecke im Kühlschrank verstecken, aber der war so leer, daß ich sie genauso in einem blattgoldenen Rahmen über meinem Klavier verstecken konnte.

Ich warf mich noch einmal aufs Bett, um eine natürliche Aufwachphase zu simulieren, aber Mila wirbelte so nervös in der Wohnung herum, daß ich mich geschlagen geben mußte.

»Was ist los«, gähnte ich, »weißt du nicht, wo das Klo ist?«

Sie streckte mir die Zunge raus und verschwand in der Küche.

Als ich die letzten Mitesser verschossen hatte und aus dem Bad kam, duftete frischer Kaffee auf dem Tisch.

»Trink den, bevor er kalt wird«, befahl sie.

»Darf ich so lange warten, bis er mir nicht mehr die Zunge verbrennt?«

»Nein.«

Als wir, noch immer eine halbe Stunde zu früh, im Auto saßen, fragte sie: »Hast du auch nichts vergessen?«

Als ob wir eine Weltreise machten.

»Ja«, flötete ich, »du hast recht. Laß uns einen Moment sinnieren. Es wäre zu traurig, wenn wir auf halbem Weg umkehren müßten, nur weil ich den Reisepaß liegengelassen habe.«

Zum Dank kniff sie mich in den Arm.

Wir waren die ersten, natürlich. Nach der Begrüßung stürzte sich Mila sofort auf die beiden Bälger von Chris und Caroline. Paul war knapp zwei, und man konnte schon richtig was mit ihm anfangen, seine Schwester Suse war ein Jahr jünger. Als ich Mila mit den beiden auf dem Boden hocken sah, fragte ich mich, wie sie durchs Leben kommen konnte, ohne zu sprechen. Führte das nicht unweigerlich dazu, daß einen das Taxi am falschen Ort absetzte und einem Möbel geliefert wurden, die man nicht bestellt hatte? Ich hatte das Gefühl, am liebsten wäre ihr, die gesamte Menschheit verlöre ihre Sprache, so wie sie jetzt dasaß mit diesen noch wortlosen Wesen.

Für gewöhnlich sprechen Erwachsene ja mit Kindern, und wenn es nur der größte Stuß ist, aber lassen können sie es nicht: ›Haititaititaiti, dudidudidudi‹ oder Absonderungen ähnlicher Art. Nicht so Mila. Sie kniete auf dem Boden, sagte gar nichts, und die drei verstanden sich prächtig. Paul stapelte eifrig Holzklötze zu skurrilen Türmen auf und riß sie, sobald ihn seine Motorik im Stich ließ, mit großem Geschrei wieder ein, worauf er sich die bunten Steine von Mila zusammensuchen ließ, und das Spiel begann von vorn. Das war ihre Welt: Jenseits der Sprache. Da, wo die Wahrheit wohnt, dachte ich und kam mir ziemlich albern vor.

Als die anderen eintrudelten, sah Mila kaum auf. Ob sie selber Kinder haben wollte? Weshalb hatte sie eigentlich keinen Freund? Weshalb hatte ich keine Freundin? Hatte dieser Umstand etwas zu bedeuten? Was würde sie empfinden, wenn sie wüßte, daß ich mit einer anderen Frau ins Bett ging? Was würde ich empfinden, wenn sie …? Oder fühlte sie sich gar nicht zu Männern hingezogen? Wie alt mochte sie sein, was war ihre Lieblingsfarbe, hatte sie überhaupt eine …?

»Rai, was ist los, willst du hier bleiben?«

Caroline und die Kinder blieben zu Hause, sie würden frühestens nächstes Jahr mit aufs Boot können, immer vorausgesetzt, der Kahn existierte dann noch.

Die Fahrt war eine Wonne. Das wahrscheinlich letzte warme Wochenende verwöhnte uns mit einer lauen Brise und spätsommerlichen Sonnenstrahlen. Wir ließen ein Tau ins Wasser, und abwechselnd versuchte jeder, sich so lange daran festzuklammern wie möglich, während Chris den alten Diesel drangsalierte. Bei vier Knoten zog es mir die Badehose aus, bei fünf bekam ich den Kopf nicht mehr aus dem Wasser. Ich sah noch kurz, daß Marc seine zweite Hand zu Hilfe nahm, um mir mit seinen Fingern die Knotenzahl anzuzeigen – sechs, dann mußte ich loslassen.

Während Tina und Mila sich auf dem Kabinendach langmachten, ließen wir uns vom Wind die Haare trockenfönen und köpften die erste Flasche Wein. Mila war richtig ausgelassen, ich kam aus dem Staunen gar nicht mehr raus und war merkwürdig stolz deswegen, als wäre das mein Verdienst. Nachdem Marc ihr ein, zwei Becher Wein aufgedrückt hatte, konnte sie richtig lachen. Ich ließ mich so oft von den anderen über Bord schubsen, daß ich mich kaum noch hochziehen konnte – nur um ihr Lachen zu hören, bevor ich untertauchte. Schließlich war sie vom Wein so entspannt, daß sie für zwanzig Minuten einschlief. Ich wachte mit Argusaugen darüber, daß niemand ihren Schlaf störte. Wo kam bloß plötzlich dieser Beschützertrieb her?

Kurz vor Klein-Venedig wachte sie wieder auf, Marc schien nur darauf gewartet zu haben. Er ließ ein paar dumme Sprüche vom Stapel, die sie etwas verlegen machten. Chris verkündete, jetzt sei der ideale Zeitpunkt für einen Imbiß gekommen, bei der Gelegenheit könnten wir uns auch gleich mit der Landschaft vertraut machen, denn wegen des sich renitent gebärdenden Motors könne ein längerer Aufenthalt erforderlich werden. Während ich mir den Bauch mit Salat, Baguette und Käse vollschlug, zog sich Mila aus, präsentierte mir mit einem Was-gibt's-denn-da-zu-glotzen-Blick ihren neuen Badeanzug, bezog auf dem Kabinendach Ready-Position und meisterte einen Kopfsprung über die Reling. Als ich sah, wie die Herren Kapitäne ihr gesammelt nachstarrten, spürte ich wieder diesen albernen Stolz in mir aufsteigen.

Ein kindischer Stolz, der in eine Zeit gehörte, als ich noch mit Pickeln übersät war und glaubte, dem gemeinen Jungen aus dem Vorderhaus Angst einjagen zu können, indem ich mit meinem großen Bruder drohte, der mich doch nur verdrosch, statt mich zu rächen. Es war ein Gefühl, wie ich es hatte, als ich zum ersten Mal bei Karin Damm vorbeifuhr, um ihr mein neues, rotes, viel zu großes Fahrrad mit Dreigang-Nabenschaltung zu präsentieren.

Karin genoß eine streng katholische Erziehung, betete dreimal täglich aus Überzeugung (der Eltern), hatte eine Hornbrille, die ihr halbes Gesicht verdeckte und einen blaugescheckten Wellensittich, dem sie in monatelanger Schwerstarbeit ›Bubi ist lieb‹ zu sagen beigebracht hatte.

Wenn ich abends im Bett lag und an sie dachte, bekam ich immer ein Erektiönchen, mit dem ich nichts anfangen konnte, außer ungeschickt daran herumzureiben. Sie war meine erste große Liebe.

Chris hatte inzwischen eine eingeklemmte Schraube als Pannenursache diagnostiziert. Um den Schaden zu beheben, mußte ich noch einmal ins Wasser und das Seil der Abdeckplane durchschneiden, das sich in der Schraube verfangen hatte.

In Klein-Venedig war irgendwann die Zeit stehengeblieben. Wir tuckerten durch ein historisches Idyll, jeden Moment konnte man auf eine am Ufer stehende Gesellschaft in barocken Kleidern treffen. Ich war schwer beeindruckt.

Vom häufigen Trocknen in der Sonne waren meine Haare stumpf geworden. Es war windig, ich würde sicher eine derbe Erkältung bekommen – wenn schon.

Chris wollte rückwärts am Steg anlegen. Marc und ich hatten uns rechts und links auf dem Vorderdeck postiert, wir sollten uns die Taue schnappen und, daran ziehend, das Boot zum Stillstand bringen. Ich fand, wir bewegten uns ziemlich schnell auf den Steg zu, aber ich kann nicht mal einen vernünftigen Knoten machen, also sagte ich nichts.

»Hühnerkacke«, rief Chris plötzlich. »Ich krieg den Gang nicht raus, die Kupplung klemmt!«

Marc und ich griffen nach den Tauen und zogen, so fest wir konnten, nur daß das nichts und niemanden beeindruckte. Die Taue rutschten durch unsere Hände, als gäbe es uns gar nicht. Wir wechselten noch einen fragenden Blick, dann purzelten wir durcheinander.

Erst vor zwei Wochen hatte man die alte hölzerne Steganlage für mehrere hunderttausend Mark durch eine metallene ersetzt, die jetzt mit einem lauten Zzzzoooiiinngggg in ihren Grundfesten erzitterte. Ein kleiner Junge auf dem Nachbarsteg wurde kräftig durchgeschüttelt. Das Ruderblatt zerbarst in kleine Teile, und die Pinne wurde zu Sägemehl zerdrückt.

»So was«, sagte Chris, nachdem wir uns gesammelt und er den Schaden untersucht hatte, »der alte Kahn geht einfach nicht kaputt. Seht euch das an! Das Boot selbst ist völlig unversehrt, das gibt's doch gar nicht.«

Er schüttelte verwundert den Kopf.

Außer Lars, der sich unter Deck den Kopf angerammt hatte und dem jetzt das Auge zuschwoll, waren alle ohne Blessuren davongekommen. Die Keule, die von der Pinne übrigblieb, nahm Chris als Trophäe mit. Ungläubig sah er auf sie herab: »Ich kann's nicht glauben, nicht ein Kratzer am Boot.«

Caroline hatte einen eimergroßen Topf Spaghetti mit Bolognese vorbereitet. Paul und Suse schliefen bereits. Ich ging in die Küche und half den Wein vorkosten. Die Hälfte von uns hatte sich um die Kochstelle versammelt, alle waren bester Stimmung. Abwechselnd versuchte einer von uns, Caroline abzulenken, damit die anderen aus dem Soßentopf naschen konnten, aber sie ließ sich nicht hinters Licht führen.

»Hier.«

Sie drückte mir ein Stück Parmesan und eine Reibe in die Hand. »Damit du was Vernünftiges zu tun hast und mir nicht die Haare vom Kopf frißt.«

Langsam füllte sich die Schüssel mit nach Italien duftenden Käsekrümeln. Auf dem Balkon standen Mila und Marc, der sein Charmelämpchen angeknipst hatte. Ich versicherte mich, keinerlei Eifersuchtsgefühle zu hegen, und war beruhigt. Daß ich mir den Daumennagel an der Reibe einriß, war bloßer Zufall.

Zum Essen trank ich mehr Wein, als ich vertrug, was nicht oft passiert, denn um von Wein betrunken zu werden, brauche ich meist so lange, daß mir vorher langweilig wird. Ich dozierte über alles mögliche, erzählte wilde Geschichten von fleischfressenden Pflanzen mit Schambehaarung und einem nur in Malaysia lebenden Tiger, der fünfzigmal in der Stunde kopulieren könne. Betrunken bin ich meist ziemlich genitalfixiert. Unbetrunken eigentlich auch.

Bevor ich mich verabschieden mußte, bat mich Caroline, etwas zu spielen. Bereitwillig setzte ich mich an Opas seit der Silberhochzeit nicht mehr benutztes Klavier, obwohl mir das vor Freunden sonst Unbehagen bereitet, und spielte eines meiner Lieblingsstücke, Gershwins Präludium Nr. 2. Es ist nicht nur ein schönes Stück Musik, sondern birgt darüber hinaus den nicht unbedeutenden Vorteil in sich, daß ich es in jeder Verfassung fehlerfrei intonieren kann.

Beim Spielen erinnerte ich mich daran, wie ich mit meinem Busenfreund Ramon im zarten Alter von siebzehn Jahren auf der Geburtstagsfeier einer ihm zu Füßen liegenden weiblichen Person mir nicht mehr gegenwärtigen Namens gewesen war. Zu vorgerückter Stunde beschlossen die verbliebenen acht Personen, darunter auch Ramon und ich, die elterliche Sauna aufzusuchen. Als alle schon im Schweiße ihres Angesichts nach Luft rangen, bemerkten wir das Fehlen von Aufgußwasser. Da niemand willens oder imstande war, das schweißtreibende Naß heranzuschaffen, goß ich kurzerhand den Rest, etwa ein Drittel, der Southern Comfort Flasche auf den Ofen, wodurch ich in kürzester Zeit neue Freunde gewann.

Vom weiteren Verlauf des Abends ist mir nicht mehr viel in Erinnerung geblieben, außer daß ich Gershwins Präludium Nr. 2 gespielt und Ramon dabei seinen Kopf an meine Schulter gelehnt hatte.

»Soll ich dich nach oben bringen? Nicht daß dir mit deinem Bein was passiert?«

War ich etwa unterwegs eingeschlafen?

»Non merci, Mademoiselle, that will not have to be necessary.«

Wir standen vor meinem Haus. Ich würde gleich durch diese dunkle Tür gehen, einen noch dunkleren Hausflur entlang, über einen toten Hof in einen weiteren, doppelsuperdunklen Hausflur …

»Durch diese trübe Tasse muß er kommen«, blubberte ich, »es führt kein andrer Weg … ins Bett. Gute Nacht.«

Ich gab ihr einen Kuß auf den Mund, einfach so. Sofort gefroren ihre Lippen. Ihre Hände verkrampften sich, ihre Wirbel wurden zu Holz. Da war es wieder, ich hatte gewagt, am innersten Tor zu rütteln. Sie sagte: »Tut mir leid.«

»Dir braucht nichts leid zu tun, so war es sowieso nicht gemeint.«

»Ich weiß, daß es so nicht gemeint war.«

Erwähnte ich es schon? Manchmal habe ich die Gabe, die dümmstmöglichen Dinge zu sagen.

Es gab nichts, was ich sagen konnte, das die Situation nicht noch schlimmer gemacht hätte.

»Ich …«

»Ist schon gut.«

Sie senkte den Kopf, mir wurde übel. Ich sagte: »Willst du mit raufkommen, ich mach uns 'nen Kaffee.«

Sie schüttelte den Kopf. Ich war schon ausgestiegen, jetzt kniete ich wieder in der Tür, starrte auf meine Hände.

Die Pause dehnte sich wie eine Blutung, die man nicht stoppen kann. Sie wisperte: »Gute Nacht.«

Im Hinterhof blieb ich stehen und atmete einmal tief durch. Die Luft war warm und schmeckte nach saurer Milch.

Ich nahm mir ein Bier aus dem Kühlschrank, setzte mich

auf die Fensterbank. Ein Fernseher flimmerte im Vorderhaus. Ein Videorecorder spuckte Leichen auf den Bildschirm, ich konnte quietschende Reifen, Schüsse, die Schreie einer Frau hören. Der Saure-Milch-Geruch kroch aus dem Müllcontainer und kletterte die Wand zu meinem Fenster rauf. Meine Gedanken kreisten eine Zeitlang um Mila, dann flogen sie auf und davon.

## 9

Im Briefkasten wartete eine Nachricht meiner Bank auf mich: ›Bitte besuchen Sie Ihren FINANZBERATER‹. Die Herren Schlipsträger fürchteten offenbar, ich könne bereits meine Koffer gepackt und das Land verlassen haben. Netterweise waren dem Schreiben meine letzten Kontoauszüge beigefügt. Ob es nicht schön wäre, wieder in den Bereich meines Dispo-Kredits vorzudringen, wollte mein FINANZBERATER wissen.

Es wurde höchste Zeit, wieder meinem Broterwerb nachzugehen. Wochenlang hatte ich von Erspartem gelebt, das es nicht gab. Ich rief Herrn Kuhn vom Café ›Jaeschke‹ an und fragte, ob mein alter Job noch frei sei.

Das Café ›Jaeschke‹ ist eines von Berlins Traditions-Caféhäusern in Ku'damm-Nähe. Ich spielte dort an den Wochenenden für ältere Damen und Touristen, die ein bißchen Großstadtflair schnuppern wollten.

»Herr Borgers, Jott sei Dank! Jeht's Ihnen besser, ja?« – »Juut.« – »Ick hab schon jefürchtet, Sie lassen uns in Stich.« – »Jaja. Wissen Se, also unser Ersatzpianist, det is ja 'n netter, aba … wie soll ick saang, bei Chopin da denk ick imma, der bricht sich gleech de Finga. Mensch, det reimt sich ja sogar.«

Er war ganz begeistert von seinem Reim: »Bei Chopin denk ick imma, der bricht sich gleech de Finga – det merk ick mir.« – »Ja natürlich könn Se. Frau Schmitthuber hat sich übrigens ooch schon janz sorjenvoll nach Sie erkundicht.«

Frau Schmitthuber war eine Mittsiebzigerin, die regelmäßig Sonntag nachmittags ins Café kam und ein Kännchen Kaffee trank, mit Milch, ohne Zucker. Lange vor mir war sie dort bereits eine feste Größe, und sie würde mich zweifellos überdauern. Sie trug stets einen Hut. Wenn sie ging, kam sie bei mir vorbei, verabschiedete sich und legte einen Zehner auf den schwarzen Bechstein.

Einmal hatte sie einen Musikwunsch geäußert, ›Am Kamin‹, aus Schumanns Kinderszenen, das ich seither fest im Programm hatte. Sonst sprachen wir nicht miteinander, aber auf ihrem Gesicht erschien ein entrücktes Lächeln, wenn ich es spielte. Sie fixierte dann versonnen einen Punkt am Horizont und hing Erinnerungen an längst vergangene Zeiten nach.

»Ja, Samstag is recht.« – »Jut denn, tschüssi.«

Ich schmunzelte: Er war 62 Jahre alt und 115 Kilo schwer, aber wenn er ›tschüssi‹ in die Muschel flötete, klang es, als überziehe er den Hörer mit Zuckerguß.

Camie konnte nicht verstehen, warum ich Spaß daran hatte, meine Wochenenden zu vergeuden, um in einem Café alten Omis Rührungstränen in die Augen zu treiben, sie hatte keinen Sinn für romantischen Schwermut. Manchmal holte sie mich ab, dann war sie immer darauf bedacht, möglichst schnell wieder draußen zu sein. So auch an dem Samstag, als ich zum ersten Mal wieder spielte. Ich müsse noch schnell zu Herrn Kuhn, sagte ich. Sie murmelte etwas von ›draußen warten‹ und ging vor.

Herr Kuhn war mit dem Abtrocknen von Gläsern beschäftigt, die weiße Schürze spannte sich über seinen Bauch. Ob er mir mein Geld ausnahmsweise schon heute geben könne? Er frotzelte: »Sind wohl knapp bei Kasse?«

Ich sagte ihm, daß er, wenn er mal eine Packung Mitleid

loswerden wolle und nicht wisse, wohin damit, eine Bankauskunft über mich einholen solle, das wirke garantiert. Das wiederum wirkte bei ihm. Mit einem kurzen Blick versicherte er sich, daß Frau Kuhn nicht in der Nähe war, dann zupfte er drei Fünfziger aus der Kasse und schob sie über die Theke, sonst bekam ich zwei.

Das Wort macht mich fertig, aber ich quälte es mir raus: »Danke.«

Er zwinkerte mir zu: »Einstandslaache.«

»Bis morgen.«

»Tschüssii.«

»Wie hältst du es da drin bloß aus?«

Camie hatte den Jackenkragen hochgeschlagen. Die ersten Blätter wirbelten über die Straße, der Sommer verpißte sich dieses Jahr mit erschreckendem Tempo. Eigentlich verpißte er sich jedes Jahr mit erschreckendem Tempo.

»Du verstehst das nicht«, sagte ich zu ihr. »Stell dir vor, eine dieser Damen bekommt nächste Woche Besuch von ihren Enkelkindern. Das erste, was sie denen erzählt, ist, daß sie am Samstag Kaffee trinken war und ein netter, gutaussehender, charmanter junger Mann zum Niederknien schön Klavier gespielt hat.«

»Laß uns was trinken gehn.«

Sie hatte Hunger und Durst. Wir gingen in eine dieser Pizzerien im Tropfsteinhöhlen-Look, wo ich an meinem Bier nippte und lustlos im Salat stocherte. Mila ging mir nicht aus dem Kopf. Ich wußte nicht, was da nicht stimmte. Wußte ich überhaupt, daß etwas nicht stimmte? Es hatte Wochen gedauert, ehe ich erfahren hatte, daß sie Medizin studierte und manchmal in einem Architekturbüro arbeitete.

Wir kannten uns nun schon seit Monaten, aber ich war noch nie bei ihr gewesen, wußte nichts über ihre Familie oder ihre Freunde. Nicht daß sie viel über meine gewußt hätte, aber ich bildete mir ein, das sei was anderes.

Camie konnte den Anblick meiner stochernden Gabel nicht lange ertragen: »Also? Was ist los?«

»Camie-e?«

»Oh nein, bitte nicht. Wenn du so anfängst, kommt als nächstes der Weltuntergang.«

»Ich muß mit dir reden.«

»Das hatte ich befürchtet. Laß mich raten ... mmh ... die Frau, die du kennengelernt hast ... äh ...«

»Mila.«

»Genau. Was ist mit ihr, hat sie Fußpilz?«

»Nein. Es ist ... wie soll ich dir das bloß erklären ...?«

»Du bist verliebt!«

»Nein, ich bin nicht ...«

»... Erzähl mir nichts, Rai! Ich kenn dich, du bist ver...«

»Camie!«

»O. K. Schätze, du bist nicht verknallt, aber wenn du mich fragst ...«

»Oh Mann«, stöhnte ich.

»Also schön, entschuldige ... Also?«

»Irgendwie ist das komisch mit Mila ...«

»... Sag ich doch.«

»Nicht was du denkst.«

Es bereitete ihr sichtliches Vergnügen. »Fofo.« Sie schluckte und spülte mit Bier nach: »Und inwiefern ist sie merkwürdig?«

»Ich glaub, ich versteh es selbst nicht ...«

Sie zuckte mit den Schultern und lud ein Stück Pizza nach.

Was sollte ich sagen? Daß ich nicht wußte, wo sie wohnte, obwohl wir uns seit Monaten kannten? ›Frag sie‹, hätte Camie geantwortet. Ich gab es auf.

»Laß uns ins Kino gehen«, schlug ich vor, »was leicht Verdauliches.«

»Na also.«

## 10

Die Sonne hatte sich noch einmal durch die Wolken gekämpft. Für kurze Hosen oder T-Shirts war es längst nicht mehr warm genug, aber es reichte, um einen vor die Tür zu locken.

Ich beschloß, daß die Zeit gekommen war, meine Laufschuhe wiederzubeleben. Einmal die Strecke durch den Park, das war mein Ziel.

Die matschigen Mulden auf dem Parkplatz umfuhr ich mit schlafwandlerischer Sicherheit und parkte neben Camies Wagen. Sie arbeitete heute im Park-Restaurant. Ich dehnte mich gewissenhaft, aber meine Wade fühlte sich nicht so an, als wollte sie mitlaufen.

Die ersten zwei Kilometer gingen ganz gut, meine Lungen pumpten sich bis zum Anschlag voll, kleine Kinder strampelten auf noch kleineren Fahrrädern, Eltern mahnten ihre Zöglinge, sie sollten sich nicht immer gegenseitig ärgern. Als ich nach einem Drittel der Strecke bei der runden Bank vorbeikam, war ich noch sicher, die ganze Distanz zu schaffen. Doch mit der Zeit wurden meine Beine etwas schwer, das rechte besonders. Ich mußte abhusten, ein gewichtiger Brocken kam von meinen Bronchien hoch. Ich spuckte ihn in einen Busch, ein Faden blieb an meinem Kinn zurück. Mit jedem Schritt wurden meine Lungen etwas kleiner, und ein dumpfes Gefühl breitete sich im Bein aus. Das T-Shirt klebte mir bereits an der Brust, und der Nacken fühlte sich ebenfalls feucht an.

Kein Problem für dich, Rai. Wenn du erst am Wasser bist, hast du die Strecke so gut wie geschafft.

Die Aufmunterung half kein bißchen. Ich hatte das Gefühl, einen Berg hochzulaufen. Ein stechender Schmerz wurde bei jedem Tritt stärker, beim Einatmen pfiffen meine Bronchien wie ein Wasserkessel. Wo blieb nur der verdammte See?

Endlich kam ich an der Kreuzung mit der kleinen Bank vorbei, auf der nie jemand saß. Von hier aus war es nur noch ein Kilometer bis zum Wasser und von da aus nur noch ...

Inzwischen stöhnte ich beim Ausatmen. Ein älteres Ehepaar, an dem ich vorbeizappelte, schaute mir mitleidigen Blickes hinterher und fragte sich, welche Macht mich dazu trieb, solche Qualen durchzustehen. Ich nahm die letzte Linkskurve und dann die Rechtskurve, die zum Wasser führte. Ich konnte es schon sehen. Mit einem Aufschrei fiel ich zu Boden, alle Extremitäten von mir gestreckt, rappelte mich wieder auf und hinkte auf den nächsten Baum zu, gegen den ich mich stemmte, um den Krampf zu lösen.

Ein Erstklässler zog mit entsetztem Blick an der Jacke seiner Mutter, ein junges Paar, das eben noch Enten gefüttert hatte, schaute verstört zu mir herüber, eine ältere Frau hechtete ins Gebüsch und leinte ihren Kläffer an, so als könne ich jeden Moment über ihn herfallen.

Gleich würde ich meine Lunge auskotzen, und nicht nur die. Mir war speiübel. So war das also: Jahrelang trieb man Sport, hielt sich fit, und dann diese Schmach. Selbst Frau Schmitthuber hätte mich abhängen können. Wenigstens arbeitete Camie heute. Kleiner Trost.

Ich schleppte mich vorsichtig am See entlang, um den Krampf nicht noch mal zu wecken, und beendete die Runde hinkend, wie ein angeschossener Westernheld.

Im Restaurant stolperte ich Camie fast das Tablett aus den Armen. Sie lächelte wortlos, als sie mein schweißüberströmtes Gesicht sah. Es gab viel zu tun, die meisten Tische waren besetzt, trotzdem setzte sie sich kurz zu mir: »Wie war's?«

Ich winkte ab.

»Was willst du?«

»Ein Weizen – Hefe«, hechelte ich.

»So schlimm?«

Sie schenkte mir noch ein Lächeln.

»Bloß kein Mitleid.«

Am Nachbartisch saß eine vierköpfige Familie. Papa schob ständig die letzten Haare über seine Platte, Mutti fingerte nervös an ihrem Rüschenblüschen. Als sie bemerkten, daß ihre kleine Tochter mich interessiert dabei beobachtete, wie ich meine Schweißperlen von der Kinnspitze ins Weizenglas tropfen ließ, rückten sie ihren Stuhl so an den Tisch, daß sie mich nicht mehr sehen konnte, und verlangten die Rechnung.

# 11

Ich ließ die Tür ins Schloß fallen. Diese blöden, kleinen, arroganten, aufgeblasenen, häßlichen, verwöhnten ... Dosen.

Tom hatte mir einen Job besorgt, für den ich ihn mein Leben lang ... na ja, hassen würde ist zuviel gesagt: Unterricht geben. Ich hatte das nie gemocht und nur darauf zurückgegriffen, wenn es gar nicht mehr anders ging – und jetzt das. Leider ging es gar nicht mehr anders. Mein FINANZBERATER bekam bereits hektische Flecken.

Tom hatte bei einem Werbedreh die Bekanntschaft des Chefs von ›Cool Radio‹, Herrn Geyer, gemacht, dessen Lieblingsausspruch (›Wir sind ein Vorzeigeunternehmen der Stadt Berlin‹) Tom nun bei jeder sich bietenden Gelegenheit zum besten gab. Dieser Mensch hatte zwei Töchter, schnippische, affektierte, selbstsüchtige, mißgünstige, zugeknöpfte, antriebslose Gören.

Tom war mit ihm ins Gespräch gekommen und hatte gleich erfahren müssen, was Herr Geyer für exzeptionell begabte Töchter hatte. Im Verlauf des Gesprächs stellte sich heraus, daß Familie Geyer neu in Berlin war und Vater Geyer händeringend nach einer ›kompetenten Fachkraft‹ für seine Töchter suchte. Tom wußte um meine finanzielle Situation und dachte, er täte mir einen Gefallen, als er ihm von mir erzählte.

Die Folgen waren fatal. Herr Geyer rief bei mir an (›Cool Radio, Geyer hier‹), bot mir fünfzig Mark pro Stunde, und ich prostituierte mich. Seitdem fuhr ich einmal in der Woche nach Mitte zu Tam-ti-tam-Geyer und seiner Zehn-Zimmer-Eigentumsklitsche, die aussah wie ein Möbelhaus.

»Ich hätte mir natürlich auch ein Haus in Potsdam kaufen können, aber ich muß spüren, wie das Leben pulsiert«, eröffnete er mir bei meinem Antrittsbesuch. Mein Gott.

Dort unterrichtete ich dann zwei volle Stunden lang seine bedauernswert talentfreien Töchter, die sich für Gottesgeschenke an die Pianistenwelt hielten, kassierte meine hundert Mark ein, versicherte Geyer senior, seine Töchter hätten eine großartige Karriere vor sich, und hatte den Rest des Tages schlechte Laune. So gesehen, war ich nicht gerade überbezahlt.

Das schlimmste war, daß die beiden Giftspritzen mich auch noch total ›hip‹ fanden, sie buhlten richtig um meine Gunst. Sobald ich die eine, immer unter großem Protest, des Raumes verwiesen hatte (ich legte großen Wert darauf, sie einzeln zu unterrichten, weil sie sonst nie über Tonleitern hinauskämen), versuchte die andere, ihre Schwester auszustechen, indem sie die kuriosesten Dinge über sie erzählte.

Yvonne Constance (französisch ausgesprochen, versteht sich – und dann: Geyer), die Jüngere, hatte mir heute erzählt, Marie Therese hätte in der Schule zwei weiße Mäuse geklaut und im Keller lebendig verspeist.

»Ich war selber dabei«, insistierte sie. »Sie hat sie am Schwanz genommen, und dann so …« Sie legte ihren Kopf in den Nacken und tat so als, als verschlucke sie etwas, das zwischen Daumen und Zeigefinger eingeklemmt hin und her baumelte. Als Zeichen ihres Ekels verdrehte sie zusätzlich die Augen.

»Das ist aber seltsam«, entgegnete ich, »denn normalerweise reißen die Schwänze von weißen Mäusen sofort ab, wenn man sie daran hochhebt.«

»Vielleicht waren's auch andere, so genau hab ich nicht hingeguckt.«

»Ach so.«

Bis Weihnachten, so der Wunsch des Herrn Papa, sollten sie ein kleines Liedchen spielen können, etwas zum Mitsingen für die Familie. Durch welches Wunder das passieren sollte, wußte ich auch noch nicht.

Das Telefon klingelte.

»Nein«, schnaubte ich in den Hörer.

Keine Antwort, nur ein Schluchzen am anderen Ende. Nach einer Ewigkeit:

»Rai?«

»Mila?«

Was war das denn?

»Kann ich vorbeikommen?«

»Natürlich kannst du vorbeikommen. Soll ich dich abholen? Wo bist du jetzt?«

Klick – aufgelegt. Ich versuchte sie anzurufen, aber es nahm niemand ab. Was konnte passiert sein? Vor drei Tagen hatte ich sie das letzte Mal gesehen. Wir waren ins Kino gegangen – wie immer. Ich hatte keinen Schimmer.

Die nächste halbe Stunde rannte ich völlig fickerig durch die Wohnung. Endlich klopfte es an der Tür.

»Ach du Scheiße«, entfuhr es mir.

Sie sah zum Fürchten aus.

»Du siehst zum Fürchten aus«, quoll es aus meinem Mund, als hätte ich noch nie etwas Intelligentes abgesondert. Ihr Gesicht war verheult, die Hände zitterten, ihr Blick war der eines gehetzten Tieres.

»Setz dich«, sagte ich, »ich mach dir 'n Kaffee.«

Sie kauerte sich im Sessel zusammen, schlang ihre Arme um die Knie und preßte die Beine an die Brust. In diesem Zustand hatte ich sie schon einmal gesehen, und das würde ich nicht vergessen. Ich befürchtete das Schlimmste.

Sie hatte sich keinen Zentimeter bewegt, als ich aus der Küche kam und die Tasse vor ihr abstellte. Ihr Gesicht war nicht zu sehen, nur ein Vorhang brauner Haare. Ich setzte mich ihr gegenüber aufs Bett, hielt mit beiden Händen meine Tasse fest und sagte nichts.

Sie weinte, ihr Körper zitterte. Erst kaum sichtbar, dann stärker. Sie schluchzte. Aus dem Schluchzen wurde ein Jammern. Der ganze Körper bebte.

Es hörte überhaupt nicht mehr auf. Ich saß da, als hätte ich so etwas noch nie gesehen. Hatte ich auch nicht. Ich ging zu ihr und hockte mich vor sie. Ich hörte mich sprechen – wie zu einem Baby. Sie war ganz weit weg, keine Ahnung, ob sie mich hörte. Sie saß in meinem Sessel und heulte und wimmerte und hörte nicht auf.

Als ich nicht mehr hocken konnte, nahm ich sie, ich faßte sie tatsächlich an, und trug sie auf mein Bett. Sie merkte es gar nicht. Sie knäulte sich zusammen wie ein Fötus. Ich zog ihr die Schuhe aus und deckte sie zu. Sie hörte nicht auf, es ging immer weiter. Ich setzte mich ans Ende meines Bettes, nahm ihren Kopf auf meine Beine und streichelte ihr Haar.

So blieben wir eine Ewigkeit.

Ich kann nicht mal sagen, daß ich mir blöd dabei vorkam. Es gab mir einen Sinn. Wenn ich ehrlich bin, muß ich sogar zugeben, daß es mich mit Stolz erfüllte, auch wenn ich weiß, daß Eitelkeit eigentlich ein Zeichen mangelnder persönlicher Reife ist.

Sie weinte, ich beruhigte sie und strich ihr durchs Haar.

Der Kaffee wurde kalt, mein Rücken tat weh, sie weinte, und ich strich durch ihr Haar.

Dann schlief sie vor Erschöpfung ein. Ich war mit den Nerven runter. Am liebsten wäre ich ins ›Morena‹ gegangen, um die hundert Mark von Herrn Geyer in Gin Tonic umzusetzen, aber ich wollte sie nicht allein lassen. In solchen Momenten verflucht man sich, wenn man kein Bier im Haus hat. Zum Glück hatte ich welches. Ich lehnte die Tür an, goß mir ein Glas ein, kippte es runter, goß nach.

Ob die anderen Küchen in diesem Haus auch so ein sinnloses Fenster hatten? Alles, was man dadurch sehen konnte, war eine fensterlose Häuserwand, so nah, daß ich dranspucken konnte, und zwei Quadratzentimeter Himmel – wenn ich mich lebensgefährlich hinauslehnte und den Kopf verdrehte. Alles, was je zu diesem Fenster hereindrang, war Dunkelheit. Die Küche würde sich aufhellen, wenn ich es zumauerte.

Ich sah aus dem Fenster, als gäbe es dort etwas ganz Spannendes zu sehen, und fragte mich, was diesen Zustand bei Mila verursacht haben konnte, aber ich fand keine Antwort.

Ich trank den Rest der Flasche aus und schlich ins Zimmer zurück. Aus dem Flur holte ich die Besuchermatratze und legte sie an die Wand gegenüber meinem Bett. Knirschten die Dielen eigentlich immer so laut? Vorsichtig nahm ich die Baumwolldecke unter ihren Füßen hervor, zog Hose und Strümpfe aus und legte mich hin. Am Sessel vorbei konnte ich ihren mondbeschienenen Arm vom Bett herunterhängen sehen.

* * *

Das Telefon klopfte mit Vehemenz gegen die Pforten meines Traumes. Ich versuchte dagegenzuhalten, aber das Klingeln war zu mächtig, und mein Traum verflüchtigte sich wie der Rauch einer Zigarette. Im Hof brüllten sich zwei Kinder mit einem türkisch-deutschen Mischmasch die Ohren voll. Das Bett war leer. Auf dem Tisch lag ein Zettel:

*»Guten Morgen*
*Mila«*

Daneben eine weiße Rose. Keine Ahnung, wo sie die hergezaubert hatte. Wie war sie überhaupt aus der Wohnung gekommen, ohne mich zu wecken? Knirschten die Dielen bei ihr leiser? Beim Anblick des verwaisten Bettes überkam mich ein völlig unbrauchbares Einsamkeitsgefühl. Das Telefon gab nicht auf. Vielleicht Mila?

»Hallo?«

Eine tiefe Männerstimme mit osteuropäischem Akzent meldete sich: »Hallo. Ich möchte Mila sprechen.«

Seine ch's klangen wie ein Schnarchen.

»Äh … wie bitte?«

»Ich möchte Mila sprechen«, dröhnte die Stimme jetzt mit Nachdruck. Geduld gehörte nicht zu den hervorstechendsten Eigenschaften des Anrufers.

»Mit wem spreche ich denn überhaupt?«

»Habe ich das nicht gesagt?«

»Nein.«

»Dann werde ich einen Grund haben dafür.«

Hatte der Typ 'ne Vollmeise? Auf jeden Fall hatte er meine Telefonnummer, und wie er dazu kam, hätte ich doch zu gerne gewußt.

»Woher haben Sie meine Nummer?«

»Das ist nicht wichtig. Sag mir, wo ist Mila. Ist sie da? Ich muß sie sprechen.«

Klar sag ich dir, wo Mila ist. Und Kroaten sind Vegetarier. Ich legte auf und erwartete, daß es gleich wieder klingeln würde, doch der Apparat blieb stumm.

Eine Zeitlang blieb ich reglos sitzen und starrte auf das Telefon wie jemand, der vergessen hat, wer er ist, und versuchte, meine Gedanken nach logischen Gesichtspunkten zu ordnen, kam aber ziemlich schnell dahinter, daß ich mir auf den mysteriösen Anrufer keinen Reim würde machen können, und wenn ich den ganzen Tag so dasaß.

Mein nächster Gedanke war, Mila anzurufen und sie deswegen zur Rede zu stellen, aber erstens war sie jetzt bestimmt nicht zu Hause, und zweitens hatte ich den Verdacht, der Schreckliche Iwan, wie ich ihn im stillen nannte, könne von ihrem Apparat aus telefoniert haben und jetzt genauso vor ihrem Telefon sitzen wie ich vor meinem und mich augenblicklich durch die Leitung ziehen und zum Frühstück vertilgen, wenn ich es wagte, dort anzurufen. Drittens hatte ich das sichere Gefühl, daß, gesetzt den Fall, sie wußte, wer der Schreckliche Iwan war, sie mir alles andere als die Wahrheit sagen würde. Mehr noch – ich hatte Angst. Angst, sie könne sich von mir zurückziehen, wenn ich anfing, in ihrem Leben herumzustochern. Vielleicht gab es ja auch eine ganz banale Erklärung. Na ja, vielleicht auch nicht.

Vorerst würde ich die Sache auf sich beruhen lassen.

Während das Wasser heiß wurde, holte ich mir die Zeitung. Als sich die ersten Schlucke wohlig wärmend in meinem Körper ausbreiteten, fiel mir auf, das es zum Aufstehen noch zu früh war, also legte ich mich auf meine Schlafschaukel. Mila konnte nicht lange weg sein, das Bett war noch warm. Die Kissen dufteten nach ihren Tränen, als läge sie neben mir. Ich schlief sofort wieder ein.

Ich kam in ein Land, in dem es Unmengen Grünzeug gab. Die verrücktesten Pflanzen in den wildesten Farben überwucherten sich gegenseitig. Hoch über mir steckten Bäume mit Blättern wie Elefantenohren ihre Köpfe zusammen. Diffuses Licht drang an manchen Stellen durch die Blätterkuppel, eine Kathedrale aus Pflanzen, mit Säulen rindenloser Baumstämme.

Es gab keinen Weg, trotzdem hatte ich stets festen Boden unter den Füßen. Ich trug keine Schuhe und war erstaunt ob der immensen Größe meiner Füße. Nach ein paar Schritten wurde mir klar, daß ich nicht auf festem Boden ging, sondern kein Gefühl in den Füßen hatte. Ich bewegte mich auf ihnen fort, aber es war, als gehörten sie nicht zu mir. Sie stapften vorwärts wie große Puppenfüße.

Je länger ich ging, um so dichter und dunkler wurde es. Die Luft war feucht und roch nach Moos. Schließlich mußte ich mich ducken, um vorwärts zu kommen, und konnte kaum noch die Hand vor Augen sehen. Ich wollte umkehren, aber hinter mir war alles zugewachsen, ich hatte ein beklemmendes Gefühl. Vor mir lag ein düsterer Schlauch aus etwas Organischem, dessen Ende sich in schwarzem Nichts verlor.

Ein bißchen weiter war es bereits so dunkel, daß ich nur noch tastend vorwärtskam, außerdem wurde es so eng, daß ich auf Hände und Füße runter mußte. Das Dickicht verengte sich zu einer Röhre, mir war kalt vom feuchten Boden. Ich hielt inne.

Um mich herum nur Schwarz.

Aus der Entfernung kam ein Geräusch, kaum hörbar zuerst. Ein schwaches Licht flackerte in der Tiefe des Tunnels und näherte sich. Ich konnte erkennen, daß der Tunnel eine Biegung machte.

Das Geräusch wurde lauter. Es klang wie ein Tamburin, das

einen langsamen Takt schlägt. Hinter der Biegung erhellte sich der Schlauch, Blätter und Ranken formten sich aus dem Nichts.

Die Quelle des Lichts rückte ins Blickfeld. Es war die Flamme einer Kerze, getragen von einem Zwerg, der so klein war, daß er aufrecht durch den Schlauch gehen konnte, in dem ich beinahe liegen mußte. Er hatte ein runzeliges Gesicht und große Ohren, aus denen Haare sprossen. Er trug eine Lederhose, Seitlich war sie mit messingfarbenen Schellen besetzt, die bei jedem seiner Schritte klirrten.

Ein Laken hinter sich herziehend, grüßte er, indem er wortlos mit dem Kopf nickte. Er ging ohne Probleme an mir vorbei, obwohl es viel zu eng hätte sein müssen, und ich sah, daß auf dem Tuch, das er hinter sich herzog, Mila lag, schlafend, bis zum Hals in meine Decke gehüllt. Der Lichtkreis zog an mir vorbei und ließ mich im Dunkel zurück, während der Gnom mit Mila hinter einer weiteren Biegung aus meinem Blickfeld verschwand.

## 12

Regen trommelte gegen mein Fenster. In der Blechbüchse mit meinem Namen, die unten im Hausflur hing, fand ich einen Brief von Tom.

Er hatte sich und sein verrostetes Gefährt nach Griechenland gequält und plante, dort die nächsten drei Monate mit einer neunzehnjährigen Schwedin zu verbringen, die er auf der Fähre kennengelernt hatte. Bis dahin hätte man sich wenigstens nichts mehr zu sagen, was den Abschied erheblich vereinfachen würde, und falls es doch die große Liebe wäre, käme sie eben mit zurück. Außerdem müsse er allein schon deshalb so lange bleiben, damit er das Geld von seinem letzten Dreh auch garantiert vollständig verschleudern könne.

Ich machte das Radio an. In der S-Bahn hatten drei Jugendliche einen Mann erstochen, weil er kein Deutsch sprach. Vielleicht war der Mensch doch nicht die Lebensform, der die Zukunft gehörte.

Ich wäre gern zu zweit gewesen, um etwas Gesellschaft zu haben. Mein Leben blieb stehen und staubte ein, ich ging mir auf die Nerven.

Außerdem bekam ich das Brot nicht mehr aus dem Toaster, jeder Versuch machte es nur noch schlimmer. Ich schrieb es ab und ging in mein Schlaf-, Wohn-, Arbeits-, Musik- und Bibliothekszimmer, das graue Loch in der Küche trübte mein Gemüt. Im Sessel versuchte ich zu lesen – blablabla, fuck, shit, Dreck.

Ich schlurfte zum Bett und schaltete die Glotze ein, was wäre der Mensch nur ohne Fernbedienung? Eine drittklassige

Endlosserie flimmerte über den Bildschirm, in der keine einzige Außenaufnahme vorkam. Das Zimmer im Zimmer, wie praktisch. Nicht eine gut ausgeleuchtete Szene in dem Schmachtfetzen. Männer und Frauen gestanden sich unter scheinbar körperlichen Schmerzen ihre Liebe zueinander und mußten dabei die Augen zusammenkneifen, weil der Beleuchter die Flutlichtanlage nicht unter Kontrolle bekam. Ich stellte mir den Regisseur im Gespräch mit dem Produzenten vor: ›Wissen Sie, unser Beleuchter versteht sich nicht so aufs Dimmen.‹

Wenigstens Tom ging es gut, wie schön.

Dann rief Mila an, um sich für den vorangegangenen Abend zu bedanken.

»Reiner Eigennutz, ich wollte nicht allein sein«, sagte ich. Es war nicht mal richtig gelogen.

»Ich wollte dir nur sagen, daß ich für ein paar Tage zu einer Freundin fahre.«

»Ist alles in Ordnung?«

»Jaja, es geht mir gut. Ich ruf dich an, sobald ich zurück bin.«

»Ach Mila ...«

»Ja?«

Der Schreckliche Iwan hat bei mir angerufen. Bitte rechtfertigen Sie sich JETZT.

»Nichts. Schon gut.«

»Ist alles in Ordnung?« wiederholte sie meine Frage mit Ironie in der Stimme.

»Jaja, es geht mir gut.«

Es war eine ungewohnte Vorstellung – Mila zu Besuch bei einer Freundin. Ob es da auch einen Freund gab?

Haut ruhig alle ab. Macht euch keine Gedanken, mein Leben ist so gut wie beschlossen. Allein fühle ich mich ohnehin viel wohler: Rai, the lonesome rider, was für ein Scheißtag.

Der Ofen zog auch nicht richtig. Eigentlich zog er gar nicht, vielmehr gab er mir Rauchzeichen. Ich konnte zusehen, wie sich eine graue Rußschicht auf meine Bücher legte, und riß die Fenster auf. Erfrieren schien mir besser als ersticken. Ich setzte mich an Isabella, mein geliebtes Klavier, und versuchte, ein bißchen Bach zu spielen, aber die Kälte sog alles Leben aus meinen Fingern.

Dieser Tag verlangte nach etwas zu trinken. Wer immer den Alkohol als brauchbare Droge für den menschlichen Körper erschlossen hatte, war sicher in der gleichen Stimmung gewesen. Ich warf mir die Jacke über und stiefelte ins ›Morena‹.

Monsieur Thekenputzer hob den Kopf in meine Richtung.

»Ein Frühstück mit allem Zip und Zap und einen Sekt, biddeschön«, sagte ich.

Ich setzte mich ans Fenster, nahm mir was zu blättern mit vielen Bildchen und schönen Körpern drin. Eine Frau in Trauerflor, fast noch ein Kind, setzte sich zu mir an den Tisch. Schwarze Schuhe, schwarze Hose, schwarze Jacke, schwarzes Haar. Es gab auch unbesetzte Tische, aber das interessierte sie nicht. Sie schaute mich an, während sie mit beiden Zeigefingern an einer gelblich schimmernden Beule in ihrem Gesicht herumfriemelte.

»MMMnnnngggg PICKLL!« gluckste sie.

»Unschwer zu erkennen«, gab ich zu.

Sie stieß ein völlig irres Gelächter aus, der Pickel schien sie zu amüsieren.

»Das ist nicht mein Tag«, brabbelte ich.

Sie stand auf, grunzte und ging.

»Hey«, rief die Bedienung hinter mir, »du hast dein Bier noch nicht bezahlt!«

»Der Typ da zahlt für mich«, krähte sie.

Ich sah sie über die Straße gehen und im ›Madonna‹ verschwinden. Ich wehrte mich nicht. Wenn einen das Schicksal am Schlafittchen packt, bleibt einem nicht viel, als sich dem eigenen Martyrium zu beugen. Das Frühstück kam.

»Bringst du mir noch einen Gin Tonic, bitte«, fragte ich.

Er nickte. Er wußte Bescheid.

# 13

Als die Bank mir ein Ultimatum gestellt hatte und der Geist des allmächtigen Kuckucksmannes bereits wie ein Damoklesschwert über meiner Wohnung zappelte, machte ich mich mit ungewohntem Eifer daran, meinen Finanzhaushalt zu sanieren. Ich spielte bei jeder Tages- und Nachtzeit und zu allen erdenklichen Anlässen. Es machte mir sogar Spaß. Dazu kam, daß Misjöh Geyer die Unterrichtseinheiten für seine Töchter verdoppelte und meine Bezahlung aufstockte, als ob man Begabung kaufen könne.

Peter, mein alter Chef bei ›Blum's Bodenbeläge‹, rief mich an und fragte, ob ich bei der Ladeneröffnung einer Geschäftsfreundin spielen wolle. Es stellte sich heraus, daß besagte Freundin, Göbel mit Namen, mit Herrn Reichmann persönlich verheiratet war, der, um seiner Angetrauten einen Lebensinhalt zu geben, ihr eine Boutique am Ku'damm finanzierte.

Sie bot mir für einen Abend vierhundert Mark, und nachdem ich zweimal kräftig geschluckt hatte, stöhnte ich ein ›Selbstverständlich‹ in die Muschel.

In der Boutique gab es sehr wenig Geschmack für sehr viel Geld zu kaufen. Ich schätzte Frau Göbel auf Anfang Vierzig. Sie war sehr groß, sehr blond und sehr geschminkt. Zu Beginn ihrer Ehe waren sie und ihr Mann sicher glücklich gewesen und hatten jeden Tag miteinander geschlafen, aber das war lange her. Heute ging sie einkaufen und er fremd.

Sie hatte eigens für ihre ›kleine Eröffnungsfeier‹ einen

schwarzen Steinway von zwei Metern vierzig rankarren lassen. Bevor ich mich setzen konnte, stand ein Glas Schampus auf der Ablage. Um sieben fing ich an zu spielen. Ich hatte ein gutes Händchen und herrlich warme Finger. Nach einer Viertelstunde war ich richtig vertieft und berauschte mich am eigenen Spiel. Die Finger liefen so locker wie lange nicht. Ich ließ sie laufen, zauberte Stücke aus meiner Tasche, die ich sonst nur in den eigenen vier Wänden spielte, weil die Fehlerquote zu hoch war.

Um halb neun klopfte mir Peter auf die Schulter, eine Gesellschaftskrankheit wie das Händeschütteln.

»Ra-iii« (seine Art, Rai zu sagen) »du bist ja richtig gut!«

Ich hatte gar nicht bemerkt, wie voll der Laden geworden war. Die Damen und Herren der gehobenen Kreise drängten sich dicht an dicht, und alle schauten mich an und klatschten wie doof, was mir höchst unangenehm war. Ich versuchte eine dankende Gebärde, die mir mißriet.

Ich machte eine Pause, die Halswirbel knackten beim Aufstehen. Sofort war ein Jet-set-Nachwuchstalent mit Chromtablett und Champagner zur Stelle.

Peter stellte mich einem Teil seiner Familie vor, in die er geschickt eingeheiratet hatte. Wir beschäftigten uns eine Zeitlang damit, Nettigkeiten auszutauschen, was mich vor nacktem Rumstehen bewahrte. Als ich genug von seiner Sippschaft hatte, ging ich mir die Hände waschen und setzte mich zurück an den Flügel, ich spiele nie mit ungewaschenen Fingern.

Der Faden war sofort wieder da, als hätte ich gar keine Pause gemacht. Ich spielte alte Filmmusik, das kam an. ›Over the Rainbow‹, ›Here's That Rainy Day‹ und so weiter. Um elf machte ich eine neue Pause, mein Repertoire war ausgeschöpft. Peter war noch da, aber seine Familie scheinbar nicht mehr. Er hatte sein Charmelämpchen angeknipst und flirtete aufs heftigste mit einer ordinären Blondine. Überhaupt schien es hier mehr blonde Frauen zu geben, als man sonst auf der Straße trifft.

Mein Magen war übersäuert vom vielen Champagner, trotzdem nahm ich mir noch ein Glas. Das Mädchen mit dem Tablett lächelte immer noch, etwas angestrengt jetzt. Der Verkaufsraum war geräumig, aber Peter entdeckte mich trotzdem. Er winkte mich zu sich und seiner Avon-Beraterin.

»Darf ich vorstellen«, säuselte er ihr ins Ohr, »das ist Ra-iii. Ra-iii«, er machte eine Handbewegung, als serviere er eine Flasche guten Wein, »Denise. Denise liebt Klaviermusik.«

Er zwinkerte mir zu, damit mir auch ja nicht entging, daß hier gekuppelt wurde.

»Freut mich«, sagte sie und schob mir ihre Hand hin.

›Geht so‹, hätte ich am liebsten gesagt, aber um Peter nicht in Verlegenheit zu bringen, murmelte ich eine Höflichkeitsfloskel.

»Sie sind also ... der Pianist«, ging es weiter.

»Na ja, eigentlich bin ich LKW-Fahrer.«

Bei dem Wort LKW trübten sich ihre Mundwinkel ein. »LKW-Fahrer?« fragte sie mit Bestürzung in der Stimme.

»Ja, klar.«

Ich drehte an einem imaginären Lenkrad von eins fünfzig Durchmesser: »Brumm, brumm.«

»Er hat mal Teppiche für uns ausgefahren«, erklärte Peter hastig, aber auch das schien sie nicht glücklicher zu machen.

»Ich hol uns was zu trinken«, verkündete er und war gleich darauf verschwunden.

Sie sah mich an, quälte sich ein Lächeln raus, das verbindliches Mitleid signalisierte, drehte sich um und verpißte sich ohne ein einziges Wort.

Peter kam zurück, in jeder Hand ein Glas: »Oh nein, du hast sie vergrault.«

Ich zog die Schultern hoch, als Zeichen meiner Unschuld.

»Was sollte denn der Blödsinn mit dem LKW-Fahrer«, fragte er. »Die findet dich gut, hat sie mir selber gesagt.«

»Jetzt nicht mehr«, präzisierte ich.

»Ich versteh dich nicht.«

Er versuchte ihrer ansichtig zu werden, konnte sie aber nirgends entdecken.

»Du mußt nicht bei mir stehenbleiben, wenn du Angst hast, deine Felle könnten davonschwimmen«, sagte ich.

»Deine Direktheit macht mich fertig«, sagte er. »Bis später.«

Ich konnte nur den Kopf schütteln, altklug und weise, in jeder Hand ein volles Glas.

Ich fragte mich gerade, was ich mit zwei Gläsern Schampus anfangen sollte, als mich ein Finger antippte. Neben mir stand eine kleine attraktive Frau Anfang Vierzig, nicht blond, mit freundlichen Augen und schwarzen Steghosen. Auch sie hatte ihren Gaumen schon mit mehr als einem Glas Perlwein verwöhnt.

»Hallo, ich bin Eva«, sagte sie und hielt mir ihre Hand hin.

Eines hatten hier alle gemein, sie waren notorische Flossenschwinger. Statt ihr die Hand zu schütteln, drückte ich ihr ein Glas in dieselbe.

»Wo ist Ihr Apfel«, sagte ich, und stieß mit ihr an.

Sie überging die Bemerkung, wahrscheinlich bekam sie so etwas täglich zu hören, von Leuten, die sich wer weiß wie witzig fanden.

»Würden Sie mich unterrichten?«

»Heute noch?«

Ich hatte die meisten Hemmungen für den Abend über Bord geschmissen.

»Ich meine es ernst. Ich finde, Sie spielen sehr schön, und ich suche schon lange nach jemandem, der die Geduld aufbringt, mir Klavierspielen beizubringen.«

Auch noch eine, die Geduld erforderte. Auf der anderen Seite, sie wußte, was sie wollte, das gefiel mir. Ich war zwiegespalten, also versuchte ich erst mal abzulenken: »Was machen Sie hier«, fragte ich, »Sie sind nicht ...« – ich machte eine nichtssagende Handbewegung – »... so.«

»Ich bin nicht ... wie?«

»Sie sind nicht drei Viertel Etikette und ein Viertel irgendwas, Ihre Zusammensetzung ist anders.«

»...?«

»Ich weiß auch nicht«, sagte ich entmutigt. Mir fehlte die Konzentration, mich richtig auszudrücken.

»Um Ihre Frage zu beantworten: Die Gastgeberin macht bei mir eine Therapie und hat mich eingeladen.«

»Sie bieten Selbstfindungskurse an?«

»Wie bitte?«

»Ich meine mit Couch und so?«

»Nicht mit Couch und so, aber in die Richtung ... Ja«, sagte sie etwas säuerlich.

»Ich bin nicht besonders freundlich«, versuchte ich mich zu entschuldigen.

»Nicht besonders, nein.«

»Komisch, an und für sich bin ich echt ein Netter«, sagte ich.

»Das glaube ich Ihnen sogar.«

Wir tranken einen gemeinsamen Schluck, und ich kehrte an den Flügel zurück. Der Laden begann sich zu lichten. Ich hatte keine Lust mehr auf Noten, also improvisierte ich ein bißchen und klimperte gefällige Melodien. Nach einer Weile kam Eva, stellte ihr Glas auf die Ablage und peilte mir auf die Finger.

»Etwas hab ich ganz vergessen«, sagte sie.

»Halten Sie mich nicht wieder für unfreundlich, aber würde es Ihnen etwas ausmachen, mir nicht auf die Finger zu sehen?«

»Verunsichert sie das?«

»Wie verrückt.«

Sie lehnte sich in die wundervolle Rundung des Flügels, von wo sie nicht auf meine Hände sehen konnte.

»Sie haben mir vorhin keine Antwort gegeben.«

Wie sollte ich mich entscheiden? Ich wartete gespannt darauf, was ich sagen würde, und ließ mich überraschen.

»Sind Sie im Besitz eines solchen Instruments?«

»Es müßte gestimmt werden.«

»Ja, meins auch.«

»Also?«

»Ich unterrichte nicht gern, das hat gar nichts mit Ihnen zu tun, wirklich.«

»...«

»Vierzig Mark die Stunde und nicht mehr als einmal die Woche.«

»...«

»Also schön.«

Ich gab ihr meine Nummer: »Rufen Sie mich an, und wir vereinbaren einen Termin.«

»Gut«, sagte sie zufrieden.

Was sie wollte, das bekam sie auch.

»Und lassen Sie Ihr Klavier stimmen.«

Zum Abschluß spielte ich ›Take Five‹ mit zwei Aussetzern im Improvisationsteil, dann hatte ich genug. Es waren ohnehin fast alle gegangen. Frau Göbel klammerte sich, nachdem ich sie bei einem Streit mit ihrem Mann unterbrochen hatte, unter Danksagungstiraden an meiner Hand fest. Als sie fertig war, wischte ich mir die Hand unauffällig an der Hose ab und ließ mich von ihrem Mann bezahlen.

Ich warf die alte Postlertasche mit den Noten, deren widerspenstiges Leder noch in hundert Jahren unbeugsam sein würde, auf den Beifahrersitz und freute mich einmal mehr darüber, daß man in Schweden Autos mit guten Heizungen baute.

Im ›Kloster‹ nahm ich einen Scheidebecher zu mir und versuchte, möglichst förmlich zu bleiben, als mir ein junger Mann mit wildem Blick seine Zunge ins Ohr zu stecken versuchte.

## 14

Am 1. November brachte ich Mila zum ersten Mal mit Camie und Christopher zusammen, es ergab sich einfach so. Wir gingen ins ›Broadway‹ und sahen uns ›Chasing Amy‹ an. Mit entsprechend guter Laune fuhren wir anschließend auf eine TU-Party. Es regnete penetrant eklig widerwärtig. Camie hatte sich freiwillig als Fahrerin zur Verfügung gestellt (›dann muß ich wenigstens nicht so viel trinken‹).

Ich hatte die Tür ihres Autos noch nicht zugemacht, da waren die Scheiben bereits beschlagen. VW 1600, Baujahr 1967. Zwei Jahre später war Apollo auf dem Mond gelandet, aber von einer funktionierenden Lüftung noch keine Spur.

»Deine Nebelsimulationsmaschine ist wirklich 'ne Wucht«, erlaubte ich mir zu sagen.

»Wisch lieber«, entgegnete Camie.

Mila lachte, und die Welt war in Ordnung. Ihr Lachen erfüllte unsere blinde Kapsel bis in die letzte Ritze, ich war wie in süßen Duft getaucht. Wie schön es sein müßte, wenn jeder die Seele dieses liebevollen Wesens hätte: Keine Kriege, keine Lügen, kein Haß – es schüttelte mich richtig.

Das Foyer des Mathe-Gebäudes war bereits gut gefüllt. Camie und ich suchten uns eine nette Lästerecke, Christopher redete angeregt auf Mila ein. Er war ganz von ihr eingenommen und hatte Mühe, nicht rot anzulaufen, wenn sie lächelte. Als ich Bier holen ging, nahm er mich kurz beiseite und sagte betont ernst: »Rai, ich glaube, Mila ist eine sehr interessante Frau.«

»Du meinst, du würdest gerne mit ihr ins Bett gehen.«

»Arschloch.«

Der DJ bemühte sich, aber keiner wollte so recht den Reigen eröffnen. Nur vereinzelt stürmten tanzwillige Mädchen auf die Fläche und wagten schüchterne Bewegungsversuche, die aber eilig abgebrochen wurden, wenn sich niemand dazugesellte. Die Jungs gingen überhaupt nur auf die Tanzfläche, um selbige möglichst lässig zu überqueren. Wie froh manche Mutter wäre, könnte sie ihren Jüngsten so sehen. All die Jahre der Ermahnungen, ›Junge, sitz gerade bei Tisch‹, die wirkungslos verhallt waren – und dann diese wundersame Verwandlung: Einmal allein auf der Tanzfläche, und die Brust ist gebläht, der Kopf gestreckt, die Wirbelsäule wie an einen Pfosten getackert.

Ich hatte auf dem Rückweg von der Bierausgabestelle gerade die Hälfte der Tanzfläche hinter mir, als der DJ den Treffer landete und ich in Sekunden von einer schreienden und kreischenden Meute umringt war. Einem Fels in der Brandung gleich, ragte ich aus dem Kopfmeer, zwei Flaschen in jeder Hand, um mich herum ein Mädcheninternat auf Freigang. Die meisten machten den Eindruck, als bissen sie sich lieber die Nippel ab, bevor jemand sie nackt sähe, trotzdem schrien sie sich jetzt alle gegenseitig ›Let's talk about sex, baby‹ ins Gesicht, als hätten sie es faustdick hinter den Ohren.

Eins von den Mädchen amüsierte sich über meinen Versuch, den Weg fortzusetzen. Ich beugte mich zu ihr herunter: »Entschuldige, bitte. Hast du vielleicht Lust zu FICKEN?«

Sie bekam große Augen und schlug sich eine Hand vor den Mund, dann zerrte sie an ihrer Freundin, auf daß diese ihr Erlebnis teile. Zutiefst befriedigt kam ich bei Camie an, die damit beschäftigt war, einem dusselig aussehenden Typen klarzumachen, daß seine Anmache nicht zog. Er hatte sich breitbeinig vor ihr aufgebaut und grub, was das Zeug hielt. Camie sah sichtlich erleichtert aus, als sie mich erblickte.

Wir überließen ihn seinem Schicksal, prosteten uns zu und wollten unsere Unterhaltung fortsetzen, als er sich breitbeinig vor mir aufbaute. Anscheinend wollte er uns an seinem Schicksal teilhaben lassen.

»Alter«, hob er an, »so läuft das nich.«

»Ja bitte?«

»Ich war an der Braut dranne.«

Da steht man dann, die Realität prasselt auf einen nieder, und man muß einsehen, daß es tatsächlich Menschen gibt, die so etwas sagen.

»Es ist dir vielleicht entgangen, aber sie steht nicht auf dich.«

Er drehte sich zu Camie, die die Alufolie vom Flaschenhals friemelte und uns erwartungsvoll ansah.

»Wo er recht hat …«, sagte sie.

Er war noch nicht ganz überzeugt, wußte aber nicht, wie es jetzt weitergehen sollte. Nach kurzer Bedenkzeit nahm er seinen gestreckten Zeigefinger und hielt ihn mir in zwei Zentimetern Entfernung vor die Nase. Diese Geste kündigte eine Aussage von tiefgreifender Bedeutung an. Um jeden Zweifel an der Wichtigkeit des Folgenden im Keim zu ersticken, verengte er zusätzlich seine Augen zu bedrohlichen Schlitzen.

»… Al-ter.«

Sprach's und verschwand.

Mein Beschützerinstinkt veranlaßte mich dazu, hin und wieder nach Mila zu sehen. Eine Zeitlang hatte mich dieses Verantwortungsgefühl, das ich auf der Bootsfahrt zum ersten Mal bemerkt hatte und seitdem nicht wieder losgeworden war, stark beschäftigt. Wo kam das her?

Sie schien sich gut zu unterhalten, Christopher war sehr engagiert bei der Sache. Eine Gruppe von vier Mädchen ging an uns vorbei. Plötzlich blieben sie stehen, steckten ihre Köpfe zusammen und blinzelten abwechselnd zu mir herüber.

»WILLSTE FICKEN?« riefen sie im Chor, dann gingen sie schnell weiter.

Ich holte Luft für eine Erklärung, aber Camie machte eine abwehrende Bewegung: »Nein, Rai«, sagte sie, »erzähl's mir nicht. Ich will's nicht wissen.«

»Aber Camie ...«

»Ruhe, ich will nichts hören.«

Mich verließ allmählich die Lust. Auf Anfrage wurde mir mitgeteilt, daß es den anderen ebenso ging. Ein Konsens war schnell gefunden, nach dem Bier würde man die Lokalität verlassen. Da ich mein Bier bereits geleert hatte, ging ich schon mal vor. Ich würde draußen warten.

Der Regen hatte nicht nachgelassen, die Luft war naß und kalt. Ich wollte wieder reingehen, als zwei Männer vor mir auftauchten, von denen mir einer bekannt vorkam. Er stellte sich breitbeinig vor mich.

»Und was gibt das jetzt«, fragte ich großspurig. »Mußt du Wasser lassen?«

Das letzte Wort war noch nicht draußen, als ein dumpfer Blitz in mein Jochbein einschlug. Meine linke Gesichtshälfte war sofort taub. Als das Gleichgewicht wieder im Lot war, setzte Mister Breitbein nach und bohrte mir seine Faust in den Bauch. Ich holte einmal tief Luft und ließ mir die Faust ein zweites Mal in den Magen schlagen. Kurioserweise kam mir ein Zitat von Mahler in den Sinn: ›... von denen ihn der dritte fällt wie einen Baum.‹

Gleich würde ich kotzen. Um nicht in die Knie zu gehen,

mußte ich mich irgendwo festhalten. Ich bekam seinen Kragen in die Finger, unterdrückte ein Aufstoßen und zog mich hoch. Seine fleischigen Lippen entblößten eine Reihe wild gewachsener Zähne. Ich schloß die Augen, unterdrückte ein zweites, heftigeres Aufstoßen und schlug ihm meine Stirn so fest ich konnte auf die Nase.

Sein Nasenbein splitterte. Ein Geräusch, als würde Stein zermahlen. Das Gefühl hinter meiner Stirn war auch nicht besser. Im selben Moment hatte ich einen absurden Gedanken, kann mich aber nicht mehr daran erinnern. Ich wunderte mich gerade über die Merkwürdigkeit dieses Gedankens, als noch ein Blitz einschlug. Mein Ohr fühlte sich an, als würde es auf eine heiße Herdplatte gedrückt. Der Adjutant von Mr. Breitbein wollte sich solidarisch geben und hielt damit nicht hinterm Berg.

Für mich ging alles viel zu schnell. Seine Faust grub sich erneut in meine Eingeweide, diesmal ging ich in die Knie. Er trat mir seitlich gegen die Schulter, und ich legte mich lang. Mit dem Gesicht auf dem naßkalten Pflaster liegend, hörte ich Mr. Breitbein wimmern. Er näselte: »Die Dau, die Dau … du Dau!«

Ein Schwall Flüssigkeit schoß meine Speiseröhre hinauf, diesmal versuchte ich erst gar nicht, die Suppe aufzuhalten. Das Zeug sprudelte mir aus dem Mund und ergoß sich auf das Pflaster, wo es sich vor meinen Augen zu einem kleinen See ausbreitete. Der Adjutant schien Gefallen an seiner Tätigkeit zu finden, denn er trat weiter munter drauflos. Hauptsächlich traktierte er die Körperteile, die von Natur aus am besten geschützt sind, wofür ich ihm einerseits ganz dankbar war, auf der anderen Seite hatte ich mehr als genug.

»Laß ab, Zeus, Göttervater«, gurgelte ich.

Er trat noch einmal zu, um mir zu zeigen, daß Zeus aufhörte, wann es ihm gefiel, dann verdrückten sich die beiden.

Ich lag etwas abschüssig, die ausgekotzte Brühe bewegte sich in Rinnsalen zwischen den Pflastersteinen auf mich zu. Gnadenlos arbeitete sich die Lache in meine Richtung vor. Als die wässrige Masse schon fast mein Gesicht berührte und der beißende Geruch meine Nase hinaufkroch, nahm ich meinen letzten Willensrest zusammen und drehte mich aus der Fließrichtung.

Im Geiste ging ich die Körperteile durch: Es war, soweit ich das beurteilen konnte, nichts gebrochen. Meine Finger waren in Ordnung, das war das wichtigste, die Zähne vollständig vorhanden. Ich blutete ziemlich stark aus dem Mund, aber das lag daran, daß ich beim zweiten Schlag die Zunge zwischen den Zähnen gehabt hatte. Mein Ohr summte wie besessen, und mein Körper fühlte sich aufgedunsen an. Was den Magen anging, ich würde versuchen, ihn mit Tee und Zwieback zu beruhigen.

Als die anderen endlich kamen, saß ich an die Wand des Foyers gelehnt und versuchte, regelmäßig zu atmen. Meine Klamotten klebten auf der Haut.

Die drei waren rührend besorgt, ich genoß es ein bißchen.

»Camie«, sagte ich mit wackeliger Stimme, »ich habe deine Ehre bis zuletzt verteidigt, aber der Mob war zahlenmäßig überlegen.«

»Ja ja, schon gut.«

Ich fuhr unbeirrt fort: »In mir seht ihr das menschgewordene soziale Gewissen der Nation!«

»Um Gottes willen. Los, steh auf, wir stützen dich.«

»Wo kommt denn das ganze Blut her«, fragte Christopher angeekelt.

»Dies«, ich zeigte verächtlich mit dem Finger auf die Stelle, die Christopher meinte, »ist das Blut des Feindes!«

Mila sah ernstlich besorgt aus, was mich mit diesem lächerlichen Stolz erfüllte.

»Bist du sicher, daß wir dich nicht ins Krankenhaus fahren sollen?« fragte sie.

»Kleines«, sagte ich, »weißt Du, was mein alter Kumpel Charles Bronson immer gesagt hat? ›Der Gegner kocht auch nur mit Wasser.‹«

Camie stieß einen tiefen Seufzer aus.

»Idiot.« Das kam von Christopher, dem alten Spießer.

## 15

Es ging bedenklich auf Weihnachten zu. Im Radio spielte man ›Christmas Songs‹, und in die Fenster gehängte Lichterketten zeugten davon, daß man zur Abwechslung nett zueinander sein wollte. Menschentrauben zwängten sich durch Einkaufspassagen, jeder einzelne auf der Suche.

Der Kontoauszugsdrucker reichte mir voller Stolz einen Fetzen Papier, auf dem hinter meinem Kontostand ›Haben‹ vermerkt war. Ich schnupperte an dem frischgedruckten Zettel, sog den blauen Dunst des Kapitalismus ein und spürte, wie mir ein pathologischer Kaufzwang den Rücken hochkroch und mir gülden schimmernde Worte ins Ohr flüsterte: ›Los, besorg's dir! Verschaffe dir den kurzen Kitzel wahrer Befriedigung. Kaufe etwas, auf daß es dein sei. Etwas, das zu haben viel schöner ist, als es tatsächlich zu brauchen. Denn bedenke: Wenn du etwas kaufst, das du tatsächlich brauchst, dann ist das bestenfalls wie onanieren. Kaufst du aber etwas, das du aus bloßer Besitzgier haben willst, dann ist das wie von Engelsmund geblasen.‹

Prompt bekam ich ein schlechtes Gewissen. Nein, ich würde mir nichts kaufen, auf keinen Fall. Was aber tun? Das Geld mußte weg. Wenig Geld großzügig ausgeben, das ist wahrer Großmut. Ein Geschenk, das war die Lösung, ein Geschenk für Mila.

Um mein Gewissen vorsorglich zu entlasten, gab ich alles, was ich an Kleingeld bei mir hatte, einem gutmütig aussehenden Mann mit weißen Haaren und wundervoll blauen Augen, der bei minus zwei Grad vor Karstadt saß, seinen kleinen, häßlichen, schwarzen Pudel warmhielt und seine Mütze neben sich gestellt hatte, um das Geld aufzufangen, das manche Passanten im Vorbeigehen fallen ließen.

Nachdem ich alle meine Taschen durchgesehen und die ans Tageslicht geförderten Münzen in seine Mütze gelegt hatte, bedankte er sich sehr herzlich, worauf ich meinen Bummel fortsetzte, als sei mir die Absolution erteilt worden.

Keine zweihundert Meter weiter sah ich in der Auslage bei ›Schlafwandel‹ Milas Geschenk. Ein dunkelgelockter Jüngling mit butterweicher Stimme empfing mich überaus freundlich, schien aber etwas enttäuscht, daß ich mich bereits entschieden hatte. Ich deutete schlicht auf den silbergrauen Pyjama und sagte:

»Den da, bitte. Größe M.«

Während er ihn einpackte, erläuterte er mir die Vorteile des Modells und warnte mich eindringlich, es beim Aufknöpfen auch ja nicht an der gebotenen Vorsicht mangeln zu lassen, Seide wolle schließlich gut behandelt sein.

Um mich nicht wildfremden Passanten laut jubilierend an den Hals zu werfen, beschloß ich, mich abzureagieren und meiner Wade zu zeigen, was ein echter Kerl ist. O.K., es war kalt – sehr kalt. Nachher würden mir die Knie weh tun, aber – ich würde mich großartig fühlen. Nicht zaudern, Rai, ab nach Hause und die Laufklamotten an!

In meiner Wohnung angekommen, war ich vor lauter Enthusiasmus ganz aufgeregt. Einen Moment lang stand ich vor dem Schrank und wog ein pinkfarbenes Stirnband in der Hand. Ich hatte die Wahl zwischen dem Risiko einer möglichen Mittelohrentzündung und dem sicheren Gefühl, beim Joggen wie ein Volldepp auszusehen. Also weg mit dem Stirnband.

Als ich mit meinem Amazon auf dem Parkplatz an der Jungfernheide eintrudelte, hatte ich die freie Auswahl. Ich mußte meinen Verstand irgendwo unterwegs liegengelassen haben. Bei diesen Temperaturen hingen die Anwohner ihren Hunden zum Gassigehen den Wohnungsschlüssel ans Halsband und wünschten ihnen alles Gute, bevor sie schnell wieder die Tür ins Schloß zogen. Leider arbeitete Camie nicht. Das Restaurant lag bereits im Winterschlaf.

Mein Bein fühlte sich richtig beschissen an. Beim Laufen hatte ich das Gefühl, die Wade stecke in einer viel zu engen Jacke, alles war so steif und eingeschnürt und irgendwie ... zu kurz. Meine Kondition? – nicht existent. Ich versuchte es so langsam und gleichmäßig wie möglich.

Der Rand des Sees fror bereits zu. Noch eine Woche bei diesen Temperaturen, und das gefräßige Eis würde sich den ganzen See einverleibt haben.

An der Stelle, wo ich mit dem zähnefletschenden Monster in den See gerutscht war, hatte ich einen Holzpfahl entwurzelt, der noch immer orientierungslos im Gras lag. Ich dachte an den Abend zurück, als sich Milas und mein Leben an dieser Stelle kreuzten. Merkwürdig – die Erinnerung daran war bereits seltsam ausgeblichen, wie von etwas, das schon lange zurückliegt. Ich trug dieselben Schuhe wie damals und dasselbe T-Shirt. Die Hose war nur noch ein zerfetzter Stofflappen gewesen, den ich weggeschmissen hatte. Die Gedanken an diesen Tag und das unbestimmte Gefühl, daß sich seitdem etwas in meinem Leben verändert hatte, beschäftigten mich, bis ich am Wildschweingehege vorbeitrabte, wo grummelnde Sauen in einer Ratssitzung die Köpfe zusammengesteckt hatten und in kurzen Abständen wie Wasserkessel weiße Wolken aus ihren Nasen ausstießen.

Ich überstand die Runde mit Mühe. Anfangs konnte ich meinen gewohnten Atemrhythmus einhalten. Vier Schritte einatmen, vier Schritte ausatmen, vier Schritte ein, vier Schritte aus. Ab der Hälfte mußte ich notgedrungen auf einen Dreierrhythmus umstellen, und als ich endlich die letzte Biegung zum See nahm, war ich bei einem unregelmäßigen Hecheln angekommen.

Vor Anstrengung war mein Blick ganz glasig. An dem Holzhaus an der Ecke lief ich aus. Genug für heute. Der Tag würde kommen, an dem ich wieder zwei Runden drehen könnte, ohne aus der Puste zu kommen. Geduld, Rai.

Während ich mich dehnte und versuchte, meinen Puls wieder einzufangen, bemerkte ich auf der anderen Seite des Sees eine Frau die … Milas Mantel trug?

Und eine Perücke mit ihrer Frisur?

Wohl kaum.

»Mila! Hey, Mila!« rief ich und winkte enthusiastisch zu ihr hinüber.

Sie drehte sich zu mir um, ich meinte, eine Bewegung ihres Armes wahrzunehmen, die aber im Keim erstickt wurde. Dann teilte sie sich plötzlich und wurde ein Mann und eine Frau. Gespenstisch. Ihr Mantel hatte die Sicht auf ihren Begleiter versperrt. Die Situation war beängstigend unwirklich. Ich stand mit erhobenem Arm wie eingefroren.

Ich mußte an den Schrecklichen Iwan denken, ohne daß ich wußte, warum. Den sah ich inzwischen überall. Wenn das so weiterginge, würde ich bald nur noch an Häuserwänden entlangschleichen. Der Mann verschwand wieder in ihr, dann drehte sie ab und verschwand selbst – im Wald.

Du kannst den Arm wieder runternehmen, Rai.

Ich beeilte mich, zum Parkplatz zu kommen, aber von Mila

war nichts zu sehen. Weder ihr Auto noch sie selbst, noch überhaupt irgend etwas außer meinem treuen Gefährt. Ich setzte mich ins Auto, bis die Scheiben so beschlagen waren, daß Mila auf der Motorhaube Polka hätte tanzen können, ohne daß ich sie gesehen hätte, dann ließ ich den Motor an, wartete noch einmal fünf Minuten, bis die Lüftung den Nebel vertrieben und meine verschwitzten Haare entfroren hatte, und fuhr los.

# 16

Geduldig wartete ich, bis die Reihe an mir war, dann setzte ich mich unaufgefordert, denn Frau Sachbearbeiterin war derart in ihren bürokratischen Lebensinhalt vertieft, daß sie keine Notiz von mir nahm.

In Wirklichkeit natürlich doch. Nur drückt man dem Gegenüber gerne zum Auftakt erst einmal ein schlechtes Gewissen in die Hand und tut ach so schrecklich beschäftigt. Sie sehen ja, ich hab unglaublich viel zu tun und brauche SIE wie ein Loch im Kopf. Es war die klassische Eröffnung des ›Bürokratenschachs‹, wie ich es heimlich nannte.

»Guten Tag«, sagte ich schließlich.

»Bitte!« stöhnte sie entnervt, ohne aufzusehen.

»Ich möchte gerne einen Krankenschein.«

»Sie sind doch Deutscher?«

Mir fiel auf die Schnelle keine bissige Antwort ein.

»Ja.«

»Dannsindsiehierfalschgehensieinserdgeschoßdortbefindetsichderinformationswegweiser.«

»Ich bin übers Ausland versichert.«

Gelangweilt hob sie den Kopf:

»Ich denk, Sie sind Deutscher?«

Wie oft ich diese Diskussion schon hinter mich gebracht haben mochte? Zehn-, fünfzehn-, zwanzigmal?

Am Nebentisch hatte ein kleiner Asiate Platz genommen, der kein Deutsch sprach und offensichtlich nicht mehr weiterwußte, genau wie sein Gegenüber. Er hatte glattgekämmte Haare und trug blitzblanke schwarze Schuhe, die selbst für meine Hände zu klein gewesen wären. In seine Sachbearbeiterin hätte er zweimal hineingepaßt, allein jede ihrer Brüste hatte die Größe seines Kopfes. Sie war nicht besonders geduldig: »Also, Herr ... Li, mit dem, was Sie mir hier vorlegen, kann ich nichts anfangen. Ich benötige einen B2-Schein, sonst kommen wir hier nicht voran.«

»Ja bitte.«

»Also, besorgen Sie sich den B2, und kommen Sie wieder.«

Er lächelte freundlich, machte aber keinerlei Anstalten, sich zu erheben. Ihre Brüste hoben und senkten sich unheilverkündend, ihr Atem bahnte sich schwerfällig den Weg ins Freie. Sie sagte: »Ich brauche einen B2-Schein, haben Sie den?«

»Bitte ... ja.«

Er sah etwas verängstigt aus, als erwarte er jeden Moment einen Frontalangriff ihrer Brüste. Seine Hände tasteten nervös auf den Armlehnen.

»Hier!« Sie kramte ein Papier aus ihrer Ablage: »Das ist ein B2, den brauche ich, VERSTEHEN SIE DAS?«

»Ich ... nein, bitte.«

Sie hielt ihm das Formular unter die Nase und wedelte damit.

»Ein B – 2 – Schein. Hier, das ist ein B – 2 – Schein. Ich BRAUCHE DIESEN SCHA-AIN!«

Ich beugte mich zu ihrem Tisch hinüber:

»Ich glaube nicht, daß Herr Li taub ist, er versteht Sie nur nicht.«

»Dann versuchen SIE ihm doch klarzumachen, daß ich ohne diesen Schein nichts machen kann.«

Ich fragte ihn in halbwegs fließendem Englisch und mit Hilfe der traurigen Relikte meines Schulfranzösisch, ob er wisse, was ein B2-Schein sei, und ob er einen solchen besäße.

Er verbeugte sich in seinem Stuhl, was seiner devoten Grundhaltung das Sahnehäubchen aufsetzte, lächelte höflich, konnte mir aber keine Antwort geben. Einen Moment lang bildeten wir ein vollkommenes wortloses Dreieck. Er sah sie, sie mich und ich ihn an.

»Tja«, sagte ich zu ihr, »er scheint jedenfalls kein Engländer oder Franzose zu sein.«

»Veräppeln KANN ICH MICH ALLEIN!«

Ich zog mich an meinen Tisch zurück und nahm den Gesprächsfaden wieder auf: »Also Frau ...«, ich drehte ihr Namensschild so, daß ich es lesen konnte, »... Haenenkamp, wie ich bereits sagte, ich hätte gerne einen Krankenschein.«

Sie hatte sich keinen Millimeter bewegt, wahrscheinlich passierte so etwas stündlich. Nachdem sie die üblichen Fragen gestellt und ich die üblichen Antworten gegeben hatte, quälte sie sich aus dem Stuhl und holte meine Akte.

»Für welchen Arzt bitte«, sagte sie, als sie sich wieder hinter ihren Schreibtisch begeben hatte.

»Hautarzt.«

Sie sah mich an, als hätte ich ein Pfund Schuppenflechte auf ihren Schreibtisch gerieben. Vermutlich malte sie sich aus, wie ich den Hautarzt über den Fortgang meiner Maul- und Klauenseuchentherapie unterrichtete und über Grützbeutel klagte.

Vertraulich flüsterte ich ihr zu: »Genitalherpes. Ausgesprochen unschön, juckt wie die Pest.«

Zur Unterstützung meiner Glaubwürdigkeit kratzte ich mich am Sack und nickte traurig. Sie war ehrlich angewidert. Ich fand, ich hatte ein Remis herausgeholt.

* * *

Tom war zur Abwechslung mal wieder in Berlin. Für Menschen wie ihn hatte man das Handy erfunden. Einmal die Woche meldete er sich, und meine erste Frage war stets: »Wo bist du?« Wenn er dann sagte: »Ich bin hier!«, wunderte ich mich richtig. Oft rissen mich seine Anrufe völlig aus dem Konzept, dann klingelte das Telefon, wenn ich gerade dabei war, eine Packung Miracoli aufzureißen oder mir eine schöne Wendung am Klavier auszudenken:

»Hallo?«

»Hörst du das?« Es folgte etwas, das wie eine Störung in der Leitung klang. »Das ist das Meer! Rai, wenn du diesen Sonnenuntergang sehen könntest!«

Ein andermal kam ich nicht mal dazu, mich zu melden:

»Rai, hier gibt es Vögel, die sind bunter als eine Waschmittelpackung, so was hast du noch nicht gesehen!«

Das letzte Mal hatte er aus Spanien angerufen:

»Herzlichen Glückwunsch zum Geburtstag!«

»Ist schon vier Monate her.«

»Einen Versuch war es wert, oder?«

Am Abend veranstaltete er eine seiner überregional bekannten Feuerzangenbowlen – aus besonderem Anlaß. Er hatte einen Job als Kameramann für eine Dokumentation über ein Söldnerlager irgendwo in Ex-Jugoslawien angeboten bekommen und wollte seinem Abschied einen gebührenden Rahmen verleihen.

Ich hatte Mila angerufen und gefragt, ob sie nicht mitkommen wolle, aber sie hatte erwartungsgemäß abgelehnt. Immerhin dachte sie sich nicht irgendwelche fadenscheinigen Entschuldigungen aus. Ich bemühte mich, ihre Entscheidung zu akzeptieren, konnte aber nur schlecht verbergen, daß ich enttäuscht war. Manchmal verstand ich sie einfach nicht. Was war so schlimm gewesen an dem einen Abend, als wir mit Christopher und Camie weg waren? Man konnte doch nicht sein ganzes Leben im Schneckenhaus verbringen. Ich war so euphorisch, als ich bei ihr anrief, den Pyjama neben dem Telefon. Die einzige Erklärung, die mir einfiel, war, daß sie nicht mit der Begegnung der dritten Art neulich am See konfrontiert werden wollte.

Bei Tom erwartete die Gäste außer Bowle ein Blech mit Plätzchen, die so stark nach Dope rochen, daß man bereits im Treppenhaus weiche Knie bekam. Das Thema des Abends war natürlich Toms Job-Angebot. Er brodelte: »Ich hab denen gesagt, unter tausend Mark am Tag mach ich's nicht. Davon könnte ich dann bequem ein halbes Jahr leben.«

»Wenn du dann überhaupt noch lebst«, merkte Camie an.

»Ich hab mit dem Regisseur gesprochen. Die Frontberichterstattung soll nur einen Tag dauern, und bei der Reichweite von Artilleriefeuer sind wir in zehn Minuten aus der Gefahrenzone.«

»Die längsten zehn Minuten unseres Lebens«, sagte Dirk, ein Kollege von Tom, der eventuell mitfahren sollte.

»Na dann, zum Wohl«, sagte Dirks Freundin Wibke und hob ihr Glas.

Tom gab nicht auf: »Das ist die Gelegenheit, mir 'ne Reputation zu verschaffen.«

»Oder 'ne Amputation«, sagte ich.

Dirk war in Gedanken schon wieder woanders: »Wir könnten uns ja aus dem alten NVA-Bestand einen Panzer kaufen, da soll es ja immer noch gute Kontakte geben.«

»Damit könntet ihr da unten prima Verwirrung stiften«, sagte Camie.

»Nur daß ihr damit nie über die Grenze kämt«, sagte Wibke. »Bei der ASU fängt's doch schon an.«

Tom konterte: »Is ’n Diesel, der brauch keine ASU.«

Der erste Topf war leer. Tom schlug vor, Talisman zu spielen, und gab das Blech mit den Plätzchen für den Verzehr frei.

Camie machte einen großen Fehler: Wenn man Hunger hat, setzt man sich besser nicht neben das Blech mit dem Backwerk, zumal wenn Dope drin ist. Bevor jeder einmal mit Würfeln dran war, hatte sie bereits zwei Plätzchen verschlungen.

»Camie«, mahnte Tom, »sieh dich vor mit den Plätzchen.«

»Hab aber Hunger.«

»Die sind nicht gegen Hunger.«

»Weiß ich ja, aber die schmecken so gut.«

Als der erste Spieler die zweite Ebene erreichte, war das Blech leer. Nach meiner Einschätzung hatte Camie etwa ein Drittel davon verdrückt. Das Spiel zog sich. Als Tom die letzte Ebene erreichte, mußte Camie abbrechen. Sie überantwortete mir ihre Figur zu treuen Händen. Tom gewann und wurde dadurch zum Herrscher über Kroatien, Serbien, Montenegro und den ganzen anderen Scheiß. Er versprach, den Frieden im Land umgehend wiederherzustellen.

Ich stand auf, Sternchen kreisten vor meinen Augen. Ich krallte mich am Bett fest und wartete, bis die Welt wieder auf drei Dimensionen zusammengeschrumpft war. Der Kreis hatte sich in eine illustre Runde verwandelt: Dirk lag auf seiner Freundin und probierte, wie weit seine Zunge in ihren Hals paßte, sie selbst hatte sich mit dem Kopf zwischen die Figuren auf den Tisch gelegt und grunzte zufrieden. Tom und Penny, die den ganzen Abend über kaum etwas gesagt hatte, rieben ihre Nasen aneinander und giggelten vergnügt. Camie war eingedöst. Ich rüttelte sie wach: »Camie, wir müssen jetzt gehen.«

»...«

»Oder willst du hier bleiben?«

»Nein«, riefen Tom und Penny aus einem Mund.

»Mir is schlecht«, grummelte Camie.

Penny und Tom fanden das ungeheuer komisch und konnten sich vor Lachen kaum halten, ich übrigens auch nicht.

»Komm, ich helf dir«, sagte ich.

»Mir is schlecht.«

Erneutes Gelächter.

»Na gut, dann laß ich dich hier.«

»Nein«, riefen Tom und Penny.

Ich zerrte Camie aus der Wohnung und half ihr die Treppe runter. An der frischen Luft legte sie sich als erstes der Länge nach hin. Ihr Reaktionsvermögen war gleich null, sie hob nicht einmal die Arme.

»Camie«, rief ich begeistert, »weißt du, was das ist, worin du da liegst?«

»Mir is schlecht.«

»Das ist Schnee! Der erste Schnee dieses Jahr.«

»Mir is trotzdem schlecht.«

Ich formte einen Schneeball und warf ihn gegen ein Fenster auf der anderen Straßenseite, worauf im Zimmer sofort das Licht anging. Das Fenster flog auf, und eine Stimme drang unsanft an mein Ohr: »Ich glaub, du spinnst«, rief sie.

Ich zeigte mit ausgestrecktem Arm die Straße runter.

»Da«, rief ich, »da vorne läuft er.«

»Von wegen, Blödmann.«

Das Fenster schloß sich. Ich machte mich daran, Camie wieder auf die Beine zu stellen, was nicht ganz einfach war. Ich winkte nach einem Taxi und verstaute sie auf der Rückbank, wobei sie zweimal mit dem Kopf anschlug.

»Mir is schlecht.«

Der Fahrer guckte verunsichert: »Ich will nur hoffen, die macht mir keine Scherereien da hinten.«

»Keine Sorge, ich hab alles im Griff.«

»Deine Freundin hoffentlich auch.«

Auf der Straße des 17. Juni fing Camie an zu würgen, ich mußte den Fahrer bitten, rechts ranzufahren. Ich öffnete ihre Tür, legte sie so auf die Rückbank, daß ihr Kopf aus dem Wagen ragte und drückte ihr einmal sanft aber bestimmt in die Magengegend. Munter plätscherte der Mageninhalt ins Freie, die jungfräuliche Schneedecke schmolz dahin wie Butter in der Sonne. Als sie sich entleert hatte und der letzte Tropfen an einem ihr aus dem Mund hängenden Speichelfaden zu Boden rann, nahm ich ihre Hand, wischte ihr damit den Mund ab und schob sie ins Auto zurück. Im Taxi war es kalt geworden, der Fahrer gab allerhand unwirsche Geräusche von sich. Camie saß völlig in sich zusammengesunken und verströmte einen unfreundlichen Geruch.

Mir kam ein Rezitativ aus einer von Bachs Kantaten zum Sonntag Jubilate in den Sinn: ›Wir müssen durch viel Trü-übsal …‹, ich mußte mit mir ringen, um nicht sentimental zu werden.

Camie war kaum wach zu bekommen: »Camie, juhu! Aufwachen, die Sonne lacht«, was natürlich dreist gelogen war.

»Mir is schlecht.«

Endlich in ihrer Wohnung, ließ ich sie auf ihr Sofa fallen und schaltete den Fernseher ein. Auf DSF gab es ein Footballspiel. Ich überließ sie ihrem Schicksal, ging in die Küche und kümmerte mich um meinen Heißhunger. Mit einem fingerdick bestrichenen Nutellabrot und einer Flasche Beck's kam ich zurück und setzte mich zu ihr. Ich zog ihr Jacke und Schuhe aus und legte ihre Beine hoch, damit es etwas gemütlicher aussah.

Mein altes Lieblingsteam, die 49ers, wurden gerade von Green Bay zerstampft: »Hast du gesehen? Nicht schlecht, was? Brett Farve ist gut in Form, muß man ihm lassen.«

»…«

Camie bewegte sich die nächste Stunde keinen Deut, hielt aber ihre Augen starr geöffnet. Als das Spiel vorbei war, knipste ich das Licht an und machte die Kiste aus.

»Auf geht's, mein Liebchen. Huschhusch, ab ins Bett.«

»…«

»Camie! Los doch, marsch in die Heia!«

»Rai?«

»Ja-a.«

»… Ich glaub, ich bin gelähmt.«

»Mmh, so was dachte ich mir.«

Ich zog sie aus und verfrachtete sie ins Bett.

»Ich kann nicht schlafen, alles ist so … instabil.«

Was für eine Mühe es sie gekostet haben mußte, das richtige Wort zu finden. Ihr Präzisionsbedürfnis rührte und beeindruckte mich gleichermaßen. Mit dem nächsten Atemzug fing sie zu schnarchen an. Ich stellte ihr eine Flasche Wasser ans Bett und machte mich auf den Heimweg.

## 17

Weihnachten war ziemlich beschissen. Wie jedes Jahr fragte ich mich wiederholt, weshalb mir die Menschen zu dieser Zeit so auf den Zeiger gingen. Außerdem war ich krank. Ein Rudel Grippeviren hatte sich in meinem Körper eingenistet, und meine Stirnhöhlen waren zugewachsen wie das Eisfach in meinem Kühlschrank. Späte Rache für das aus Eitelkeit nicht getragene Stirnband. Auf Anraten Milas nahm ich freiwillig Kamilledampfbäder, wozu mich meine Mutter das letzte Mal hatte überreden können, als ich noch an den Weihnachtsmann glaubte.

Wenigstens mußte ich so keine Ausreden erfinden, um meinen Verwandten zu erklären, weshalb sie mich auch dieses Jahr nicht zu Gesicht bekämen. Tante Trude, Schwester meines Vaters, mit unverkennbarer Neigung zu karitativem Terrorismus, war ganz Sorge und Verständnis und schickte mir sofort ein Freßpaket.

Aus einem Grund, über den niemals gesprochen wurde, hatte sich ihr größter Lebenswunsch nie erfüllt, und ihre Ehe war kinderlos geblieben. Als Folge davon überschüttete sie meine Geschwister und mich mit einem Konzentrat mütterlicher Fürsorge, wann immer sie uns zu sehen bekam.

Als ich die Tür öffnete, dachte ich, der Weihnachtsmann hätte mir eine neue Waschmaschine beschert. Neben dem Paket stand der Postbote und rang mit seiner Kurzatmigkeit. Kuchen, Schokolade, roude Wuascht (rote Wurst), Kaffee, Plätzchen, Weihnachtsmänner, Käse, Nudeln, Putenbrust … Nichts, was es nicht gab. Sehr schön, ich würde zwei Wochen nicht vor die Tür gehen, sondern statt dessen in meiner Bude sitzen, Klavier spielen, und der Rest der Welt könnte sein beschissenes Weihnachten ohne mich feiern.

»Na, mein Kleiner, hast du denn auch unser Paket bekommen?«

Telefonate mit ihr liefen nach dem immer gleichen Schema ab, und ihr Kleiner würde ich auch dann noch sein, wenn ich bereits eine Glatze hätte und am Stock ging.

»Nein, was denn für ein Paket?«

»Ach, du machst doch wieder nur Spaß. Unser Freßpaket natürlich.«

»Was denn für ein Freßpaket?«

»Du-u, mach dich nicht über deine alte Tante lustig.«

»Also gut, es ist heute angekommen, vielen Dank. Der arme Postbote hätte beim Hochtragen fast einen Infarkt erlitten.«

»Du-u, mit so etwas spaßt man nicht, denk an Opa Idé.«

»Ich spaße nicht, er hätte wirklich um ein Haar einen Infarkt erlitten, und an Opa Idé denke ich pausenlos.«

Opa Idé war nicht mehr als eine Legende für mich. Er war lange vor meiner Geburt gestorben, Architekt und Sägewerksbesitzer gewesen, hatte nach Argentinien auswandern wollen, sich aber mit seinem Ersparten von einem Freund übers Ohr hauen lassen oder so ähnlich und war, so schlußfolgerte ich jetzt messerscharf, einem Herzinfarkt erlegen.

»Ach, mein kleiner Junge, wir hätten dich ja sooo gerne mal wieder bei uns.«

»Ich find's auch schade, daß es dieses Weihnachten nicht klappt. Wie geht's denn so bei euch?«

»Ach du weißt ja«, hob sie an, und ich wußte, was jetzt kam, würde einige Zeit in Anspruch nehmen. »Omi wird von Tag zu Tag schlimmer, und mit Tante Anni steht es auch nicht zum besten. Seit Onkel Herbert letztes Jahr gestorben ist – du weißt doch noch, wer Onkel Herbert ist? –, ist sie einfach nicht mehr dieselbe. Und jetzt ist auch noch Tante Lisbeth ins Altersheim gekommen, weil Helmut und seine Frau sie nicht zu sich nehmen wollten, stell dir das mal vor ...«

Mila war zu ihrer Mutter gefahren, die sich den Schenkelhals gebrochen hatte und sich nur schlecht selbst versorgen konnte. Sie würde über Weihnachten bleiben und wiederkommen, wenn es ihrer Mutter wieder besserginge. Ich wollte sie nach der Telefonnummer fragen, aber sie war, nachdem ich sie am See gesehen hatte, merkwürdig draufgekommen und hatte sich nicht mehr gemeldet. Wir hatten uns nur noch einmal kurz getroffen, als sie ins Café ›Jaeschke‹ kam, mir eine Stunde zuhörte und ich ihr mein Geschenk gab.

»Für dich hab ich auch etwas«, sagte sie und blickte mit einem wissenden Lächeln auf mich herab. Es hörte sich nach Höchststrafe an.

»Sag es nicht. Laß mich raten. Deine Freundin hat wieder zugeschlagen.«

Seit dem Tag unseres gemeinsamen Bootsausfluges waren die Ramazzotti-Pralinen zu einer Art Running Gag geworden. Bei jedem Besuch hatte Mila eine Desideri-Packung dabei, immer eingeschlagen in das gleiche Geschenkpapier. Sie stapelten sich inzwischen in meinem Kühlschrank. Einige hatte ich nicht einmal ausgepackt.

»Hier«, sagte sie und überreichte mir das inzwischen so vertraut aussehende Päckchen.

»Wie wäre es zur Abwechslung mal mit einem anderen Geschenkpapier?«

Sie schüttelte den Kopf.

»Is nich.«

Das war das ganze Gespräch. Später legte ich das Päckchen mit einem Schulterzucken zu den anderen in den Kühlschrank. Der freute sich wenigstens über den unerwarteten Besuch.

Mich nervte, daß ich von ihr noch nicht mal eine Telefonnummer hatte. Außerdem ging mir der Schreckliche Iwan nicht aus dem Kopf. Und diese Begegnung am See, sie mit diesem Mann zusammen, klebte wie ein Standbild vor meinen Augen. Ich ermahnte mich zu weniger Dramatik, schließlich war Tom auch zu seinen Eltern gefahren, und wußte ich vielleicht deren Telefonnummer?

Brauchte ich die Gewißheit, daß sie nichts ohne mein Wissen unternahm? Wollte ich, daß sie sich an mich gebunden fühlte? Vorsicht, Rai, so etwas kann leicht ausarten.

Am Weihnachtsabend rief sie an, um sich für mein Geschenk zu bedanken. Sie habe es unbedingt erst an Weihnachten aufmachen wollen, das müsse so sein. Das sei mir egal, antwortete ich, obwohl ich gern dabei gewesen wäre.

Sie war von dem Geschenk so gerührt, daß sie weinte. Ihre Stimme vibrierte, und sie mußte die Nase hochziehen. Das machte mich völlig fertig.

»Hör bloß auf zu flennen, sonst geht es bei mir auch noch los«, versuchte ich zu scherzen, aber es kam nicht an.

Am anderen Ende wurde es nur noch schlimmer, sie sagte gar nichts mehr, sondern wimmerte nur still in die Muschel. Mit ihr zu telefonieren war ohnehin immer problematisch, weil sie kaum etwas sagte, aber das war nun ganz und gar schrecklich. Nach einer Weile hielt ich es nicht mehr aus: »Ist was nicht in Ordnung? Hab ich was falsch gemacht?«

»Nein, nein ... er ist nur so ... schön«, schluchzte sie und konnte nicht mehr an sich halten. »So hat«, sagte sie schließlich, »noch nie jemand an mich gedacht.«

»…«

»Ich wünschte, du wärst hier.«

Als sie endlich auflegte, stand mir Schweiß auf der Stirn. Was sollte das heißen, so hatte noch nie jemand an sie gedacht? Klar war ein Seidenpyjama ein schönes Geschenk, aber deshalb gleich in Tränen ausbrechen? Einmal nur aus dieser Frau schlau werden …

Ich ließ mir ein superheißes Bad ein, schnappte mir die Flasche Rotwein aus Tante Trudes Survival-Container und legte mich in die Wanne. Das Wasser war so heiß, daß meine Eier sich wie eine Schnecke zusammenzogen. Es dauerte fünf Minuten, ehe ich überhaupt richtig drin saß. Ich lag ganz still und atmete flach, jede Bewegung brannte auf der Haut. Vor lauter Wasserdampf waren meine Füße nur noch Silhouetten im Nebel, ich konnte kaum die Narben an meinem Bein erkennen. Die Kerze, die ich am Waschbecken festgewachst hatte, strampelte mit den Beinen, um am Leben zu bleiben. Der Wein breitete sich mit fühlbarer Geschwindigkeit in meinem Körper aus, mit jedem Schluck wurden Arme und Beine etwas schwerer.

Ich begann, versonnen an mir rumzuspielen, und ertappte mich dabei, wie ich an Mila dachte, aber nicht richtig. Ich war zu schlapp, um mich zu konzentrieren, also beließ ich es dabei, statt mir einen runterzuholen.

Am zweiten Weihnachtsfeiertag rief Herr Geyer (›Cool Radio, Geyer hier‹) bei mir an und bedankte sich überschwenglich für das Jahrhundertwerk, das sein enervierendes Töchterduo am Weihnachtsabend vollführt haben mußte. Ich hatte, seinem Wunsche entsprechend, einige Weihnachtsstücke für vier Hände umgeschrieben und so vereinfacht, daß zwei Hamster sie hätten spielen können. Seinen Ausführungen zufolge mußten die beiden Giftspritzen ihre Aufgabe mit übernatürlicher Professionalität und kühnster Bravour gemeistert haben. Ich stellte mir die Großmutter vor, wie sie mit vor Rührung bebender Brust und tränenerfüllten Augen ihr Näschen in ein monogrammbesticktes Rüschentuch steckte und ein Schluchzen unterdrückte, in der Tür die ergriffene Mutter mit glasig-verklärtem Blick, im Ohrensessel der Vater, die Beine übereinandergeschlagen, kunstverständig nickend.

Ich versicherte ihm, daß auch ich überglücklich sei und was es doch für eine unaussprechliche Freude sei, seine Töchter unterrichten zu können. Als er mich fragte, weshalb ich denn das heilige Fest nicht in trautem Kreise verbrächte, und ich ihm sagte, daß mein Gesundheitszustand – Schockschwerenot – ein Zusammenkommen mit den lieben Verwandten verhindert hätte, war er derart betroffen, daß er mich sofort zum Essen einlud. Schließlich müsse ich mich stärken, um wieder zu Kräften kommen zu können.

Was für tiefgreifende Veränderungen die Menschen zu Weihnachten doch durchmachen. Sie werden von ihrem sozialen Gewissen heimgesucht wie von einer ansteckenden Krankheit.

Ich mußte allerhand Register ziehen, bevor er seine Idee wieder fallen ließ. In den schillerndsten Farben malte ich ihm aus, wie seine Familie, Großmutter eingeschlossen, grippal niedergestreckt das Haus würde hüten müssen, wenn ich meine Bazillen erst einmal verteilt hätte. Das nahm ihm den Wind aus den Segeln. Erleichtert ließ ich den Hörer auf die Gabel fallen.

# 18

Drei Tage vor Silvester kam Ramon, um sich für zwei Wochen bei mir einzurichten.

Ramon war immer mein bester Freund gewesen, früher, als wir noch in dem Alter waren, wo man beste Freunde hat. Und irgendwie war er es noch, selbst wenn wir uns, wie man so gerne sagt, in der Zwischenzeit in unterschiedliche Richtungen entwickelt hatten. Im Gegensatz zu anderen Freunden fühlten wir ein altes, unzertrennliches Band zwischen uns.

Bei ihm ging alles durch den Kopf, immer schon. Als wir uns kennenlernten, hatte mich das schwer beeindruckt. Bei mir war das Gegenteil der Fall, ich lebte so, wie es mir gerade in den Sinn kam. Ich machte mir nicht viele Gedanken über das, was ich sagte oder tat, während Ramon sich stets fragte, ob er dieses oder jenes gut fand oder nicht, und warum oder warum nicht, und wenn nicht, ob er es nicht lieber sollte. Er schrieb Gedichte und las sämtliche Briefe von Kafka, der von mir so weit entfernt war wie die Bibel.

Zu meinem sechzehnten Geburtstag schenkte er mir eine Sammlung seiner Gedichte in einem blauen Faltkarton, den ich noch heute manchmal hervorkrame, wenn ich melancholischer Stimmung bin und mich richtig reinknien will. Dann lege ich eine alte Platte von Tom Waits auf und lese sie alle noch mal durch.

Zum Beispiel:

## *Glücklich*

*Versprich mir den Himmel,*
*wenn er am schönsten ist.*
*Ich will ihn nicht!*
*Schreibe mir ein Lied,*
*das wunderbarste, das es jemals gab.*
*Ich will es nicht!*
*Schenke mir ein Lächeln,*
*so einzigartig wie noch keines.*
*Ich will es nicht!*
*Biete, was du willst.*
*Ich will es nicht!*
*Ich habe es schon –*
*in mir,*
*in meinem Herzen.*
*Und.*
*Nichts macht mich glücklicher,*
*als der Gedanke,*
*es dir zu schenken.*

## Oder: *Eindruck eines Augenblicks*

*Dieses Lächeln -*
*nur für einen Augenblick,*

*Ich habe es festgehalten,*
*in mir aufgenommen,*

*Es hat mich so beeindruckt,*
*etwas in meinem Innern geweckt,*

*Ein fast vergessenes Gefühl,*
*das mir noch lange Zeit auf den Lippen blieb,*

*Obwohl ich dich nicht kenne.*

Oder: *Nicht viel, was bleibt*

*Die Wärme deiner Hand,*
*das Gefühl, zusammen zu sein mit dir.*
*Für einen Moment war es wahr,*
*wahr – um dann gewesen zu sein,*
*nur noch Erinnerung zu bleiben.*
*Ungläubig bemerken zu müssen,*
*in der Kälte zu stehen. alleine.*
*ich mit mir.*
*du mit ihm.*

Später wurde mir klar, daß er sich durch seine Grübelei selbst im Weg stand. Sein voller Kopf, in dem die Gedanken einander unablässig nachjagten, hinderte ihn daran, über seinen Schatten zu springen. Dadurch wurde mir auch zum ersten Mal klar, was er an mir so mochte. Ich war sein Schattenspringer, half ihm, seine Ratio zu überwinden. Vorher hatte ich das nie kapiert, meine Unbesonnenheit war mir in seiner Gegenwart stets albern und unreif vorgekommen. Ich hatte nicht verstanden, weshalb er so viel Zeit mit mir verbrachte.

Unsere Freundschaft setzte sich fort, wurde zu etwas Selbstverständlichem, wie essen und scheißen. Schließlich nahmen wir uns gemeinsam eine Wohnung und verlebten eine unbeschreiblich glückliche Zeit. Ich saß in meinem Zimmer und spielte Klavier, er auf der anderen Seite der Wand und dachte nach, abends gingen wir dann trinken.

Er sah sehr gut aus, viel besser als ich – empfindsam. Die Frauen, insbesondere ältere, waren von ihm ganz hingerissen. Er weckte ihren mütterlichen Instinkt, jedenfalls war das im Freundeskreis die geläufige Erklärung.

Glücklicherweise fühlten wir uns zu völlig unterschiedlichen Frauen hingezogen, und umgekehrt. Ihn faszinierten Frauen, denen man auf Rufweite bereits ansehen konnte, daß sie Probleme größeren Ausmaßes mit sich rumschleppten. Für Frauen mit solcher Ausstrahlung war er besonders empfänglich, das brachte seine Hirnwindungen so richtig auf Touren.

Mir behagte diese karitative Seite nicht, dieser Eifer, mit dem er sich als Therapeut betätigte, der Wunsch, unbedingt für jemanden dasein zu müssen. Was ihm das gab? Ich wußte es nicht. Seine Freundinnen fand ich oft ganz nett, konnte aber wenig mit ihnen anfangen. Wieso sollte ich mich für die Probleme anderer interessieren?

Ganz unerwartet faßte er nach der Schule den Entschluß, Fotograf zu werden. Es zeigte sich, daß er bei dieser Entscheidung ein glückliches Händchen gehabt hatte. Ständig dachte er sich ›Settings‹ aus und fuhr mit mir zu den abgelegensten ›Locations‹, um ›Sessions‹ zu machen. Täglich zeigte er mir neue Arbeiten, und manche davon gefielen mir so gut, wie mir früher seine Gedichte gefallen hatten.

Schließlich lernte er Laine kennen, sie war Erzieherin in einem integrativen Kindergarten, in dem Ramon seinen Zivildienst geleistet hatte. Da sie besonders ausgeprägte Probleme hatte, zog er bei ihr ein. Zum Abschied schenkte er mir ein auf 20 mal 30 vergrößertes Schwarzweißfoto unseres gemeinsamen Klos; außer ein paar Streifen weißes Gegenlicht, das durch die Ritzen des Rollos fällt, ist auf dem Foto kaum mehr zu erkennen als die Umrisse der auf der Fensterbank liegenden Klopapierrollen. Wer genau hinsieht, kann auch noch einen abgerollten Streifen Papier der auf dem Halter steckenden Rolle entdecken, in der Bewegung erstarrt. Ramon hatte zu diesem Zweck einen Fön auf den Boden gelegt.

Ein Foto, mit dem kaum jemand etwas anfangen kann, die meisten erkennen gar nicht, was darauf abgebildet ist, und halten es für einen Toaster oder Kühlergrill. Für uns allerdings hatte es etwas Exklusives und Verbindendes.

Das alles war lange her, inzwischen hatten sich unsere Wege getrennt. Seine Gefühle für Laine waren zwei Jahre ›rosarot‹ (Ramons Mutter) gewesen, dann kam der Punkt, an dem er einfach nicht mehr konnte, seine Aufopferungsbereitschaft sich ins Gegenteil verkehrte und die Beziehung in tausend Stücke barst.

»Klassisches Therapeutensyndrom«, hatte ich bei Gelegenheit angemerkt, in der Hoffnung, ihn auf dem steinigen Weg der Selbsterkenntnis etwas voranzutreiben.

»Sonst noch was?«

Seine nächste große Liebe war Angelina, und das Spiel begann von vorn. Gemäß meiner Voraussage, er würde als erster in unserem Freundeskreis Vater werden, machte er ihr ein Kind – Paul. Auch diesmal war er von unsagbar euphorischen Gefühlen erfüllt, bis zu dem Zeitpunkt, da er nicht mehr weiter konnte. So hatten sie die letzten anderthalb Jahre damit zugebracht, sich und, wie ich fürchtete, auch Paul das Leben schwerzumachen. Dann erst war in ihm die Erkenntnis gereift, daß die Beziehung keine glückliche Wendung mehr nehmen konnte, und die einzige Möglichkeit für alle Beteiligten, lebend davon zu kommen, in einer Trennung bestand. Deshalb kam er nach Berlin, er konnte nicht mehr, und er brauchte einen Job.

Angelina konnte bleiben, wo sie war; alleinerziehende Mutter ohne Geld, auf der Suche nach einem Ausbildungsplatz, den das Arbeitsamt als Umschulung anerkannte. Ein Kinderspiel.

Ramon sah verheerend aus. Pflaumenfarbene Ringe hatten sich um seine Augen gelegt, als hätte er eins draufbekommen, die Wangen waren eingefallen. Diese Beziehung war gegessen, alles klar.

Er war völlig fahrig, beim Zigarettendrehen fiel die Hälfte des Tabaks auf den Boden. Er sei müde, aber ins Bett wolle er noch nicht. Es war halb zwei. Ich schlug vor, noch mal loszugehen, aber das wollte er auch nicht, also holte ich Bier aus dem Kühlschrank, stellte ihm einen Ascher vor die Nase und wartete.

Nicht lange. Seine Seele brach sich Bahn: Er habe es nicht mehr ausgehalten, er brauche einen Job, Angelina habe ihm das Leben zur Hölle gemacht, sie müsse dringend eine Therapie machen, sonst bekäme Paul Verhaltensstörungen, bevor er sprechen könne …

»Willst du 'ne Zigarette?«

»Nein, danke.«

… Er müsse jetzt sein Ding durchziehen, Angelina habe sein berufliches Fortkommen torpediert, gleich morgen würde er rumtelefonieren, er, er, er …

Stundenlang dachte er laut über seine Situation nach. Ich hatte dabei eher eine Statistenfunktion, manchmal konnte ich meine Augen kaum noch aufhalten. Plötzlich sagte er: »Ach du Kacke, gleich fünf. Tut mir leid, aber ich muß mich dringend hinlegen.«

Als hätte ich ihn davon abgehalten. Er rollte sich auf der Besuchermatratze zusammen und war weg. Dummerweise hatte ich inzwischen meinen toten Punkt überwunden und saß auf dem Bett wie bestellt und nicht abgeholt. Ich machte das Licht aus, stiefelte in die Küche, nahm noch ein Bier und machte es mir auf der Fensterbank bequem.

Aus meinem Zimmer drangen undeutliche Geräusche, Ramon murmelte aufgeregt im Schlaf.

## 19

In den nächsten Tage klapperte Ramon alles, was es in Berlin an Fotografen mit eigenem Studio gab, ab und legte seine Mappe vor. Seine Rennerei erwies sich als teilweise erfolgreich; eine Probebuchung für eine Session in der zweiten Januarwoche mit einem Modefotografen und die vage Zusage einer renommierten Fotografin, bei der demnächst eine Assistenzstelle frei werden würde.

Wir sahen uns zum Frühstück und am Abend. Er wollte mit aller Gewalt einen neuen Lebensabschnitt einläuten, was ihn immerhin auf andere Gedanken brachte. Es schien zu helfen. Er war derart beschäftigt, daß wir seine letzte Tasche erst Silvester aus dem Auto holten, und das auch nur, weil der Kofferraum durchgerostet war und die Tasche Schimmel ansetzte.

Abends erzählte er mir, was er tagsüber unternommen hatte, dann ging er ins Kino, er war ganz versessen auf Kino.

»Ich habe zwei Jahre Nachholbedarf«, erklärte er mir.

»Angelina muß ja ein richtiges Monster gewesen sein«, sagte ich, aber der ironische Unterton segelte glatt an ihm vorbei. Er grinste glücklich, als sei er froh, endlich jemanden um sich zu wissen, der ihn wirklich verstand.

Am Tag vor Silvester ging ich spät noch ins ›Morena‹, denn mein Ofen hatte beschlossen, für dieses Jahr genug Wärme gespendet zu haben, und ärgern konnte ich mich später genauso gut. Ich beschäftigte mich gerade damit, einer rothaarigen sommerbesproßten Schwäbin den urbanen Kosmopoliten vorzumachen, als ich Ramon in einer Ecke sitzen sah. Die

Flasche vor sich gestellt, drehte er an einer Zigarette, völlig in Gedanken versunken.

Sollte ich zu ihm gehen? Ich entschied mich dagegen, offensichtlich legte er keinen Wert auf Gesellschaft, so wie er dasaß, den Blick aus dem Fenster gerichtet. Außerdem brauchte er ja nur anzuklopfen …

»Das ist nämlich das erste Mal, daß ich Silvester in Berlin bin«, sagte der schwäbische Feuerteufel, »und irgendwie … find ich's total geil. Hier ist alles irgendwie total anders … Die Leute hier kümmern sich einfach um gar nichts, weißt du?«

»Ja klar, versteh ich«, versicherte ich ihr.

Ich war nicht mehr bei der Sache.

»Du«, sagte ich betont väterlich, »sorry, aber ich muß jetzt los.«

»Klar du, versteh ich, hier hat jeder sein eigenes Leben zu leben.«

Ich versuchte noch einmal, meinen Ofen aufzumuntern. Im neuen Jahr würde alles anders, versprach ich ihm. Schließlich glimmte ein Hoffnungsfunke. Ich setzte mich ganz still gegenüber auf mein Bett, um ihn nicht zu stören. Nach einer Weile knackte es vertraut, ich hatte den alten Knaben noch einmal rumgekriegt. Als mich die erste Wärmewelle berührte, rollte ich mich glücklich in meine Decke ein und versuchte, an etwas Schönes zu denken. Bevor ich wußte, was es war, schlief ich bereits.

# 20

Meine Nase und Ohren waren vollkommen taub, ich wachte auf. Mein Atem waberte in Form kleiner Wölkchen durchs Zimmer. Der Ofen war über Nacht gestorben. Wahrscheinlich hatte das niederträchtige Biest nur gewartet, bis ich eingeschlafen war.

»Na, du renitentes Arschloch«, rief ich.

Ramon war nicht da. Ich hatte im Halbschlaf die Tür gehen hören, hoffentlich kaufte er fürs Frühstück ein. Ich ging in die Küche und drehte Ofen und Herd bis zum Anschlag auf. Ich überlegte, ob ich den Elektroheizer anwerfen sollte, aber ich wußte, das bedeutete, der Sicherung den finalen Stoß zu versetzen.

Es regnete Scheiße vom Himmel, und ich war noch immer nicht gesund. Als regnete es nicht immer Scheiße vom Himmel, wenn man krank ist.

Ramon ließ sich auch nicht blicken, anscheinend war er doch nicht in Sachen Frühstückseinkauf unterwegs. Der rechte Tag, ein Jahr zu beenden. Ich warf mir meine Jacke über und schlug den Kragen hoch. Ging ich eben selbst. Und was war mit dem Abendessen? Wir wollten zusammen kochen, Herr Ramon Seebold, remember? Und was würde es geben? Und wer würde dafür einkaufen? Und wer würde es bezahlen und dann nicht fragen, ob sich der gnädige Herr nicht an den Kosten beteiligen wolle, aus Angst, er könne dessen Kreise stören?

Nicht so egoistisch, Rai. Er braucht halt noch ein bißchen, um wieder Mensch zu werden, außerdem steht ›Haben‹ auf deinem Kontoauszug, schon vergessen?

Apropos, dieses ›Haben‹ machte mich ohnehin ganz kribbelig. Es schienen sich mehr Pflichten als Freiheiten damit zu verbinden. Anfangs war ich ganz begeistert, aber inzwischen beschlich mich immer häufiger das Gefühl, es müsse mir unangenehm sein. So als sei ich gebrandmarkt, als klebe mir ein Gamsbart an der Stirn.

›Guten Tag, finden Sie nicht, ich sehe kleinkariert aus? – Nein? – Aber es steht ›Haben‹ auf meinem Kontoauszug. – Sehen Sie.‹

Das sollte sich doch wohl ändern lassen. Mit ›Haben‹ ins neue Jahr? Nicht mit mir.

Kontostand: DM 396,25 Haben. Auszahlung: DM 400 – neuer Kontostand: DM 3,75 Soll. Na bitte. Ich fühlte mich gleich viel besser. Und jetzt – nichts wie weg mit der Kohle. Ich ging gediegen frühstücken und begab mich anschließend auf Spezialitätenjagd in die Markthalle.

Am Spirituosenstand hatte sich vor mir eine Dame mit einem Kläffer in Stellung gebracht, der eine merkwürdige Ähnlichkeit mit einem Eierkarton aufwies. Der Körper der Dame war an einigen Stellen aus dem Leim gegangen und wirkte bedauerlich unproportioniert. In ihrem fahrbaren Einkaufsbeutel befanden sich ein halbes Dutzend Schokoladentafeln und eine 18er-Packung Toilettenpapier. Ihr Köter beschnüffelte beständig meine Schuhe, weshalb ich mich bemüßigt fühlte, mich, als er neugierig sein Näschen emporhob, zu ihm hinabzubeugen und einmal laut ›HA!‹ zu rufen, woraufhin das arme Tier zu zittern begann. Die Dame war sichtlich nicht erfreut, nahm ihr Schoßtier auf den Arm und wendete sich brüsk ab. Ich reckte mich in ihr Blickfeld.

»Na, junge Frau«, sagte ich und deutete auf ihren Beutel, »da können Sie ja zum Jahreswechsel ordentlich was wegscheißen.«

Als Ramon kam, war ich bereits mit Gemüseputzen beschäftigt.

»Wow, du hast ja eingekauft wie ein Weltmeister. Was machen wir da draus?«

»Kein Ahnung, du bist der Koch von uns beiden. Ich hab einfach genommen, was am besten aussah. Aber erst mal«, ich ließ den Korken knallen, »ein Schlückchen Champagner.«

»Du hast wohl zuviel Kohle.«

»Jetzt«, verkündete ich stolz und stieß mit ihm an, »nicht mehr.«

Ich ließ den ersten Schluck genußvoll meine Kehle runterrieseln, als es an der Tür klingelte.

»Na, du kommst gerade recht«, sagte ich.

Mila stand in der Tür, ihre beiden verschiedenfarbigen Augen sahen mich fragend an.

»Komm rein, wir haben gerade den Champagner aufgemacht.«

»Wir?« fragte sie ängstlich.

»Falsche Frage«, entgegnete ich, »die Frage muß lauten: ›Champagner?‹«

Ich führte den erdachten Dialog fort, während sie noch immer unbeweglich in der Tür stand: »Ja, Teuerste, du hast recht gehört – Champagner. Wie geht es eigentlich deiner Mutter?«

»Meiner Mutter?«

»Deiner Mutter. Hatte die sich nicht das Bein gebrochen oder so was?«

»Ach so ... ja. Besser. Es geht ihr besser.«

Aha.

Ich war so guter Stimmung, daß ich mir nicht erlaubte, darüber nachzudenken, wieso Mila daran erinnert werden mußte, daß es ihre Mutter war, bei der sie die letzten zwei Wochen verbracht hatte.

Ich drehte mich um und ging in die Küche zurück, während ich weiter sprach – sie würde schon nachkommen.

»Wolltest du nicht erst nach Silvester wiederkommen? Na egal, ich hoffe, du hast wenigstens vernünftigen Hunger. Und eine Packung Desideri hast du sicher auch dabei. Tu mir den Gefallen und leg sie in den Kühlschrank zu den anderen, dann ist sie nicht so allein.«

In der Küche angekommen, drehte ich mich um – keine Mila.

»Nanu, wo isse denn?« fragte ich.

Ramon sah mich fragend an und zog die Schultern hoch. Ich ging zurück. Sie stand unverändert da, mußte allerdings lächeln ob der Schürze, die ich anhatte.

»Chic, nicht?«

Ich drehte mich einmal um die eigene Achse, während ich meine Arme in Flamencotänzermanier über den Kopf hielt. »Modell ›Homme fatal‹. Hat mir meine Tante geschickt.«

Langsam entblößte sie einige ihrer wundervoll weißen Zähne.

»So«, entschied ich und nahm sie an der Hand, »und jetzt komm rein, sonst wird der Champagner noch kalt.«

»Ich …«, wehrte sie ab, aber ich ließ sie nicht zu Wort kommen und zerrte sie in die Küche.

»Mila, darf ich vorstellen: Das ist Ramon. Und Ramon, du darfst dreimal raten, wer das ist.«

»Mmh«, überlegte er, »Mildred?«

»Genau«, sagte ich und goß ihr ein Glas ein.

Sie sah ganz erleichtert aus. Mir dämmerte, daß sie befürchtet haben könnte, Ramon sei eine Frau. Jedenfalls hoffte ich heimlich, daß es so war.

Der Abend entwickelte sich zu einem ausgelassenen Vergnügen. Ramon hatte ein wundervolles namenloses Essen zubereitet, und der Rotwein schmeckte gut wie selten. Ich hatte etwa vierzig Kerzen angezündet, um den Ofen zu ersetzen, sehr gemütlich. Ramon und ich saßen auf dem Bett, Mila im Sessel. Ramon schenkte ihr mit seinen ach so blauen Augen haufenweise lächelnde Blicke, er war sehr von ihr eingenommen. Kunststück. Es machte mir nichts aus, im Gegenteil, ich war ganz glücklich darüber, denn es tat ihm gut. Und ihr auch.

Kurze Zeit später hatte ich Sorge, die Stimmung könne doch noch umschlagen. Ramon erging sich gerade in analytischen Betrachtungen seiner nunmehr gescheiterten Beziehung, als Mila anzumerken wagte, daß es doch auch eine ganz schöne Belastung sein müsse, als alleinerziehende Mutter Job und Kind unter einen Hut zu bringen. Sie hatte ihn an seiner verwundbarsten Stelle getroffen, seine Stimme wurde hart wie Granit: »Das ist alles ganz großer Blödsinn, diese Vorstellung, nur weil man ein Kind hat, sei man wer weiß wie in Anspruch genommen. Wenn du nicht in der Lage bist, dein Kind als einen völlig selbstverständlichen Teil deines Lebens anzunehmen, dann darfst du ganz einfach keine Kinder kriegen. Alle reden immer nur von Belastung, so ein Blödsinn. Ein Kind mußt du ganz selbstverständlich in dein Leben integrieren können, sonst kannst du's vergessen.«

Ja, so wie du, dachte ich.

Großes Schweigen.

Auch er schien bei ihr eine empfindliche Stelle getroffen zu haben. Ich wollte unter keinen Umständen den Abend versauen, also vermied ich es, einen Streit vom Zaun zu brechen. Zum Glück rief Camie an: »Rai, Geliebter, wo bleibst du? Es geht stramm auf zwölf Uhr zu.«

Sie hatte schon mächtig geladen.

»Camie, ich könnte dich auf die Stirn küssen.«

»Du kannst mich von mir aus noch ganz woanders hin küssen, nur beweg deinen Arsch hierher, sonst muß ich mich wildfremden Männern an den Hals werfen, und dann bin ich unberechenbar.«

Ich hatte keinen Zweifel, daß sie dieses Stadium bereits erreicht hatte.

»Auf geht's, Kinder«, sagte ich und schlürfte die Form aus, in der wir das flambierte Eis zubereitet hatten. Ein Gemisch aus Sahne, etwas sehr Hochprozentigem und geschmolzenem Eis brannte meine Kehle hinunter, mich befiel eine Ahnung kommender Kopfschmerzen.

Milas Widerstand war schnell gebrochen, wir schoben sie einfach ungefragt ins Taxi.

# 21

Als Austragungsort für die Party hatte man eine alte Dahlemer Villa gewählt. Als Ramon, Mila und ich eintrafen, war es bereits gerammelt voll. Unmöglich zu schätzen, wie viele Leute da waren, zumal wir nicht über den Vorraum hinauskamen. Tom war der erste, den ich sah.

»Da isser, da isser«, rief er wild gestikulierend über die Köpfe der anderen hinweg und deutete in meine Richtung. Er hielt in jeder Hand ein Bier und bewegte sich schwerfällig im Rhythmus von etwas, das ich nur wummern hörte. Er drückte mir eine Flasche in die Hand und, wie es seine Art ist, einen extrem feuchten Kuß auf den Mund, dann schob er mich beiseite.

»Du mußt Mali sein«, sagte er mit leuchtenden Augen.

»Mila.«

»Noch besser«, rief er entzückt und drückte auch ihr einen feuchten Kuß auf den Mund. Sie ließ ihn gewähren.

»Sie hat zwei verschiedenfarbige Augen«, flüsterte ich ihm ins Ohr.

»Wundervoll«, sprudelte er begeistert.

In einer Nische unter dem Treppenaufgang hatte man einige Tische zusammengerückt und es sich bequem gemacht. Alle waren sie da: Christopher, der sich in sein neues Zweihundertmarkshemd geworfen hatte, in dem er so auszusehen versuchte, als hätte er nie etwas anderes getragen. Beständig strich er sich seine Tolle aus dem Gesicht, zweifellos, um besser in Katjas Augen sehen zu können, mit der er sich angestrengt unterhielt. Irgendwann würde er einsehen müssen, daß er dazu bestimmt war, ein Yuppie zu werden.

Katja, deren feuerrot gefärbte und perfekt getrimmte Haare mich immer auf sonderbare Art beeindruckten, studierte seit ewigen Zeiten mit Camie zusammen. Sie amüsierte sich über den Eifer, mit dem Christopher ihr zu erklären versuchte, was die Welt im Innersten zusammenhielt.

Jan war extra aus Köln gekommen, und Bea, eine alte Freundin von Camie aus deren Au-pair-Zeit in Paris, hatte sich aus Heilbronn herbemüht und wie immer Schwierigkeiten, ihre Brüste im Zaum zu halten. Bei selbigen hatte sich der Töpfer eindeutig mit dem Lehm verschätzt und eine Handvoll zuviel drangeklatscht. Ich jedenfalls hätte die Dinger nicht tragen wollen.

Dirk und Wibke saßen in einer Ecke und diskutierten. Ich tippte auf ihre Beziehung, womit ich, wie sich später herausstellte, richtig lag. Sie hielten immer die gleiche Reihenfolge ein: Mit einer Diskussion fing es an, dann stritten sie, schließlich beschrien sie einander und bedrohten sich, dann verließ Wibke heulend die Gesellschaft.

Camie lehnte in den Armen eines mir unbekannten Mannes.

Ricarda, die ich schon lange nicht mehr gesehen hatte, war ebenfalls mit von der Partie. Sie stand neben der Treppe und beobachtete mit der ihr eigenen distanzierten Gelassenheit das Treiben auf den Tischen. Sie war sehr groß und sehr schlank, hatte lange blonde Haare, von denen ich nicht wußte, ob sie gefärbt waren, war lesbisch und verdiente sich ihren Lebensunterhalt durch Prostitution. Typ Barbara Rudnik. Tom mochte ihre verwöhnten Mundwinkel.

Heute Abend hatte sie sich mächtig in Schale geworfen: Ihre Beine steckten in schwarzen Strümpfen, in die ein changierendes Muster eingewebt war, und verschwanden unter einem kurzen Rock, der Teil eines blauschimmernden Kostüms war, von dem ich annahm, es sei aus Samt. Außerdem waren ihre Ohren mit ziemlichen Gewichten beschwert. Camie hatte sie im Café an der Jungfernheide kennengelernt, in dem sie kellnerte.

Eine Zeitlang nahm ich an, daß Ricarda mit Camie gerne mehr angefangen hätte, als sich von ihr Milchkaffee servieren zu lassen, aber ich war mir nicht sicher, und es interessierte mich auch nicht sonderlich. Wir hatten keinen Draht zueinander finden können, was wohl auch nicht verwunderlich war. Bei unserem letzten Zusammentreffen hatte es eine Unterhaltung gegeben, die ein jähes und heftiges Ende fand, als ich sie fragte, ob der Umstand, daß sie lesbisch sei, es ihr bei ihrem Job einfacher mache.

Ich hatte nichts Schlimmes an der Frage gefunden, es interessierte mich einfach, und wen hätte ich sonst fragen sollen? Sie war aufgestanden, hatte sich vor mir aufgebaut, »WAS GLAUBST DU WOHL, MANN?« gesagt und sich verpißt. Bis heute wußte ich nicht, weshalb ich sie damit verletzt hatte und ob es den Job nun einfacher machte oder nicht. Auch Camie hatte nur die Schultern hochgezogen und gesagt, Frauen seien eben kompliziert.

Soweit ich es einschätzen konnte, waren alle betrunken.

»Rai, mein Herz«, rief Camie, »laß dich küssen!«

Sie entwand sich den Armen des jungen Mannes, der mit gesenkten Lidern an der Wand lehnte.

»Da siehst du's«, sagte sie und deutete auf die müde Gestalt, »du kommst gerade rechtzeitig. Das ist übrigens Olaf.«

»Hallo Olaf«, sagte ich.

Olaf sah kurz zu mir auf: »Hi.«

Ich wandte mich an Camie: »Olaf hat ganz schön rote Augen, findest du nicht?«

»Bindehautentzündung.«

»Klar. Die in Pulverform oder die zum Rauchen?«

»Nein, im Ernst, er hat wirklich Bindehautentzündung.«

»Ist gut, ich werd ihn fragen, ob er für mich auch ein bißchen Bindehautentzündung hat.«

»The Cure, The Cure«, rief Tom und verschwand in die Richtung, in der ich die Tanzfläche vermutete.

Der weitere Verlauf gestaltete sich durchaus ereignisreich. Katja, die Ramon schon einmal kennengelernt und Camie anschließend tagelang von dessen natürlichem Charme und seiner maskulinen Ausstrahlung vorgeschwärmt hatte, versuchte, seine Gunst zu gewinnen, wurde aber in ihren Bemühungen zusehens von Bea torpediert, die beschlossen hatte, sich ebenfalls in die Wertung zu bringen.

Christopher, der sich in der mißlichen Lage befand, nun keinen Gesprächsadressaten mehr zu haben, stürzte sich auf Mila und versuchte ihr mit dem gleichen Eifer, den er vorher auf Katja verwandt hatte, seine Sicht der Probleme der Weltliteratur im allgemeinen und der deutschen Literatur des 20. Jahrhunderts im besonderen zu vermitteln.

Jan war unbemerkt ... verdampft.

Tom schaute hin und wieder vorbei, um sicherzugehen, daß ihm nichts Wesentliches entging, und dann weiterzuhasten, auf der ewigen Suche nach einer jugendlichen Probantin, der sich das Erlebnis, mit ihm eine Nacht verbracht zu haben, unauslöschlich ins Gedächtnis einbrennen würde. Als er wieder mal bei uns vorbeikam, machten Camie und ich ihn auf ein Mädchen am Getränkestand aufmerksam, das seiner Gewissenhaftigkeit entgangen war und vor jugendlicher Unbefangenheit geradezu Funken stob.

»Die an der Tränke, das wär doch was für dich«, sagte Camie. »Und weit und breit kein Erziehungsberechtigter in Sicht.«

»Ja«, pflichtete ich bei, »sie hat eindeutig den Ich-könnte-noch-Jungfrau-sein-Blick.«

»Ich werd sie fragen«, entschied Tom kurzerhand.

Direktheit war bei ihm nicht gerade Mangelware. Nach einer Minute war er wieder da.

»Und?« fragte Camie.

»Ich brauch 'n Bier.«

»Los, erzähl schon.«

»Erst brauch ich 'n Bier.«

Ich gab ihm meins.

»Also?« insistierte Camie.

»Also, ich geh hin und frag sie.«

»Wie, du gehst hin und fragst sie?«

»Na ja, ich geh hin und sag: ›Hi, ich bin Tom, bist du noch Jungfrau?‹«

»Sehr diplomatisch«, sagte ich. »Camie, was meinst du?«

»Hut ab, Tom. So viel Einfühlungsvermögen – hätte ich dir gar nicht zugetraut.«

»Was hat sie geantwortet«, wollte ich wissen.

»Sie hat gesagt, sie wisse nicht so recht.«

Camie und ich wechselten einen verständnislosen Blick.

»Ja«, fuhr er fort, »genau so hab ich auch geguckt.«

»Und?«

»Und sie hat gesagt, also, na ja, drucks-drucks … sie wär sich nicht sicher.«

»Und dann …?«

»Hab ich ihr gesagt, sie soll's vergessen.«

»Vielleicht hat sie dich nicht richtig verstanden«, schlug ich vor. »Weißt du, die Mädchen sind heute medizinisch aufgeklärter als zu unserer Zeit.«

»Ja«, meinte Camie, »besser, du fragst sie nach ihrem Hymen.«

»Nach wem?«

»Was hab ich gesagt«, feixte ich, »die Mädchen sind heute aufgeklärter.«

»Nach ihrem Jungfernhäutchen«, sagte Camie.

»Am besten, du gehst hin und stellst dich als Magier vor. Sag ihr, du würdest sie gern hymnotisieren.«

Camie und ich lagen uns in den Armen vor Lachen, aber Tom fand die Idee nicht sonderlich prickelnd.

Bei Ramon hatte sich inzwischen einiges getan. Bea hatte sich bis an seine Seite vorgearbeitet und wehrte jeden Versuch einer anderen Person, mit ihm Kontakt aufzunehmen, vehement ab. Ganz offensichtlich hatte sie ihn für sich deklariert. Katja hatte sie in die Flucht geschlagen. Sie schubberte, über die Maßen angetrunken, ihre Brüste an ihm und erklärte, daß sie sich gut vorstellen könnte, mal – irgendwann – mit ihm ins Bett zu gehen, ganz ohne Hintergedanken, versteht sich. Ramon blieb indessen von ihrem Werben weitgehend unbeeindruckt und betrachtete alles ganz gelassen. Christopher redete wieder auf Katja ein, und Mila unterhielt sich seit einiger Zeit mit Ricarda, die, wie ich aus dem Augenwinkel beobachtete, Mila leicht am Arm berührte, wenn sie mit ihr sprach, was Mila als völlig selbstverständlich hinnahm. Überhaupt schienen sich die beiden prächtig zu verstehen, was mich unwillkürlich zu allerlei Spekulationen veranlaßte.

Camie lenkte meine Aufmerksamkeit in neue Bahnen: »Bea kommt in Hochform, das sollten wir uns nicht entgehen lassen.«

Sie war inzwischen vollständig enthemmt und offensichtlich – nachdem Ramon all ihre Offerten so leichtfertig an sich hatte vorbeiziehen lassen – bereit, alle ihr zur Verfügung stehenden Register zu ziehen. Sie faßte ihn mit beiden Händen am Kragen und drückte sich mächtig an ihn: »Ich WILL mit dir schlafen«, stieß es aus ihr hervor.

»Nicht schlecht«, sagte ich zu Camie.

Einige Zeit später stand es mit mir nicht mehr zum besten. Die Party war zu einer großen dunklen Blase aus Qualm und Geräusch verwässert. Ich hatte große Mühe, mich auf etwas zu konzentrieren. Camie lehnte ihren Kopf an meine Schulter und versuchte, nicht einzudösen. Nach Beas eruptivem Geilheitsgeständnis war auch bei ihr die Anspannung gewichen.

Ricarda hatte sich dagegen in Rage geredet, Mila las ihr jedes Wort von den Lippen ab: »Männer«, hörte ich sie philosophieren, »sind entweder sensible Scheißerchen oder Macho-Arschlöcher.«

Als sie merkte, daß ich zugehört hatte, rief sie unvermittelt: »Hey Rai! Zu was für einer Sorte gehörst du eigentlich? Sensibles Scheißerchen oder Macho-Arschloch?«

»Ich bin eins von den sensiblen Arschlöchern«, sagte ich.

Sie lachte laut auf und warf den Kopf in den Nacken.

»Sehr gut«, sagte sie, stieß sich vom Tisch ab und schlingerte auf mich zu. Sie war schwer in Fahrt. Ich rührte mich nicht. Sie kam so dicht, daß ihr Bauch die Hand berührte, mit der ich mein Bier hielt.

»Sehr diplomatisch«, säuselte sie. »Und soll ich dir was sagen? ... Die Diplomatischen, das sind die größten Wichser.«

Sie war kaum noch manövrierfähig. Ich erwartete, daß sie versuchen würde, mir ein Knie in die Eier zu rammen, und sagte das, was ich in solchen Situationen immer sage, einfach, weil mir nichts Besseres einfällt: »Schön, daß du kommen konntest.«

Wie ferngesteuert fuhr von irgendwo ihre Hand her, und ihr

Zeigefinger legte sich an meine Unterlippe, so daß sich ihr langer Nagel etwas ins Fleisch eindrückte. Ich überlegte, ob sie das nun anmachte oder ob sie mich einfach nur zum Kotzen fand.

Nach diesem Intermezzo kühlte die Stimmung deutlich ab. Um die Situation zu entschärfen, ging ich Bier holen. Als ich wiederkam, war Ricarda verschwunden. Mila machte ein Gesicht, als müsse sie sich schuldig fühlen, weil sie sich mit ihr so gut unterhalten hatte.

»Tut mir leid wegen eben«, sagte sie.

»Kannst DU doch nichts für.« (Stimmte das?) »Außerdem – ich bin nicht gekränkt. Sie kann einfach nicht auf mich, das ist in Ordnung.«

»Sie hat mich eingeladen …«

»…?«

»… übers Wochenende mal mit ihr rauszufahren.«

»Oh, eine Landpartie, wie schön! Picknick im Schnee. Ist sicher sehr aufregend – tolle Selbsterfahrung.«

»Bist du sauer?«

»Nein, ich bin nicht sauer. Ich hab bloß keine Lust, auf eine Frau eifersüchtig zu sein.«

Sie überging meinen Offenbarungseid: »Komm, ich besorg dir ein Taxi.«

»Ja«, blubberte ich. »Ich schätze, der Abend ist für mich gelaufen.«

»Du bist betrunken – und immer noch krank.«

»Hey, das wär 'ne mögliche Erklärung! … Was machen wir mit Camie?«

Camie war auf der Suche nach einer neuen Schulter für ihren Kopf zu Olaf zurückgekehrt, an dessen männlicher Brust sie bis auf weiteres sanft schlummerte. Ich tippte sie an: »Camie, altes Haus.«

Sie öffnete halb ein Auge. Ich wandte mich an Mila: »Sieht nicht gut aus.«

»Jan hat gesagt, er würde sie mitnehmen.«

»Na dann …«

Ich gab ihr einen Kuß auf die Stirn.

Als ich mich Ramon näherte, feuerte Bea einige Wie-kannst-du-es-wagen-Blicke in meine Richtung.

»Keine Angst«, sagte ich, »ich nehm ihn dir schon nicht weg«. Ich vergewisserte mich, daß er einen Schlüssel hatte und drückte ihm einen Kuß ins Gesicht. Dann beugte ich mich zu Bea hinunter, formte meine Finger zu Tigerpranken, fuchtelte mit ihnen in der Luft und fauchte ihr ein furchteinflößendes ›RRROOooaaaarrrrr‹ entgegen.

»Arschloch«, stellte sie abschließend fest.

Ich präzisierte: »Sensibles Arschloch, bitte.«

Die Luft war mächtig sauerstoffhaltig.

»Können wir uns einen Moment setzen?«

Ohne ihre Antwort abzuwarten, ließ ich mich auf einem Mauervorsprung nieder.

»In welcher Richtung ist der Taxistand?«

Mila stand vor mir und zeigte eine im Dunkel verschwindende Straßenflucht hinunter: »Da lang, glaub ich.«

»Uuh, uuh«, machte ich. Es sollte nach einem Kauz klingen, wie er in den entsprechenden Filmen Draculas unheilvolles Auftreten ankündigt.

»Darf ich meinen Kopf an deinem Bauch wärmen?«

Ich faßte sie am Hosenbund, um sie einen Schritt näher an mich heranzuziehen. Allein die Vorstellung, wie ich mein Ohr an ihren warmen Bauch preßte, rief ein wohliges Kribbeln hervor.

»Komm, wir müssen weiter«, sagte sie abwehrend.

»Weshalb? Sind wir auf der Flucht?«

»Bitte ...«

Ich war beleidigt: »Sag mal, was willst du eigentlich von mir? Kannst du mir das sagen?«

»Komm, du bist betrunken.«

»Scheiße ja, ich bin betrunken, na und? ... Seit einem halben Jahr kennen wir uns jetzt, aber wehe, ich komm dir zu nahe. Sag mal: Was bin ich eigentlich für dich? Vaterfigur, Spielkamerad ... Verpflichtung?«

Das letzte hatte sie gekränkt: »Hör auf, bitte.«

Ihre Augen wurden glasig, aber ich tat, als sähe ich es nicht.

»Nein, ich hör nicht auf, bitte. Du willst das ewige Rätsel bleiben, stimmt's? Mila, die große Unbekannte, Mata Hari mit den zwei verschiedenen Augen.« Ich deutete mit zwei chinesischen Karatefingern auf ihre Augen und peilte zwischen ihnen hindurch. »Aber bei Ricarda, da ist das was anderes, klar. Tätschel hier, tätschel da, übers Wochenende ins Grüne. Stehst du eigentlich überhaupt nicht auf Männer, oder stehst du nur nicht auf mich?«

Eine lautlose Träne rollte ihre Wange hinab und versickerte.

Das schlechte Gewissen kroch mir den Rücken rauf.

»Es tut mir leid«, sagte ich schließlich. »Ich bin ein Idiot, vergiß es.«

Sie nickte stumm und zog die Nase hoch.

»Willst du mir eine runterhauen? Mach ruhig.«

Das war nicht nur saublöd, sondern auch unfair. Ich versuchte, ihr den schwarzen Peter zuzuschieben. Ich war wirklich ein Arschloch, und so wahnsinnig sensibel.

Ich nahm ihre Hand, sie ließ es zu.

»Es tut mir leid«, stammelte ich. »Es tut mir wirklich leid.«

Den Rest des Weges gingen wir ohne ein Wort. Am Taxistand angekommen, warteten wir noch eine halbe Ewigkeit, bis endlich eins mit beleuchtetem Schild auftauchte.

»Nimm du das hier«, sagte ich, »ich warte aufs nächste.«

»Nein, du nimmst es.«

»Jetzt steig schon ein, ich laß dich doch hier nicht alleine warten.«

Bevor ich ihr die Tür aufmachte, fragte ich in einem Anfall absoluten Gehirnausfalls: »Willst du nicht mit zu mir kommen?«

»Nein.«

Ich nickte.

Im nächsten Moment brauste sie davon. Ich wußte, daß sie beobachtete, wie ich im Licht des Taxi-Kreisels kleiner und kleiner wurde, bis sie schließlich um eine Ecke bog und das Dunkel meinen Körper in ihren Augen ganz auslöschte.

Bevor ich ins Bett ging, löste ich prophylaktisch zwei Aspirin auf, rührte ein bißchen mit dem Finger im Glas, damit sie sich schneller auflösten, und trank sie in einem Zug aus.

Toller Abend, doch doch. Keine Frage, selten so gut amüsiert wie heute.

Ich öffnete das Küchenfenster und warf das Glas gegen die Brandwand. Ein nichtiges Geräusch verlor sich in der Nacht, als es zerbrach.

»Frohes Neues, Wand!« rief ich und schloß das Fenster.

# 22

Eva, meine kleine schicke Psychologin (Psychiaterin? Psychotherapeutin? Psychoberaterin? In Gedanken nannte ich sie gerne Psychoberaterin, weil ich wußte, daß dies keine offizielle Berufsbezeichnung ist) hatte in den paar Monaten, die ich sie jetzt unterrichtete, erstaunliche Fortschritte gemacht. Es heißt immer, um noch etwas zu erreichen, müsse man in der Kindheit lernen. Fahrradfahren, Schwimmen, Skifahren, Gleitschirmfliegen, Computerhacken, Tennis, Golf, Wasserski, Polo ... alles, was man eben so zum Leben braucht.

Trotzdem hatte sich Eva als ungewöhnlich gelehrige Schülerin erwiesen. Sie verfügte über eine schnelle Auffassungsgabe, was das Vom-Blatt-Spielen anlangte (noch heute meine Achillesferse), und hörte sofort, wenn sie eine falsche Taste traf. Wir spielten inzwischen kleine Stücke zu vier Händen, die ich zwischendurch schrieb, wobei ich versuchte, den Schwerpunkt jedes Mal auf einen neuen technischen Aspekt zu verlagern.

Oh ja, ich war mein Geld wert, keine Frage. Das, was es an Noten zu kaufen gab, fand ich alles ziemlich meschugge – satzartige Anlage, acht Takte Kadenz A B, acht Takte Kadenz A C mit Ausweitung. Und alles in Dur. Kein Wunder, daß es den meisten Kindern nach vier Wochen zum Hals raushing.

Als Eva mir heute die Tür aufmachte, sah sie, wie ich fand, verändert aus. Sie schminkte sich zwar auch sonst manchmal, aber nur äußerst sparsam; ein bißchen Eyeliner und Wimperntusche, aber das war's dann auch schon. Außerdem lief sie sonst in ihrer Wohnung in dem, was sie ›Schlabberlook‹ nannte, rum:

Jeans, vorzugsweise dunkelblau, und weite Pullover, vorzugsweise grau. Das hatte ich immer ganz gemütlich gefunden.

Heute allerdings sah sie … frisch aus. Sie hatte Rouge aufgelegt, trug eine weiße (!) 501 und eine buntbedruckte Seidenbluse. Das Wort ›aufgedonnert‹ flatterte kurz durch meine Hirnwindungen, aber ich verscheuchte es gleich wieder. Es war … ungebührlich. Mir fiel auf, daß sie einen ausgesprochen wohlproportionierten Körper hatte, obwohl sie so klein war. Als nächstes fiel mir auf, daß die Wohnung neu gestrichen war, und neuer Teppichboden lag auch drin, türkis anstelle von beige.

Sie hatte eine schöne Wohnung, zwei helle ineinander übergehende Räume, großzügig geschnitten, im vierten Stock eines Vorderhauses in der Bundesallee. Ich mochte ihre Wohnung auch deshalb, weil sich nicht Unmengen nutzloser Kleinkram überall stapelten, wie es beispielsweise bei meiner Schwester der Fall war, die seit ihrem sechzehnten Geburtstag jedes Jahr einen neuen Setzkasten an die Wand nagelte, um noch mehr Porzellaneichhörnchen, Zinntellerchen und Holzlokomotiven akquirieren zu können. Außerdem hatte sie ihr Klavier stimmen lassen.

Zuerst tippte ich auf Midlife-Crisis, obwohl es die ja angeblich doch nicht gab, dann überlegte ich, daß es dafür noch zu früh war, und entschied auf Beziehungsstreß. Natürlich würde ich mir eher die Zunge abbeißen, als ihr das zu sagen.

Ich machte eine ausladende Bewegung: »Ich schätze, damit hast du (sie hatte mir während der dritten Stunde das Du angeboten, nachdem ich wiederholt hatte einfließen lassen, daß sie die einzige Schülerin sei, mit der ich mich siezte) die Hälfte der Vorsätze fürs neue Jahr bereits realisiert.«

Sie lachte – etwas wehmütig, wie ich fand, also beschloß ich, die Neugestaltung ihres Heims nicht mehr zu erwähnen.

Nachdem wir mit der Klavierstunde fertig waren, fragte sie beim Gang in die Küche: »Bleibst du noch auf einen Tee?«

»Hast du auch Bier?«

»Ich glaube nicht.«

»Na schön, aber nur mit viel Zucker.«

Ihr Kopf lugte durch den Türrahmen: »Süßstoff«, sagte sie entschuldigend.

»Willst du mich umbringen? Dann lieber schwarz.«

Ich hockte auf dem Futon, las mit schiefgelegtem Kopf die Titel der Bücher in ihrem Regal und gelangte zu der Ansicht, sie reflektiere zuviel.

»Du reflektierst zuviel«, rief ich.

»Was?«

Sie kam mit einem Tablett aus der Küche: »Ach so … ähm … ja. Ich hab noch etwas Zucker gefunden, ist allerdings ein bißchen verkrustet.«

»Dann geh ich wohl besser.«

»Was?«

»Ich hasse verkrusteten Zucker.«

»Im Ernst?«

»Nein.«

Was war mit ihr los? Sonst konnte ich sie mit solchen Äußerungen nicht verunsichern.

Sie setzte sich neben mich.

»Ich wollte dich immer schon mal was fragen«, sagte sie, während sie das Teesieb aus der Kanne nahm.

Mir fiel mal wieder auf, daß suppige, bräunlich verfärbte Teefilter aus Kannen nehmen und sie in einer offenen Schale deponieren, wo sie unter sich kleine inkontinente Pfützen bilden, ein ausgesprochen unerotischer Anblick ist.

»Was willst du eigentlich mal machen?«

»Wie – was will ich eigentlich mal machen?«

»Na, du wirst auch nicht jünger.«

Ich mußte in die Tasse prusten: »Oh, danke.«

»Ich meine, willst du nicht mal irgendwas … machen?«

»Ich mach doch was.«

»Ich mein was anderes. Du bist so talentiert (Sie hatte zweifellos recht, aber woher nahm sie diese Gewißheit?), willst du nicht etwas – schaffen?«

»Du meinst eine Hinterlassenschaft?«

»Wenn du es so ausdrücken willst.«

Der Gedanke amüsierte mich.

»Klar«, sagte ich, »warum nicht? Ich könnte mich in den Park hocken und auf eine Kastanie scheißen. Daraus würde dann ein einzigartiger Kastanienbaum werden, hervorgebracht durch meinen Dung, meine Hinterlassenschaft, wenn du so willst.«

»Du bist eindeutig analfixiert. Ich vermute ein Kindheitstrauma«, sagte sie scherzend.

Mir gefiel das. Ich mag es, wenn Menschen sich und ihre Profession auf den Arm nehmen können.

»Ach du liebe Güte«, sagte ich. »Was machen wir denn da?«

»Um die Suizidgefahr fürs erste in den Griff zu bekommen, fürchte ich, werden wir ein paar Psychopharmaka nehmen müssen, aber keine Sorge, Herr Borgers, die Nebenwirkungen sind nicht beachtenswert, Sie werden sich lediglich wundern, weshalb Sie plötzlich das Bedürfnis verspüren, achtzehn bis zwanzig Stunden täglich zu schlafen.«

»Klingt gut.«

Schweigen.

Nach einer Weile sagte sie: »Du hast schöne Hände.«

Sie nahm eine davon in die ihren, wie um die Richtigkeit ihrer Aussage zu überprüfen.

Nanu, was war das denn? Sollte das eine Anmache werden? Ich war gleichermaßen gerührt und verunsichert.

»Ehm … fällt dir das jetzt erst auf?«

»Nein«, sagte sie auf einmal sehr ernst, »ist mir schon vorher aufgefallen.«

Sie löste den Blick von meiner Hand und schaute mir stattdessen in die Augen, was das Pendel eindeutig in Richtung ›verunsichert‹ schwingen ließ. Sie löste eine Hand von meiner, die sie immer noch im Schoß hielt, und legte sie an meine Wange.

Holla! Was sollte das denn geben?

Blöde Frage, Rai! Wonach sieht's denn aus?

Wir ließen uns auf den Futon sinken, verkeilten unsere Beine ineinander und küßten uns ziemlich heftig. Sie hatte eine flinke Zunge, ich bekam sofort einen Steifen, der unangenehm gegen meine Hose drückte. So lagen wir ungefähr eine halbe Stunde, streichelten uns die Gesichter, wuschelten uns durchs Haar und küßten uns. Sie hatte ungewöhnlich dichtes Haar, richtig zum Reingreifen.

»Magst du heute nacht hierbleiben?«

»Ich weiß nicht. Willst du denn, daß ich hierbleibe?«

Ich hatte schreckliche Gewissensbisse wegen Mila, warum, wußte ich auch nicht.

»Mmh«, machte sie, »ich will, daß du entscheidest.«

»Du drückst dich vor der Verantwortung?«

»Ja.«

Schließlich rückte ich raus: »Wenn ich bliebe, hätte ich ein schlechtes Gewissen.«

»Wie kommt's, ich dachte du hättest keine Freundin.«

Das hatte sie sich also gemerkt.

»Hab ich auch nicht«, druckste ich rum, »jedenfalls keine, mit der ich zusammen bin.«

»Willst du mir sagen, daß du eine Freundin hast, mit der du nicht zusammen bist?«

»So ähnlich.« Ich machte eine unbeholfene Geste. »Ist nicht so einfach.«

»Ja, das kenn ich.«

Schweigen.

Ich setzte mich auf. Sie drehte sich auf die Seite.

»Warum nimmst du mich nicht ein bißchen in den Arm, oder kriegst du davon auch schon ein schlechtes Gewissen?«

Ich streifte meine Schuhe ab, schmiegte mich an ihren Rücken und schlang meinen Arm um sie. So lagen wir, während unsere Gedanken in der Wohnung umherhuschten, bis unten auf der Straße jemand gegen eine Laterne fuhr und ein Martinshorn unsere Träume verjagte.

## 23

Ramon hatte entschieden, in Berlin zu bleiben. Die Auftragslage nach vierzehn Tagen Rennerei verhieß zwar keine internationale Publicity innerhalb der nächsten zwei Monate, würde ihn aber fürs erste über Wasser halten. Angelina konnte sehen, wie sie zurechtkam.

Ich telefonierte regelmäßig mit ihr – um sie aufzumuntern, was nicht ganz einfach war. Dadurch war ich immer von beiden Seiten bestens darüber informiert, was sie doch für eine Macke hatte und er doch für ein Arschloch war. Ich glaube, sie hoffte, daß er zurückkäme, und wenn es nur wegen Paul wäre.

Die Wohnungssuche gestaltete sich für Ramon unerwartet einfach:

»Hallo?«

»Was ist los, reißen sie dein Haus endlich ab?«

»HALLO!« rief ich.

»ICH HAB GEFRAGT, OB SIE ENDLICH DEIN HAUS ABREISSEN?«

»OH, HALLO CAMIE! NEIN, MEINE WASCHMASCHINE VERANSTALTET IHRE ÜBLICHE MONTAGSDEMO. REISEFREIHEIT, KEINE ZENSUR MEHR, DU KENNST DAS JA.«

»AHA!«

»JA, ABER ICH HAB DIE TÜR VERBARRIKADIERT. DIE KOMMT NICHT WEIT.«

»DANN RUF ICH BESSER DIENSTAG NOCH MAL AN.«

»IS GUT.«

Zwei Stunden später klingelte es erneut: »Demo niedergeschlagen?«

»War nicht nötig, Käpt'n Mäm. Sie wollte sich aus dem Fenster stürzen, aber vorher war das Programm zu Ende.«

Camie zögerte: »Ra-i?«

»Camie-e?«

»Ich zieh um. Ich kann Jeans Wohnung haben, die geht nach München.«

»Camie, das ist doch in Charlottenburg, kommt ü-ber-haupt nicht in Frage. Was wird aus unseren Schäferstündchen vorm Fernseher und dem regelmäßigen Frühstück mit Blick auf die gegenüberliegenden Wohnungen, wo die Leute auf Balkonen in der Sonne essen, während wir unsere vornehme Blässe kultivieren? Überhaupt, was will Jean denn in München?«

»Tja Rai, ich fürchte, du hast die Zeichen der Zeit nicht erkannt. Die Maxime des ausgehenden zwanzigsten Jahrhunderts lautet: ›Fortschritt und Leistung‹.«

»Oh, wie schmählich von dir.«

So war das, jetzt verschwand auch noch die letzte feste Größe aus dem Bezirk. Ich war schwer betrübt: »Die gemeinsamen Einkäufe in der Markthalle, die Kotze auf dem Bürgersteig, die Scheiße pickenden Tauben ... wirst du das nicht furchtbar vermissen?« jaulte ich.

»Aber Rai, wir lieben uns doch.«

»Schwacher Trost.«

So kam Ramon zu einer Wohnung. Camies Umzug dauerte einen halben Tag, der von Ramon in ihre alte Wohnung zehn Minuten. Ein Schlafsack, einige Schuhkartons mit Fotos, die Kameraausrüstung und eine Tasche mit Klamotten.

»Im Vergleich zum letztenmal«, stöhnte er, »ganz schön viel.«

Als er zu Angelina gezogen war, hatte er die Ausrüstung noch nicht. Nachdem ich den letzten Karton hatte fallen lassen, sagte ich mit Blick auf die Wand, vor der sein Schlafsack lag: »Das große Bild würde sich ... hier ganz gut ausnehmen, was meinst du? Und das Regal vielleicht ... hierhin?« Ich deutete auf eine Ecke neben der Tür.

»Keine Scherze bitte. Willst du ein Bier?«

»Hat Camie welches dagelassen?«

»Ja, oder doch?«

»Na ja, nach der anstrengenden Arbeit hab ich mir wohl eins verdient.«

Eine Weile saßen wir auf dem Boden und tranken unser Bier, dann machte ich mich los. Mila wollte vorbeikommen. Wir würden versuchen, eine Lasagne zu kochen.

»Soll ich dich fahren?« erbot er sich.

»Das Stück kann ich auch zu Fuß gehen. Du hast ja auch sicher erst mal mächtig zu tun – so ein Hausstand will eingerichtet sein.«

»Alter Ketzer.«

* * *

Zum ersten Mal in diesem Winter schneite es ausgiebig. Dicke weiße Flocken segelten durch die Luft wie Daunen. Frau Holle hatte das ganz große Kissen ausgepackt. Nicht daß das Zeug liegenblieb, so viel Mühe machte es sich nicht, aber solange die kleinen Wattebällchen in der Luft segelten, boten sie einen winterlichen Anblick.

Als ich in meine Wohnung kam, stellte ich fest, daß das Klima sich nicht im mindesten von den Außentemperaturen unterschied. Den Rücken an den Rahmen gelehnt, stellte ich mich in die Tür und streckte eine Hand in den Hausflur, die andere in die Wohnung. Nein, ein Unterschied war nicht zu bemerken. Ich hatte schon wärmer gefroren. Wenigstens schneite es in der Wohnung nicht. Zum Glück hatte ich mein Kerzenkontingent aufgestockt. Bei einem Drogerieausverkauf um die Ecke hatte ich 420 Kerzen zu einem Spottpreis erstanden, die würden mich bis zur Schneeschmelze durchbringen. Der Hausverwaltung ein Schnippchen schlagen, so nannte man das. Die warteten doch nur darauf, daß man abkratzte, damit sie die Grotte für DM 6.800.000,- als Eigentumswohnung verscherbeln konnten. So ähnlich, jedenfalls.

Nicht mit mir! Ich postierte fünfzehn Kerzen auf dem Fensterbrett und entzündete sie feierlich, als Lebenszeichen, um die kreisenden Geier zu verscheuchen. Husch husch, fort mit euch!

Ob mit mir noch alles zum besten stand? Ich sollte wohl besser schon mal Zwiebeln schneiden und mich des grauen Vierecks in der Küche erfreuen. An manchen Tagen konnte ich mich daran gar nicht satt sehen.

Ich hoffte, an diesem Abend ein bißchen wiedergutmachen zu können. Seit der unsäglichen Silvesternacht hatte ich mich vor lauter schlechtem Gewissen nicht bei Mila zu melden gewagt. Wenn ich daran zurückdachte, wurde mir ganz mulmig. Meine Güte, hatte ich mich scheiße aufgeführt.

Als es klingelte, pumpte mein Herz wie eine Dampflok.

»So traurig?« sagte sie.

»Ich hab die extra superscharfen Zwiebeln genommen, damit ich besser meine Reue zeigen kann.«

Sie ging nicht darauf ein, was war ich froh.

»Ich hab ’ne Flasche Sekt mitgebracht, besser ich leg sie gleich ins Eisfach.«

»Leg sie einfach irgendwohin. Und die unvermeidlichen Ramazzotti-Pralinen ...«

»... zu den anderen in den Kühlschrank.«

Und unisono im Chor: »Ordnung muß sein.«

Wir setzten uns in die Küche und schnippelten vor uns hin. Später standen wir am Herd. Ich rührte im Ragout, sie in der Béchamel-Sauce. Es war wie immer, mir wurde vor Freude das Herz ganz leicht.

»Schön, daß du da bist.«

»Ja.«

Während die Lasagne im Ofen brutzelte, machten wir uns über den Sekt her. Sie saß auf dem Sessel und hielt wie so oft mit den Armen ihre Knie umklammert, die sie an ihre Brust drückte, ich saß auf dem Bett. Silvester hatte es nie gegeben.

Der Duft der Lasagne tastete sich aus dem Ofen langsam durch die ganze Wohnung, uns lief der Speichel im Mund zusammen. Ich hatte einen hünenhaften Appetit, alle fünf Minuten stromerte ich in die Küche, um zu erkunden, ob der Käse schon braun war. Mit masochistischem Genuß verkündete ich anschließend, daß wir noch etwas Enthaltsamkeit üben müßten.

»Liest du mir was vor?«

Ich griff nach einem Band mit Erzählungen von Maupassant, rückte mich in die Nähe einer Kerzenansammlung und begann zu lesen. Ich las ›Auf See‹, die Geschichte von zwei Fischerbrüdern. Beim Einholen des Netzes war der Arm des jüngeren zwischen Netz und Reling eingeklemmt worden. Die einzige Möglichkeit, ihn zu befreien, bestand darin, das Tau durchzuschneiden, was jedoch bedeutete, den Fang des ganzen Tages aufzugeben. Da der ältere den Fang auf keinen Fall einbüßen wollte, bat er seinen Bruder, er möge durchhalten, bis in den

Hafen würde er es schon schaffen. Tat er auch, nur leider ohne besagten Arm, den er – nur noch an den Sehnen hängend – sich selbst abtrennte, nachdem ihn Wundbrand befallen hatte.

»Jetzt hab ich aber richtig Appetit«, sagte sie.

Ich entkorkte den Wein, der jetzt leider keine Zeit mehr zum Atmen haben würde, und schenkte uns ein, während Mila die Form auf den Tisch stellte. Ich entzündete die zweite Kerzengeneration, wir zählten feierlich eins-zwei-drei und stürzten uns aufs Essen.

Außer einigen unbestimmten Lauten, die dem anderen äußerstes Wohlbehagen signalisierten, gab keiner einen Ton von sich. Das Rezept versprach Sättigung für vier bis sechs Personen, doch als wir reglos in uns zusammensanken, war in der blauen Metallform lediglich ein unscheinbarer Käserand, der die Stelle markierte, an der die oberste Schicht Nudeln einst gelegen hatte, sowie einige einsame Hackfleischkrümel, die sich auf dem Grund verloren.

»Gut«, schnaufte ich.

»Ja, gut.«

»Liest du mir noch was vor?«

Ich nahm das Buch vom Fensterbrett und las ihr eine Geschichte vor, und noch eine, und noch eine. Sie saß zusammengekauert im Sessel, den Kopf auf ihren Knien ruhend.

»Ich kann nicht mehr … Willst du hier bleiben?« fragte ich so beiläufig wie möglich und beeilte mich hinzuzufügen: »Du kannst das Bett haben, ich nehm die Besuchermatratze.«

Na? Na? NA?

»Kann ich einen von deinen Pyjamas haben?«

»Klar, aber verlauf dich nicht darin.«

»Na gut, aber ich nehme die Besuchermatratze.«

Was immer du willst, Liebes.

Ich lag auf dem Rücken und ließ mich treiben in dem Meer von Schatten, die die Kerzen an die Decke warfen. Ein leises, gleichmäßiges Atmen kam von der anderen Seite des Raumes. Konnte es etwas Schöneres geben?

Schlief sie schon?

Ich flüsterte: »Mila?«

Sie flüsterte: »Ja?«

Ich flüsterte: »Schön, daß du da bist.«

Sie flüsterte: »Ja.«

## 24

Nach einer ermüdenden Sitzung mit den beiden Geyer-Töchtern, die von Yvonne Constance (der jüngeren) hauptsächlich dazu genutzt worden war, um ›NEIN!!‹ oder auch nur ›AAAHH!!‹ zu schreien, wann immer ich sie bat, ihre Finger den Tasten zu nähern, fing mich Herr Geyer im Flur ab, als ich diese Stätte der Finsternis und Selbstzweifel gerade fluchtartig zu räumen versuchte.

»Als – sozusagen – Schirmherr eines Vorzeigeunternehmens der Stadt Berlin«, setzte er an, »steht mir ein gewisses Kontingent an Einladungen für die Abschlußveranstaltung der Berlinale zur Verfügung.« (Warum sagte er nicht einfach zwei?) »Da ich und meine Frau« (Kleiner Patzer, wie?) »an der diesjährigen Veranstaltung nicht werden teilnehmen können, und daher die Einladungen für uns also praktisch wertlos sind« (Ja, vergiß das ja nicht zu erwähnen, alter Gönner.) »also, da dachten meine Frau und ich« (wiedergutgemacht) »wir könnten sie Ihnen überantworten, zu treuen Händen gewissermaßen, höhöhö.«

Ja, sozusagen, höhö. Ich dachte mir, was soll's, nahm sie und bedankte mich artig. Es gab sicher gut zu essen.

Am Abend rief ich Mila an, sagte ihr, sie solle sich für Samstag abend nichts vornehmen, erzählte ihr von den Karten und was ich dafür über mich ›hatte ergehen lassen müssen‹. Sie freute sich, und das freute mich.

Samstag morgen rief sie an und sagte, sie könne nicht mitkommen. Sie müsse dringend nach Westdeutschland fahren, ihre Mutter sei wieder gestürzt und derzeit mehr oder weniger bewegungsunfähig. Ich sagte, es täte mir sehr leid und daß ich hoffte, ihre Mutter sei bald wieder fit.

Ich überlegte, ob ich jemand anderen fragen sollte, aber es erschien mir Mila gegenüber nicht … fair. Außerdem hatte ich auch keine Lust auf jemand anderen. So trabte ich alleine los.

Am Eingang des Hotel Palace stand ein Mann in grünem Schimmeranzug (meine Tante hätte gesagt ›schee Stöffsche‹) und Seidenkrawatte – ich schätzte ihn auf Ende Zwanzig –, der gerade eine lebhafte Diskussion mit einem der Security Guards führte: »Ihre Einladungen, bitte«, sagte der Guard höflich.

»Oh, ich glaube … (er tastete seine Anzugtaschen ab) die hab ich im Auto vergessen. Aber das wird ja kein Problem sein, Sie wissen ja, wer ich bin.«

Er lächelte siegessicher.

»Es tut mir leid, ich weiß nicht, wer Sie sind. Ich schlage vor, Sie gehen zu Ihrem Auto zurück und holen Ihre Einladungen.«

»Was denn, Sie KENNEN MICH NICHT?«

Seiner ach so kurzberockten Begleiterin – ich schätzte sie auf Ende Zehn – schien die Situation unangenehm zu werden. Sie hatte die Arme vor einem schwarzen Etwas (nicht viel) verschränkt, warf sich beständig eine braune Haarsträhne aus dem Gesicht und fror offensichtlich. Sie war etwas größer als er, auch ohne Absätze. Da sie Absätze trug, konnte sie ihr Kinn an seinem lichter werdenden Haaransatz reiben.

»Tut mir leid«, leierte der Türsteher aufs neue.

Ich reckte meinen Hals, um den Mann im Profil sehen zu können; ich kannte ihn auch nicht.

»Schlöndorff und ich ... WIR SIND ... SO!« Er preßte seine Daumen aufeinander.

»Tut mir wirklich sehr leid.«

Er versuchte vor seiner Begleiterin das Gesicht zu wahren, es rührte mich richtig.

»Wenn Sie sich einbilden, ich laufe wegen Ihnen zu meinem Wagen zurück ...«

»Das müssen Sie nicht, nur ohne Einladung kann ich Sie hier nicht reinlassen.«

»Jetzt kann ich wegen diesem Bürokratenheini zu meinem Wagen zurück ... Das kann's doch nicht geben?« Er schaute verständnisheischend um sich.

»Entschuldigung«, mischte ich mich ein. Auch ich fror inzwischen. »Ich habe noch eine Einladung, mit der ich nichts anfangen kann (so als hätte ich zu Hause stapelweise). Ich wäre gerne bereit, Ihnen (ich neigte mich seiner Begleiterin zu) diese Karte zu überlassen, damit Sie nicht warten müssen, bis Sie (ich wandte mich an ihn) von Ihrem Auto zurück sind. Sie (Begleiterin) müssen doch schrecklich frieren.« Ich deutete auf ihren Minirock.

Er wußte nicht, was er daraus machen sollte.

»Reg dich doch nicht so auf, Liebling«, näselte sie. »Das ist doch sehr nett. Wir halten ja schon den ganzen Verkehr auf.«

Er schnaubte: »Wir sehen uns oben«, und trabte davon. »Was man sich alles bieten lassen muß ...«

»Bitte, nach Ihnen«, sagte ich.

Der Guard öffnete förmlich die Tür, konnte aber ein Schmunzeln nicht unterdrücken. Die relativen Freuden des kleinen Mannes, dachte ich. Jeden Tag eine gute Tat.

Als wir oben ankamen, sagte sie: »Vielen Dank noch mal.«

»Sie hatten mir noch nicht gedankt.«

»Ja, äh, also ... Gerd ist manchmal einfach etwas ... leicht reizbar. Und jetzt mit dem ganzen Streß durch die Berlinale. Sie wissen ja, wie das ist ...«

Oh weh! Noch keine Zwanzig, und schon das Gebaren einer routinierten Diplomatengattin.

»Bis später dann«, trällerte sie und mischte sich unters Volk.

Und was für ein Volk: Fünf Prozent Prominenz und fünfundneunzig Prozent Möchtegerns. In vier aneinandergrenzenden Räumen waren insgesamt circa achtzig laufende Meter Buffet ausgestellt. Für die meisten Speisen standen mir keine Namen zur Verfügung, also begnügte ich mich, die, die ich erschmecken konnte, mit ›Rind‹, ›Huhn‹, ›Schwein‹ und ›Fisch‹ zu bezeichnen. Mit vollgeschaufeltem Teller und einem Sekt stellte ich mich in die Ecke und betrachtete das bunte Treiben: Momper, der alte Schleimer, grüßte allseits, lächelte jovial und führte fraglos tiefsinnige Gespräche, wobei er unablässig mit seinem unvermeidbaren roten Schal flirtete, den er offensichtlich für linksintellektuell angesagt und obendrein chic hielt. Diepgen konnte ich nirgends entdecken; er hatte es von vornherein vermieden herzukommen, vermutlich, um sich nicht ganz und gar der Lächerlichkeit preiszugeben.

Der Typ mit der Seidenkrawatte schälte sich plötzlich aus der Menge, ging vehementen Schrittes auf mich zu und blieb einen halben Meter vor mir abrupt stehen. Er war ziemlich genau dreißig Zentimeter kleiner als ich und in der unangenehmen Situation, den Kopf gewaltsam nach hinten biegen zu müssen, um nicht mit meinem Hemd zu sprechen.

»Nur daß du klar siehst«, stampfte er, »sie gehört mir. Jeder Zentimeter.«

Da hatten sich ja zwei gefunden. Ich überlegte, ob ich ihm

sagen sollte, daß ich einer so aufgeplusterten Fickmaus selbst dann nicht meine Zunge in den Schritt steckte, wenn sie mir dafür eine mietfreie Wohnung inklusive Tiefgarage bot, entschied aber, daß ich ihm das nicht antun konnte. Immerhin, er und Schlöndorff waren ... SO!

»Ja, is klar«, sagte ich reumütig. Und um den letzten Zweifel zu tilgen: »Echt!«

»Gut.«

Er machte auf dem Absatz kehrt und verschwand.

Einige einflußreiche Damen und Herren drängten mir lärmend ihre Bekanntschaft auf, und ich mußte einmal mehr feststellen, daß Reichtum in den seltensten Fällen vor Dummheit schützt. Den Vogel schoß ein neben mir stehendes Ehepaar ab, dessen männliche Hälfte so oft wiederholte, daß er der Generalvertreter für Jaguar Deutschland sei, daß es wirklich jeder hören mußte. Er veranstaltete jedes Jahr eine Rallye, bei der nur seine eigenen Oldtimer an den Start gingen (wie spannend). Vor einem Jahr hatten die beiden in diesen heiligen Hallen ihre Hochzeitsfeier abgehalten und mußten nun auch – Berlinale hin, Berlinale her – den ersten Hochzeitstag hier bestreiten. Daß gerade eine andere Feier stattfand, interessierte sie nicht sonderlich. Jedes zweite Wort der Frau war entweder ›un-glaublich‹ oder ›un-möglich‹, und beide zusammen waren so geistreich wie ein Sack Nüsse.

Was an Prominenz durch die Räume flanierte, war größtenteils betrunken, und das war der angenehmere Teil. Der nüchterne Flügel der Fernsehprominenz gebärdete sich grausam allürenhaft und penetrant extrovertiert.

Welch eine traurige Vorstellung: Einmal als Statist bei den Drombuschs einen Büschel Zweige durch die Landschaft getragen und ein Getue, als hätte man die Goldene Palme dafür abgeräumt.

Am angenehmsten waren da noch die Volltrunkenen wie A. Mueller-Stahl und O. Sanders, der sich mit einer Handvoll Künstlergenies um den Flügel im Foyer drapiert hatte und vergeistigt dem Gejaule lauschte, das ein Kollege dem schönen Instrument entquälte, von plötzlichen Realitätsanfällen heimgesucht, die ihn Namen brüllen ließen, auf die keiner hörte, oder ihn veranlaßten, seinen abgenagten Apfel durchs Foyer zu werfen.

An einem der Sektstände traf ich Schlöndorffs Eleve und dessen Vorzeigemaus wieder. Sie machte einen eher gelangweilten Eindruck, während er um so feuriger bei der Sache war: »Ich sag noch, Schlöni! Mensch, Schlöni! So kannste die Szene einfach nicht abdrehen, aber du kennst ja Schlöni, den alten Querkopf.«

Sprach's und wackelte ungläubig mit dem Kopf hin und her, das Geschehen noch greifbar vor Augen. Dann kam es wieder über ihn: »Ach, und weißte, was da doch diese Null von Regieassistent zu mir sagt?«

Ich wollte es nicht wissen. Seine Begleiterin tat mir leid. Ein Leben als Ondolierhase hatte seine Schattenseiten.

In meinem Glas prickelte unbeeindruckt der Sekt vor sich hin. Das war es also. DAS WAR'S! JET-SET, TOP TEN! Immerhin, das Essen hatte was für sich. Ich trank das Glas aus, drückte mir noch einen Teller marinierter Fleischbällchen und Ingwerhuhn rein und verzog mich, leise und unbemerkt.

Das Foyer hatte sich gelichtet, O. Sanders und sein Gefolge sich verzogen, der Flügel stand, als wäre nichts geschehen.

Ich klappte den Deckel auf und spielte die ersten Takte von ›Claire la lune‹.

»Entschuldigung.«

»...?«

Ein Farbiger in Livree und Mütze tauchte neben mir auf: »Dieser Flügel ist eine Leihgabe des Hauses Bechstein, es ist nicht vorgesehen, daß darauf gespielt wird.«

# 25

Am nächsten Morgen stürzte die Küchenwand zur Nachbarwohnung ein. Einen Moment lang hatte ich einen Gesichtsausdruck wie Tom, wenn man ihm eine intelligente Frage stellte, dann kamen Rauchschwaden aus der Küche gedackelt, und ich hatte einen Gesichtsausdruck wie Tom – umzingelt von intelligenten Fragen. Ich riß die Fenster auf und versteckte mich unter der Decke. Was auch immer passiert war, ich wollte es nicht wissen.

Nach einer Weile kam ich mir dort etwas albern vor, also beschloß ich, den Dingen mit mehr Tatkraft entgegenzutreten, und ging in die Küche.

Da, wo vorher eine Wand gewesen war, erschien der Kopf meines Nachbarn, auf dem Boden verteilte sich noch dampfender Bauschutt.

»Morgin Rai. Tee is gleisch fertig, trinken wir erst mal.«

»Morgen, Bekim«, sagte ich und zog den Köcher mit meinem Queue aus den Trümmern.

»Bist du so lieb, bevor du kommst rüber, daß du dir was anziehst. Meine Töchter sind nischt fremde nackte Männer gewöhnt.«

»Äh … klar.«

Ich mußte ziemlich armselig aussehen, nackt in einer eingestürzten Küche, noch dazu schlecht frisiert. Der Morgenmantel im Bad erwies sich als weitgehend uneingestaubt. Alles übrige konnte ich erst mal in die Maschine stopfen, wenn die nach dem Schreck überhaupt noch tat, was man von ihr wollte.

Ich stieg über das Geröll direkt von meiner Küche in seine. Sehr merkwürdiges Gefühl.

»Schöne Scheiße«, bemerkte ich.

»Oh«, sagte Bekim, »ist nicht so schlimm. Ist niemand verletzt. Habe ich Schlimmeres gesehen – viel Schlimmeres.«

Ich schwieg verlegen. Reichlich vermessen, einem Asylkroaten erzählen zu wollen, wie schlimm doch eine eingestürzte Wand sei.

Ohne daß jemand etwas gesagt hätte, spülte eine seiner Töchter einen weiteren Teller sauber und stellte ihn mir vor die Nase. Dabei huschte ein Lächeln über ihr zartes Gesicht und kroch in ihre großen, schwarzen Knopfaugen.

Wir frühstückten, als hätten wir das schon immer so gemacht, die eingestürzte Wand schien keinen sonderlich zu interessieren.

»Um neun ruf ich bei der Hausverwaltung an. Mal sehen, was ich für uns rausschinden kann«, sagte ich.

»Das ist sehr lieb von dir. Weißt du, wenn einer von uns ... ist doch immer was anderes. Ist immer ein bißchen wie – sei froh, daß du überhaupt hier sein darfst.«

»Entschuldige bitte«, sagte er plötzlich. »Ich muß jetzt arbeitin gehn. Iß du in Ruhe ßu Ende, meine Kinder werden dich nicht ßtören. Wenn du was brauchst, nimmßdu.«

Welche Strategie wohl die beste Aussicht auf Erfolg hatte? Ich könnte es auf die Ungehaltener-Mieter-Tour versuchen, gleich losplärren und mit dem Anwalt drohen, schien mir aber zu riskant. Womöglich saß am anderen Ende ein nichteinschüchterungswilliger Sturkopf. Wenn der auf mürrisch schaltete, würde es Tage dauern, bevor jemand den Schaden überhaupt in Augenschein nahm. Die Klugscheißer-Tour – nach dem Motto: ›Ich sag ihnen jetzt, was Sie tun werden!‹ – schied von vornherein aus, da würde ich auch auf Durchzug stellen.

Am besten ich versuchte es auf die gutmütig-ahnungslose: ›Ach so, wenn sie meinen … es ist nur, weil der Mann vom Mieterschutzverein hat gemeint, man könne vielleicht … ach ja, das wäre sehr freundlich. Wenn Sie das wirklich tun könnten‹, usw. usf. …

»Hausverwaltung Kohlhaas, Baumanns am Apparat.«

Ich erklärte ihm mein Anliegen.

»Mo-mentchen bitte, da muß ich sie durchstellen.«

Klar doch, ich liebe Warteschleifen mit Endlosmelodien.

»Koofler.«

Eine Frau. War das ein gutes Omen? Ich holte tief Luft und redete ohne Punkt und Komma: »Frau Koofler (da wir uns jetzt ja schon seit Jahren kennen, praktisch per du sind – ich würde Sie übrigens gern mal zum Essen ausführen …), hier ist was ganz Schreckliches passiert. Ach so, aber vielleicht sollte ich erst mal sagen, wer ich bin, Entschuldigung. Es ist nur, weil, ich stehe immer noch etwas unter Schockeinwirkung, nehme ich an …« Da ist doch die Wand in der Küche, man stelle sich vor, ohne erkennbaren Anlaß einfach so in sich zusammengestürzt, wobei, wie durch ein Wunder, die Kinder des Nachbarn lediglich mit dem Schrecken davongekommen sind. Ja, und nun sitzen die armen Dinger frierend und zitternd in der Wohnung, der Vater mußte ja zur Arbeit, so pflichtbewußt wie der ist. Und wie es jetzt hier aussieht, das reinste Chaos, und die ganze Wohnung fingerdick mit Staub überzogen. Da mußte ich natürlich die Fenster öffnen, und daß, wo mein Ofen doch nicht funktioniert. Wie? Ach, schon seit Monaten nicht. Ja, aber hab ich doch! Zweimal hab ich

Ihnen geschrieben, am – Moment, ich sag's Ihnen gleich genau – mein Gott, ist der Ordner jetzt verdreckt – da! Am 13. und dann noch mal am 28. Dezember. Na, ich dachte, Sie haben ja sicher auch sehr viel zu tun und daß es da bestimmt wichtigere Sachen gibt, die vorgezogen werden müssen, und da wollte ich warten, bis Sie sich melden. Ja, na sicher. Nur jetzt, wo doch gleich die ganze Wand eingestürzt ist, wissen Sie, da dachte ich, es wäre schön, wenn sich das jemand ansehen könnte.«

Ich konnte hören, wie sie vor Betroffenheit ganz blaß wurde.

Um halb elf stand ein Abgesandter der Hausverwaltung in der Tür, ließ sich von mir die Küche zeigen, schüttelte heftig sein fleischiges Doppelkinn, pfiff zweimal durch die Zähne und war wieder verschwunden. Um zwölf kam der nächste, diesmal vom Bauamt. Er legte sorgenschwer seine Stirn in Falten, bröckelte ein bißchen am Putz, klopfte an einigen Stellen mit den Fingerknöcheln gegen die Wände, zog einen Zollstock aus der Tasche, notierte einige Maße, die mir völlig unwichtig erschienen, aber sicher eine tiefere Bedeutung hatten, sah mich mitleidig an und sagte: »So wird das nichts. Auf keinen Fall.«

Dann verschwand auch er.

Aha, so wurde das also nichts.

Der Nachmittag gestaltete sich als großes Ein- und Ausgehspiel verschiedener Protagonisten, die mich schließlich gar nicht mehr zur Kenntnis nahmen. Ich hatte mich dick angezogen (Ramon hatte mir ein paar Sachen geliehen), saß auf meinem Bett und las Zeitung. Hin und wieder lugte ich über den Rand, um zu sehen, ob der Mitspieler, der gerade durch mein Zimmer scharwenzelte, mir bereits bekannt vorkam.

Dann fiel die Tür ins Schloß, und ich war so klug als wie zuvor.

Ich schaltete die Glotze an und begann als erstes damit, Isabella zu putzen.

Am nächsten Morgen rief Frau Koofler an: »Herr Borgers, ich habe eine schlechte Nachricht für Sie.«

»...«

»Wir werden Sie in eine andere Wohnung umsetzen müssen.«

»Oh nein.«

»Es tut mir sehr leid, aber das Gebäude wurde von der Bauaufsicht gesperrt. Eigentlich dürften Sie sich dort gar nicht mehr aufhalten.«

»Na, das sind ja keine schönen Neuigkeiten«, log ich ungeniert. »Und wie geht's jetzt weiter?«

»Ich muß Sie bitten, bis auf weiteres in Ihrer Wohnung zu bleiben. Ich rufe Sie so schnell wie möglich wieder an, um alles Weitere mit Ihnen zu besprechen.«

Das Haus stürzt jeden Moment ein, bitte verlassen Sie auf keinen Fall Ihre Wohnung. Wenn da mal kein Makler hintersteckte.

So kamen nicht nur Camie und Ramon, sondern auch Bekim und ich zu einer neuen Wohnung. Man quartierte uns ins Vorderhaus um, auf die Sonnenseite des Lebens, vierter Stock, frisch renoviert, mit angrenzenden Balkonen. Als erstes entfernten wir die Trennwand.

Noch am gleichen Nachmittag rückten die Möbelpacker an und schleppten unser Interieur vom Hinter- ins Vorderhaus (›Vorsicht bitte mit dem Klavier‹). Am folgenden Nachmittag ging ich zu Frau Koofler und nahm für jeden von uns einen Scheck entgegen – wegen der Umstände. Wir sollten jeder DM 2.000,- bekommen.

»Das finde ich aber nicht gerecht«, maulte ich. »Mein Nachbar hat eine Familie zu versorgen.«

Nach etwas Rumtelefoniererei wurde Bekims Scheck um je 500 weitere Mark pro Familienmitglied aufgestockt.

Ich hatte einen Ofen, der zog, frisch gestrichene Wände, eine Gegensprechanlage, und innerhalb der nächsten zwei Wochen würde man mir eine neue Duschkabine (!) einbauen. Ich konnte mich aufs Klo setzen, ohne die Tür auflassen zu müssen, und morgens küßte mich die Sonne wach.

Ja, ja ... JAA!

# 26

Bei dem Gedanken an den bevorstehenden Abend wurde mir etwas unbehaglich. Seit Milas Übernachtung in meiner inzwischen den Weg alles Irdischen gegangenen Behausung hatte sich klammheimlich etwas Neues in unserer Beziehung eingenistet – wie ein kleines Küken. Ich nannte es den Was-ist-jetzt-Begleiter. Er mischte sich zu den unpassendsten Gelegenheiten ein und trübte endlich selbstverständlich Gewordenes mit einer Meinst-du-nicht-wir-sollten-es-endlich-tun-Komponente.

Das vereinfachte unsere Zusammenkünfte nicht gerade, jedenfalls nicht für mich. Wenn wir im Kino nebeneinander saßen und sich unsere Ellenbogen berührten, wurde ich ganz nervös und schenkte dem Film keinerlei Beachtung mehr, und wenn mich auf dem Weg zur Toilette ihre Brüste streiften, stellten sich mir die Nackenhaare auf.

Argwöhnisch beobachtete ich jede meiner Bewegungen, während wir zusammen waren, um sicherzugehen, daß ich nicht begann, diese Berührungen zu suchen. Das war bis jetzt noch nicht vorgekommen, na ja, ein-, zweimal vielleicht, aber alleine daß ich darüber nachdachte, zeigte mir, daß sich etwas verändert hatte.

Mila schien das nicht zu bemerken, obwohl ich mir sicher war … nein, sicher war ich mir nicht. Niemand konnte mit Sicherheit sagen, was sich bei ihr abspielte.

Und heute würde sie mein neues Heim besichtigen. Hell, sauber, mit weißen Wänden und abgezogenen Dielen. Du siehst, es hat sich einiges verändert, seit du in mein Leben getreten bist. Apropos, meinst du nicht, wir sollten es endlich tun?

Aber da war auch noch etwas anderes. Dieser obskure Anrufer, der Schreckliche Iwan, den zu vergessen mir nicht gelingen wollte, Milas Mutter, die sich wahrscheinlich niemals auch nur den kleinen Finger verstaucht hatte, und daß ich glaubte, sie neulich am See gesehen zu haben – zusammen mit … wem auch immer. Das alles trug ich mit mir herum wie eine Warze. Ich Blödmann wußte ja noch nicht einmal, wo sie wohnte.

»Schön«, entschied sie.

Mit hinter dem Rücken verschränkten Armen begutachtete sie, zufrieden mit dem Kopf nickend, jede Ecke.

»Ein bißchen leer ist es. Es hallt so.«

»Die alte Wohnung war auch nicht voller«, beeilte ich mich zu sagen.

»Ja, aber da hat es nicht so gehallt. Die war zu dreckig.«

Ich holte schnell den Wein aus dem Kühlschrank. Nach meinem Geschmack hielten sich eher noch zu viele Gegenstände in der Wohnung auf, auch wenn ich bereits einiges weggeworfen hatte. Dieser holzfurnierte Preßspanschrank zum Beispiel, dessen Seiten sich müde bogen und dessen Türen geschunden waren durch jahrelange Folter mit Dart-Pfeilen. Aber wenn ich ihn wegwarf, müßte ich alle meine Klamotten gleichzeitig tragen. Dann tummelte sich da noch diese fraglos häßliche Kommode neben Isabella. Ich hatte keine Zweifel, daß sie das teure Stück nachts heimlich pisackte und das gutmütige Instrument inzwischen ganz entnervt sein mußte.

»Hier«, sagte ich und drückte Mila ein Glas in die Hand.

»Doch«, sagte sie mit einem letzten prüfenden Blick, »gefällt mir.«

Die offizielle Erstbegehung zum Anlaß nehmend, setzte ich mich ans Klavier und intonierte den langsamen Satz aus Bachs ›Italienischem Konzert‹, rein und klar und ... unverdorben. Ganz so rein und klar allerdings auch wieder nicht, denn Isabellas monatelanges Darben knapp über dem Gefrierpunkt hatte ihr arg zugesetzt. Man kann sich eine Menge zurechthören, aber die inzwischen erreichte Stimmung hatte den barocken Gestus schon weit hinter sich gelassen.

Mila lauschte andächtig in ihrer gewohnten Sitzhaltung, mit angezogenen Beinen, die Arme um ihre Schenkel geschnürt, den Kopf auf den Knien.

Sie sah ganz versonnen aus, also kramte ich noch ein paar andere Stücke hervor. Die F-Moll-Sinfonia, vollendet wie ein Regenbogen, eine langsame Fuge, usw. Das ging so lange gut, bis sich aus dem Nichts ihre Hand auf meine Schulter legte und süße Schauer durch meinen Körper orgelten.

Sicher hatte sie keine Ahnung, was das bei mir anrichtete.

Ich drehte mich auf dem Klavierhocker, meine Nase vis-à-vis von ihrem Bauchnabel – außer daß ihr Pullover den Blick verstellte –, und legte meine Hände auf ihre Oberschenkel, worauf sich die süßen Schauer wollüstig an meinen Wirbeln rieben. Ich mußte schlucken.

»Was jetzt«, fragte ich. »Gehn wir im Sandkasten Förmchen backen?«

Sie fuhr mir mit der Hand durch die Haare. Ich nahm die andere und strich ihren Zeigefinger langsam über meine Unterlippe, dann nahm ich ihn in den Mund und spielte mit der Zunge daran. Sofort bekam ich einen Steifen, was mich verlegen machte, schließlich bin ich kein Tier. Meine Entschiedenheit erschreckte mich. Man sollte mich bestrafen. Ich war zudringlich, offensiv, grob – aber hey, sie zog ihren Finger jedenfalls nicht zurück. Ich nahm all meinen Mut zusammen und blickte sie von unten herauf an wie ein Hund in Erwartung von Schlägen.

Sie nahm ihren Finger aus meinem Mund, streichelte wehmütig meine Wange und drückte sich von mir ab.

Was sollte das denn jetzt schon wieder?

»Du erwartest nicht wirklich, daß ich das verstehe, oder?«

»Tut mir leid«, flüsterte sie. »Ich kann nicht.«

Ich zog innerlich die Schultern hoch. Entweder sie sagte mir, was los war, oder sie ließ es bleiben. Ich wußte, daß sie mich nicht mit Absicht hinhielt, kam mir aber trotzdem verarscht vor. Für mich war das, wie ich mir eingestehen mußte, schon lange keine Übung mehr. Allein die Vorstellung meiner Hände auf ihrem Körper … brrr.

Eine dieser klebrigen Pausen entstand, die um so schwerer zu beenden sind, je länger sie sich breitmachen können. Mila würde sie nicht beenden, da brauchte ich mir keine Illusionen zu machen. Jede Stunde ohne ein Wort war ihr lieber als fünf Minuten, in denen sie etwas sagen mußte.

Ich versuchte die Situation zu entschärfen: »Vergiß es. Laß uns was trinken gehn«, schlug ich vor. Ganz der Mann.

»Ich weiß, wer es war.«

Ich kapierte nicht: »Du weißt, wer was war?«

Oder kapierte ich doch?

Sie starrte auf einen Fleck zwischen ihren Füßen: »Der Mann im Park … Ich kenne ihn.«

Oh Scheiße.

Das Zimmer fing an zu ruckeln, die Dimensionen gingen aus dem Leim.

»Du kennst ihn?«

Sie nickte kaum merklich. Ich brauchte einen Moment, mich zu sammeln: »Wenn du weißt, wer es war, warum zeigst du ihn dann nicht an? Ich meine … verdammt, der Typ hat versucht, dich zu vergewaltigen. Dafür gehört er eingeknastet, Bautzen von mir aus … Außerdem, versteh mich nicht falsch, sein Kumpel hat meine Wade auf dem Gewissen.«

Sie stand vor mir und mied meinen Blick. Dann zog sie die Schultern hoch.

»Komm, setz dich«, sagte ich und führte sie ans Bett.

»Du mußt mich nicht wie eine Kranke behandeln«, sagte sie und setzte sich.

Mir zog sich alles zusammen, als hätte ich statt Blut Essig in den Adern.

»Ich hol dir ein Bier«, stammelte ich ohnmächtig, stiefelte in die Küche, nahm ein Bier aus dem Kühlschrank und goß mir ein Glas Sherry ein. Es war das Stärkste, was ich im Haus hatte, dank Tantchens Weihnachtspaket. Ich ahnte, daß das Schlimmste noch ausstand. Als ich zurückkam und ihre unglückliche Haltung sah, stellte ich den Sherry vor ihr ab und nippte verloren am Bier. Ich setzte mich und harrte der Dinge, die da kommen mußten.

Schließlich bahnte sich ihre Stimme einen Weg ins Freie: »Ich kann ihn nicht anzeigen. Ich meine … es war nicht das erste Mal, daß er es versucht hat.«

Oh nein, bitte nicht.

»Du kannst ihn nicht anzeigen, weil es nicht das erste Mal war?«

Sie zuckte nur wieder mit den Schultern. Anscheinend fand sie das alles nicht so wichtig. Ich schon.

»Soll das heißen, du kanntest ihn schon vorher?«

Kann man dümmer fragen?

Sie nickte.

»Du wußtest, wer er war, und hast ihn gedeckt?«

Sie nickte wieder.

Das überstieg eindeutig mein Fassungsvermögen.

»Das kapier ich nicht. Warum? WARUM? Warum, verdammte Scheiße, hast du ihn gedeckt?«

»Gedeckt. Wie das klingt. Ich kann nichts gegen Putin unternehmen, das ist alles. Dramatisier das doch nicht so.«

Putin. Der Name traf mich wie eine Baseballkeule. Plötzlich hatte der böse Geist einen Namen und war … real. Und Mila sprach ihn aus wie den eines alten Bekannten. Ich spürte, wie sich die Haare an meinen Unterarmen aufrichteten.

Manchmal hatte ich schon vergessen, daß es den Schrecklichen Iwan wirklich gab. Er kam mir vor wie ein schlechter Traum. Putin dagegen war konkret. Sehr konkret. Mein Hals schwoll zu.

»Du findest, ich dramatisiere?«

»Ja.«

»Der Typ hat versucht, dich zu vergewaltigen …«

»Ja, weiß ich auch, schließlich war ich dabei. Das passiert jeden Tag – millionenfach … guck nicht so entsetzt. Wo lebst du? Auf dem Mond? … Für dich ist alles schwarz oder weiß, gut oder böse. Aber so ist es eben nicht. Ich brauche ihn, er kann mir helfen.«

»Du brauchst einen, der dich vergewaltigt?«

»Siehst du, das ist es, was ich meine. Schwarz oder weiß. Er kann etwas für mich tun, etwas sehr Wichtiges. Glaubst du, sonst hätte ich zugelassen, daß es so weit kommt?«

Ich war fassungslos. Das konnte doch unmöglich ihr Ernst sein.

Unsere Blicke trafen sich. An ihrer Reaktion konnte ich sehen, daß sie ein völlig konsterniertes Gesicht vor sich haben mußte – meins.

Sie schwieg verlegen und dirigierte ihren Blick an mir vorbei.

Ich konnte unmöglich länger sitzen bleiben, also stand ich auf und lief hilflos in meinem Zimmer umher.

Sollte das heißen, daß sie sich hätte vergewaltigen lassen, in der Hoffnung, dafür eine Gegenleistung zu erhalten? Und ich war nicht der Held gewesen, als der ich mich gefühlt hatte, sondern nur jemand, der ... zum falschen Zeitpunkt dazwischen gekommen war?

»Als ich neulich am See gelaufen bin ... auf der anderen Seite – das warst du, oder?«

Sie blickte aus dem Fenster. Sie wußte, was jetzt kam.

»Ja.«

»Und der Typ, der bei dir war. War er das – Putin?«

»Ja.«

»Was soll das alles? Hast du was mit ihm? ... Und wenn ja, dann hätte ich gerne gewußt, was?«

»Sei nicht albern.«

»Was heißt hier, sei nicht albern. Du triffst dich mit einem Typen, der versucht hat, dich zu vergewaltigen – mehrmals. Entschuldige, daß mir das nicht sofort einleuchtet.«

»Ich erwarte nicht von dir, daß du es verstehst. Ich kann nichts gegen ihn unternehmen, und wegen der Sache im Park schon gar nicht. Punkt.«

»Weswegen denn dann?«

»Frag nicht so viel.«

»Was ist es, das er für dich tun kann?«

»Bitte – frag nicht so viel!«

»Kann es sein, daß er mal hier angerufen hat?«

»Davon weiß ich nichts.«

Der barsche Tonfall beleidigte mich. Ich war eingeschnappt.

»Was war mit seinem Kumpel und der Töle?«

Sie machte eine unbeholfene Geste: »Weiß nicht. Hab niemanden gesehen.«

Das bedeutete, es war geplant. Gab es dafür ein gesondertes Strafmaß – vorsätzlich geplante Vergewaltigung? Nichts von wegen: ›Aber Herr Richter, es kam so über mich, und sie hat sich auch nicht richtig gewehrt, und das hab ich dann so als eine Art Einverständnis gewertet. Meine Triebe sind mit mir durchgegangen.‹

»Was ist seitdem?«

Schulterzucken.

Kapitulation meinerseits.

Ich schämte mich, weil ich egoistisch genug war, mir neben allem anderen auch verarscht vorzukommen, aber das wollte ich sie nicht spüren lassen. Ich würde ihr keine Vorwürfe machen, sie nicht noch mal bedrängen und nicht noch mal ›warum‹ fragen, jedenfalls nicht heute abend.

Sie sah müde aus.

Und wunderschön.

»Hier«, sagte ich und warf ihr den Pyjama zu, den sie am Lasagne-Abend getragen hatte.

Ich hatte ihn nicht gewaschen und wie ein Kleinod zusammengefaltet an einem bestimmten Platz in meinem Schrank aufgebahrt. So konnte ich morgens beim Öffnen der Türen für einen flüchtigen Moment ihren Duft einsaugen. Sie starrte ihn unsicher an.

»Du bleibst hier«, entschied ich. »Guck nicht so, den hast du nicht das erste Mal an. Und du nimmst das Bett diesmal.«

Wir putzten uns gemeinsam über dem Waschbecken die Zähne. Unsere Blicke trafen sich im Spiegel. Herzzerreißend. Sie rollte sich in meine Bettdecke ein und drehte sich auf die Seite. Ob ich ihr noch etwas vorlesen würde? Ich schnappte mir das erstbeste Buch aus dem Regal – Julien Barns, ›Als sie mich noch nicht kannte‹ (wieder mal ein Beweis dafür, daß es keine Zufälle gibt), setzte mich aufs Fußende meines Bettes und begann zu lesen. Nach eineinhalb Seiten war sie erschöpft eingeschlafen, nach drei weiteren klappte ich das Buch zu und legte es beiseite.

Behutsam stand ich auf und ging in den Flur. Ihre Tasche stand unter den Jacken an die Wand gelehnt. Ich kam mir einigermaßen schmierig vor, denn gleich würde ich sie aufmachen und durchsuchen, in der Hoffnung, etwas zu finden, das mich verstehen lassen würde. Ziemlich mies, aber so konnte es nicht weitergehen, also was soll's.

Außerdem war ich sauer. Auf mich. Weshalb hatte ich sie nicht einfach vor die Tür gesetzt? Warum zog sie mich in ihr Leben hinein, wenn sie es mir dann doch vorenthielt? Und wer zum Teufel war Putin?

›Ich brauche ihn‹ – so eine Sülze. Niemand braucht jemand. Letzten Endes kann jeder nur auf sich selbst zählen, und da muß er auch schon Glück haben.

Ich stellte mir vor, dieser Putin würde vor der Tür stehen und ich könnte ihn ohne ein Wort der Erklärung mit einer geraden Rechten die vier Stockwerke hinunterpurzeln lassen und darauf hoffen, daß er sich dabei alle Knochen brach.

Oh Rai, was ist bloß mit dir los? Ich setzte mich neben Milas Tasche auf den Boden und versuchte, meine Gefühle zu ordnen.

War *das* etwa Eifersucht? Fühlte sich *so* Eifersucht an?

Zum Kotzen.

Tja Rai, face it. Du kauerst wie ein Gefangener auf dem Flur deiner Wohnung und glühst vor Eifersucht. Wahrscheinlich leuchtete ich im Dunkeln.

Ich wußte nicht, wonach ich suchte. Ihr Personalausweis klärte mich darüber auf, daß Ljudmila Weber am 2.2.1974 in Petersburg geboren worden war. Trotzdem hatte sie einen deutschen Personalausweis. Weber – ich nahm an, daß sie deutsche Vorfahren hatte. Das würde auch erklären, weshalb sie akzentfrei deutsch sprach. Wohnhaft: Ansbacher Straße 32. Außerdem fiel mir ein Flugticket in die Hände, auf das ich mir keinen Reim machen konnte. In drei Tagen würde sie nach London fliegen. Sehr merkwürdig. Der Rest war uninteressant, Kleinkram, der nach unten hin immer kleiner wurde.

Ich verbrachte eine schlaflose Nacht damit, mich herumzuwälzen, als wolle ich die Matratze einebnen. Mila wachte sehr früh auf und klaubte leise ihre Sachen zusammen. Ich stellte mich schlafend. Wenn sie mir noch etwas zu sagen hätte, würde sie es aufschreiben. Offensichtlich war es ihr angenehmer, verschwunden zu sein, wenn ich aufwachte, und bei dem, was mir alles durch den Kopf ging, war ich nicht sicher, ob mir das nicht auch lieber war.

Als die Tür ins Schloß fiel, krabbelte ich zum Bett, schlüpfte unter die noch warme Decke, rieb mir den Pyjama unter die Nase und fragte mich, wie das bloß weitergehen sollte.

Wo konnte sie hinwollen, um diese Uhrzeit? Als ich unten die Haustür schlagen hörte, wußte ich plötzlich, wie es weitergehen sollte. Mit einem lauten Fluch sprang ich aus dem Bett, stolperte in meine Klamotten und zog mir, den Schlüssel im Mund, die Jacke über, während ich die Treppe hinabfiel. Aus dem Haus stürzend, konnte ich gerade noch sehen, wie ihr Auto vorne um die Ecke bog.

»Scheiße!«

Ich lief zu meinem Wagen, der glücklicherweise in Fahrtrichtung stand, ließ den Motor an und prügelte über das Kopfsteinpflaster. Sie hatte zwei Ampelphasen Vorsprung. Lichtjahre bei dem Verkehr. Am Kottbusser Tor bog sie Richtung Oranienstraße ab, ich war zwei Ampeln hinter ihr, und es staute sich mal wieder kein bißchen, so ein Dreck. Unglaublich, wie viele Menschen um diese Zeit schon auf den Beinen waren. Es war noch nicht mal hell! Ich drängte kurz entschlossen einen Fahrradfahrer vom Radweg, zwängte mich rechts an den stehenden Autos vorbei und nahm die erste Ampel bei Rot. Von Milas Auto war inzwischen nichts mehr zu sehen, also noch mal das Spiel. Unter hupendem Protest und von unwirschen Blicken durchbohrt, erkaufte ich mir auch die zweite Ampel. Leider mußte ich einen kleinen Umweg über den Bürgersteig nehmen, was mein geliebter Amazon mit einem Tritt in die Nieren bezahlte, aber dafür war Mila wieder in Sichtweite. Jetzt ging zwar gar nichts mehr, weil die Autos einen gordischen Knoten probten, aber das galt auch für Mila. Sie ruckelte sich vor bis zur Köpenicker, dann links. Jetzt war es kein Problem mehr, ihr zu folgen. Ich hielt zwei Autos Abstand und nutzte die nächste rote Ampel, um mir endlich die Schuhe zuzubinden. Ecke Brückenstraße kam ich noch mal ins Schwitzen, denn dort gibt es einen grünen Pfeil, der für sie wie gerufen kam, nur leider für mich nicht. Aller guten Dinge sind drei, dachte ich, fädelte bei laufendem Verkehr ein und entlockte einem telefonierenden BMW-Fahrer allerhand Drohgebärden.

Sie führte mich am Alex vorbei Richtung Norden, wo für einen alten Wessi wie mich die Wildnis beginnt. Prenzlauer Allee sagte mir noch etwas, von da bog sie irgendwann links ab, und in zwei Minuten war ich verloren. Ich mußte jetzt großen Abstand lassen, da keine Autos mehr zwischen uns waren, und oft genug konnte ich erst beim Blick in die nächste Straße sehen, ob sie abgebogen war oder nicht. Am Ende einer Straße, die selbst als Einbahnstraße noch eng gewesen wäre, parkte sie schließlich ein. Um nicht an ihr vorbeifahren zu müssen, hielt ich in einiger Entfernung an. Dummerweise tauchte hinter mir ein Auto auf. Ich konnte sehen, wie Mila ausstieg und den Wagen abschloß. Gleich würde der Typ hinter mir hupen, und sie würde in meine Richtung sehen und den Amazon erkennen. Ich stieg aus und ging zu meinem Hintermann, der glücklicherweise ganz gutmütig aussah. Er drückte zielsicher auf ein Knöpfchen, woraufhin sich das Fenster artig einen Spaltbreit absenkte.

»Tut mir leid«, sagte ich mit gespieltem Bedauern, »aber die alte Möhre springt einfach nicht mehr an.«

»Kann man nichts machen«, sagte er mit einem Achselzucken, drückte abermals auf das Knöpfchen und suchte bei seiner Automatik den Rückwärtsmodus. Mila war inzwischen um die Ecke verschwunden. Ich fuhr bis zum Straßenende, bog links ab und hielt nach einem Parkplatz Ausschau. Der Mann mit den vielen Knöpfchen im Auto war im Karree gefahren und kam mir jetzt entgegen. Als wir aneinander vorbeifuhren, machte ich eine Geste die ›verrücktes Auto, ts ts‹ bedeuten sollte, und er lächelte höflich. Ich stieg aus und sah Mila in einiger Entfernung aus einem Zeitungsladen herauskommen und etwas in ihrer Handtasche verstauen. Dann überquerte sie die Straße, um auf der anderen Seite in einem Hauseingang zu verschwinden.

Die Tür stand offen. Es gab Klingelschilder. Die Namen sagten mir nichts. Kein Weber. Ich ging einmal alle vier Stockwerke hoch, hielt auf jedem Treppenabsatz inne und lauschte. Ein Frühstücksfernseher, eine bedauernswerte Blockflöte, die noch nicht wach war, und die Stimme Anatoliens, sonst nichts. Wieder unten angekommen, wollte ich es im Hinterhaus versuchen, kam aber nur bis in den Hof, denn dort hörte ich Milas Stimme. Sie klang laut und aufgeregt und russisch und drang aus einem kleinen Fenster im Erdgeschoß. Ich schlich mich heran und blinzelte um die Ecke. Das Fenster war mit Stangen vergittert, deren ehemals schwarze Farbe sich weitgehend verabschiedet hatte. Dahinter lag ein kleiner düsterer Raum, der zu der Uhrmacherwerkstatt gehörte, die ich von der Straße aus gesehen hatte. In der Mitte stand ein Tisch, der von einer Klemmlampe mit Licht bedeckt wurde, an deren Oberseite eine Lupe eingelassen war wie ein Bullauge. Hinter dem Tisch saß ein Mann, der in den Eingeweiden einer Uhr popelte. Mila konnte ich nicht sehen, sie schien auf und ab zu gehen. Der Mann saß seitlich zwischen mir und der Tischplatte. Wenn er den Kopf nach rechts gedreht hätte, hätte ich sein Gesicht sehen können. Während er versuchte, mit einer Art Pinzette etwas in das Gehäuse einzusetzen, gegen das ein Stecknadelkopf wie ein Globus aussah, redete Mila ununterbrochen auf ihn ein. Wie er so dasaß, in dieser abgenutzten Haltung mit dem schütteren weißen Haar, das ihm seitlich vom Kopf abstand, kam er mir sehr alt vor. Sein Hemd war abgetragen. An den Stellen, wo seine Hosenträger über die Schultern liefen, würde der Stoff seinen Widerstand bald aufgegeben haben. Er trug eine goldene Uhr aus vergangenen Zeiten.

Schließlich legte er sein Operationsbesteck aus der Hand

und sah in ihre Richtung. Die Unterhaltung beruhigte sich etwas, aber nicht lange. Nach kurzer Zeit redete sie wieder heftig auf ihn ein. Zweimal fiel der Name Putin – am liebsten hätte ich die Scheibe zertreten. Mehr verstand ich nicht. Der alte Uhrmacher sagte kaum etwas. Manchmal setzte er an, brach dann aber ab oder wurde von ihr unterbrochen. Es war nicht die Stimme des Anrufers. Daran hatte ich keinen Zweifel, auch wenn ich wußte, daß sich dieselbe Stimme ganz unterschiedlich anhören konnte, wenn sie verschiedene Sprachen sprach. Zwischendurch sagte er immer wieder so etwas wie ›ti delaisch aschipku‹.

Einmal sah ich ihre Arme, wie sie sich vor ihm auf dem Tisch aufstützten. Aus meinem Blickwinkel sahen sie aus wie exotische Pflanzen, die an der Tischplatte angewachsen waren.

Was machte ich hier eigentlich? Zum ersten Mal, seit ich aus dem Bett gestürzt war, hatte ich Gelegenheit, nachzudenken. Ich hatte hier überhaupt nichts zu suchen. O.K., das war klar, aber abgesehen davon, daß ich hier wie ein kleiner Junge hinter der Hecke lauerte – diese Aktion brachte mich nicht weiter. Mila stritt sich auf russisch mit einem alten Uhrmacher. Toll. Außer daß ich sie so energisch noch nie erlebt hatte und jetzt wußte, daß sie des Russischen mächtig war – was einen nicht wirklich verwundert, wenn man weiß, daß sie in Petersburg geboren ist –, war mir kalt, sonst nichts. Doch – mein Körper verlangte nach Kaffee. Ich hatte Putin erwartet oder den Schrecklichen Iwan, obwohl ich mir inzwischen fast sicher war, daß Iwan und Putin ein- und derselbe waren, oder ein Gewitter oder eine riesige Flutwelle.

Mila hatte ihr Pulver verfeuert – genau wie ich. Sie nahm sich einen Stuhl und setzte sich mit dem Rücken zu mir neben den Alten. Sie nahm seine Hand zwischen ihre Hände, und er sah sie traurig an.

Eine Abschiedsszene, dachte ich. Das ist ein Abschied. Mir fiel das Flugticket nach London ein.

»Ja dolzhin«, sagte sie zu ihm, »ja dolzhin«.

»Ja snaju«, antwortete er müde.

Ich wartete, bis sie gegangen war, dann zählte ich langsam von 60 rückwärts und ging ebenfalls. Neben dem kleinen Zeitungsladen, aus dem ich sie hatte kommen sehen, gab es eine Bäckerei mit drei klapprigen PVC-Stehtischen. Ich ließ mir einen Kaffee geben und blätterte in der BZ. Hätte ich versuchen sollen, ihr weiter zu folgen? Ja, vielleicht. Vielleicht auch nicht. Vater Fatalismus kroch mir den Rücken rauf. Ich war müde und beschämend antriebslos. Drei Wünsche: Nach Hause, Tür zu und Decke über den Kopf.

## 27

Ich fühlte mich so aufgebraucht, daß ich keinen klaren Gedanken fassen konnte. So ging das jetzt seit Tagen. Nicht mal Klavierspielen machte mir Spaß. ›Hörst du nicht, wie verstimmt ich bin‹, schien Isabella zu jaulen. ›Quäle mich nicht so, bitte!‹

Mein Tagesablauf hatte sich mechanisiert. Ein Häufchen welker Blätter, das vom Wind übers Pflaster geschoben wird, sich, von einem Wirbel erfaßt, einige Male bedeutungslos im Kreis dreht, bevor es sich in alle Himmelsrichtungen verteilt.

Diffundiert, das war nicht schlecht. Diffundiert, zerteilt, versiebt, beschissen.

Na bitte, zum Schluß läßt sich alles auf eine simple Grundformel zurückführen: Scheiße, beschissen, verkackt.

Was sollte ich tun? Was konnte ich tun? Warum überhaupt etwas tun? Für mich machte das alles keinen Sinn. Es war nicht ... logisch. Beschissen, das war es.

Ein Ticket nach London, ein alter Uhrmacher, dem sie auf russisch eine Szene machte, eine Mutter mit gebrochenem Bein, oder auch nicht, und zur Krönung des Ganzen stand über all dem in riesigen Lettern der Name PUTIN, der, daran zweifelte ich kaum noch, bei mir angerufen hatte, um sie zu sprechen, und mit dem sie – wenn er es denn war – spazierenging, obwohl er versucht hatte, sie zu vergewaltigen, und zu guter Letzt sollte ich bitte, bitte die Füße stillhalten und das alles nicht so dramatisieren. Mann, hatte ich die Schnauze voll davon, keinen Durchblick zu haben. Warum hatten sich unsere Wege kreuzen müssen? Hätte sie ihr Scheißleben nicht an mir vorbeidirigieren können?

Ich versuchte, so etwas wie eine Linie in meinen Tagesablauf zu bekommen, vielleicht half das. In meinem Kopf bastelte ich einen Terminplan zusammen: Eva, die Geyer-Töchter, die in meinem imaginären Filofax liebevoll unter M wie Monster verzeichnet waren, Samstag und Sonntag: Café ›Jaeschke‹.

Heute war Sonntag – die Geschäfte waren geschlossen. Ich durfte nicht vergessen, dort heute aufzutauchen. Allein schon wegen Frau Schmitthuber, die mich sonst schmerzlich vermissen würde. Hörst du, Rai? GEH DA HIN!

Jaja, werd's nicht vergessen.

Ich kramte noch einige Verpflichtungen zusammen, die ich mit etwas gutem Willen als Termine verbuchen konnte, und mußte mir eingestehen, daß es keiner besonderen Anstrengung bedurfte, eine Linie in meinen Tagesablauf zu bringen.

Ich legte mir die Stücke raus, die ich am Nachmittag zum besten geben wollte. Sorry, Captain Fryderyk, dir würde ich heute nicht gerecht werden. Oh, Sir Erik, verzeih mir, ich bin sicher, auch du hast schlechte Tage gehabt.

Zu allem Überfluß mußte ich auch noch die U-Bahn nehmen. Tom hatte angerufen und sein unwiderstehliches ›Ra-i?‹ in die Muschel miaut, und weil ich nicht feilschen wollte, hatte ich nur gesagt, daß, egal wieviel er diesmal wolle, ich gewillt sei, ihm den Betrag zu leihen, er bräuchte mir auch nicht zu sagen, wann ich das Geld wiederbekäme, ich wüßte ohnehin, daß er den Termin nicht einhalten würde.

»Aber nein, Rai. Diesmal ist es dein Auto«, hatte er mir offenbart, und ich war dafür beinahe dankbar gewesen.

* * *

»Tag, Herr Kuhn.«

Ich schüttelte ihm die Hand.

»Heute bitte einen Pharisäer für mich.«

»Nanu. Wohl Liebeskummer, wie?«

Wenn der wüßte. Ich trank sonst Mineralwasser. Das fühlte sich gesund an und hielt äußere Einflüsse von der Musik fern – bildete ich mir jedenfalls ein. So als könne man hören, wenn ich vorher etwas Schweres gegessen hatte oder ein Pickel auf meiner Schulter brütete. Außerdem nahm ich an, es gab meinem Ansehen bei den Damen, die mir ihr gefälliges Ohr zu Füßen legten, den letzten Schliff. ›Das ist wirklich ein patenter junger Mann. Und so … sauber.‹ Ein Teil meines Engagements, sozusagen.

Frau Schmitthuber war nicht da, also steckte ich ›Am Kamin‹ in die Tasche zurück. Wenn sie nicht da war, würde es auch sonst niemand hören. Als Herr Kuhn angewackelt kam und mir mit einem eleganten Schwung den Pharisäer auf die Ablage stellte, freilich nicht ohne vorher noch eine Serviette unterzulegen (er hatte eine Achtung vor dem Instrument, wie vor etwas Mystischem, ich mochte das), fragte ich ihn nach Frau Schmitthuber.

»Wa jestern hier. Saacht, se müßt uff ne Beerdijung. Hat was für Sie daajelassen.«

Er fummelte umständlich einen Umschlag aus seiner Schürze und legte ihn neben die Tasse. Er enthielt die zehn Mark, die sie mir sonst auf die Ablage legte. Ich war so gerührt, daß ich nur dasitzen und auf den Zehner starren konnte. Manche Menschen meinten es wirklich gut mit einem. Ich holte zweimal tief Luft und ›Am Kamin‹ wieder aus der Tasche. Na Robert, das hättest du dir auch nicht träumen lassen.

Ich wollte mich von der Musik ablenken lassen, aber es gelang mir nicht. Eine von einem selbstzerstörerischen Bazillus befallene Region meiner Seele spuckte die immer gleiche Szene auf die Leinwand in meinem Kopf: Mila, mit aufeinandergepreßten Lippen, ihr Unterleib brutal entblößt, mit Tränen, die ihren Augenwinkeln entrannen, sein – Putins! – hastig sich wälzender Körper über ihr, seine Hüften in animalischer Entrückung auf ihre Schenkel klatschend, während sein Schwanz in ihr herumstocherte.

Um mich richtig in meinen Schmerz zu knien, stellte ich mir vor, wie sein Rachen dabei Widerwärtigkeiten verspritzte: ›Na, das macht dir Spaß. Das macht dich doch so RICHTIG AN, WAS? Du kleine geile Schlampe.‹

Und dann Mila mit ihrem ›dramatisier das doch nicht so‹.

Was spielt ihr denn da Schönes, dachte ich, einen Blick auf meine Finger richtend. Sie hatten sich verselbständigt, so als könne ich aufstehen und weggehen, während sie weiterspielten.

»Hallo, Camie.«

Sie war plötzlich neben dem Flügel aufgetaucht.

»Ich warte draußen.«

»Ist gut, bin gleich soweit«, sagte ich, während ich noch einige Dreiklangsgirlanden über die Tasten drapierte. Ich stellte Herrn Kuhn die Tasse auf die Theke.

»Bis nächste Woche dann.«

»Tschüssi«, tirilierte er, über die Theke wischend.

»Der Laden ist irgendwie angemufft«, sagte Camie.

»Dann verstehe ich nicht, weshalb du ihn nicht magst.«

Ich freute mich, sie zu sehen.

»Ich hab Hunger«, verkündete sie.

»Also?«

»Gehn wir 'nen Kaffee trinken.«

»…?«

Sie sah mich von schräg unten an: »Ich muß abnehmen.«

»…??«

»Hier« (sie preßte sich eine Falte aus dem Oberschenkel) »hier« (sie strich über ihren Hintern, dessen Griffigkeit ich eigentlich immer besonders geschätzt hatte) »und hier« (ein Röllchen Bauchfleisch wurde mühsam ausgewrungen).

Das hatte ich noch nie gehört.

»Hast du dich in einen Fitneßtrainer verknallt?«

»Nein. Ich bin ganz einfach zu dick.«

»Du bist nicht dick. Du bist lediglich … nicht dünn.«

»Werd trotzdem nichts essen.«

Als wir im Hardenberg saßen und Camie in träumerischer Entrücktheit auf meinen Salat starrte, fing der Projektor in meinem Kopf wieder zu rattern an: Ich sah seinen Körper sich auf ihr reiben, seine Stirn von saurem Schweiß beperlt …

Ich schob ihr meinen Salat hin.

»Was ist los?«

»Hab keinen Hunger. Iß du ihn.«

»Hab ich dir den Appetit verdorben?«

»Nein. Wirklich. Ich hab einfach keinen Hunger, das ist alles.«

»Na ja, so ein bißchen Salat … kann nicht schaden, denke ich.«

Eine Weile sah ich ihr dabei zu, wie sie den Salat verschlang, dann fragte ich: »Camie-e?«

»Ich bin hier, mein Schatz, fürchte dich nicht.«

»Warum gibt es Frauen, die sich von Männern wie der letzte Dreck behandeln lassen?«

Wie kam ich denn jetzt darauf? Vermutete ich eine intime Beziehung zwischen Mila und Putin? War sie ihm von einem zwielichtigen russischen Mafia-Boß für seine treuen Dienste als Leibeigene überlassen worden, nachdem sie aus Petersburg entführt und hier, mit Drogen vollgepumpt, jahrelang auf den Strich geschickt worden war, tagsüber eingesperrt in einem Kellerverließ und nachts als Domina in Ketten und Leder auf eine Streckbank gespannt? Langsam, aber sicher verlierst du den Verstand, Rai.

Camie kaute munter drauflos.

»Waff?«

Ich wiederholte die Frage. Sie würgte eine Gabel Schafskäse hinunter.

»Ach du liebes bißchen, was hast du denn für Sorgen? – Na ja, ich denke – puh! Ich weiß nicht, was ich denke. Schätze, es gibt welche, die brauchen das, einen Typen, der sie schlecht behandelt. Klingt blöd, is aber so. Ma-so-chis-mus. Weshalb sollten sie sich sonst schlecht behandeln lassen? Willste nich doch 'ne Gabel?«

Ich machte eine abwehrende Handbewegung. Sie fuhr fort: »Was ich sagen will, ist: Ich hab keine Ahnung. Woher soll ich wissen, was eine Frau an 'nem Typen findet, der sie schlecht behandelt? Bei mir hat das noch keiner versucht. Würde sofort 'nen Abgang durch die geschlossene Scheibe machen. Weshalb fragst du?«

»Ich meine, so was gibt's doch ...«

»Willfte nich doch wenigftenf ma koften? If echt lecker.«

»... Frauen, die mit einem echten Arschloch zusammen sind und aus irgendeinem Grund nicht von ihm loskommen, meine ich.«

Sie machte eine Bewegung, als fächele sie sich Luft zu.

»Maffig.«

»Das kapier ich nicht.«

Sie schluckte.

»Na, da bin ich ja beruhigt. Dachte schon, du wärst auf 'nem Sado-Trip.«

»Rai!«

Ich erschrak richtig.

»Was ist?«

»Du kriegst Falten! Da« (sie fuchtelte gefährlich mit der Gabel in meine Richtung) »um die Augen. Seh ich zum ersten Mal.«

»Ja ja.«

»Macht dich irgendwie ... geheimnisvoll.«

»Camie-e?«

»Ich bin immer noch hier, Liebling.«

»Wollen wir uns nicht auf dein Sofa lümmeln und 'nen Fernsehabend einlegen?«

»Gute Idee.«

Halb elf. Noch keine Zeit, eigentlich. Ich stand vor einer Reklamewand, die mich von der unbedingten Notwendigkeit, Playboy zu lesen, in Kenntnis setzte, und schaute einmal mehr den Mäusen zu, wie sie zwischen den Gleisen nach Abfällen stöberten.

Tom war mitten im schönsten Western bei Camie aufgetaucht und hatte verkündet, wir müßten sofort unser Bündel schnüren und vom Hof reiten. Soundso gebe eine Party, bei welcher mit mindestens vierzig noch fast minderjährigen Patientinnen zu rechnen sei. Camie hatte willenlos ihre Schuhe aus dem Schrank gekramt und ich fluchtartig das Weite gesucht.

Ich war nicht in der Lage, mich heute abend noch solch tiefgreifender Problematik wie der letzten Mathe-Klausur oder dem neuen Video der ›Fantastischen Vier‹ zu stellen.

Und jetzt? Sollte ich nach Hause fahren und mich alleine einsam fühlen, oder sollte ich zu diesem Zweck die Gesellschaft anderer suchen? Ich entschied mich für mein Heim. Und wenn der große Gelbe endlich käme, würde zu Hause der Showdown auf mich warten, und der Gute den Bösen ein für allemal in die Verdammnis jagen.

»'n Abend. Darf ich Sie alle mal kurz stören? Mein Name ist Jürgen Herrmann, ich bin seit eineinhalb Jahren HIV-positiv und ...«

Die meisten Mitfahrenden blickten gleich wieder weg oder wandten sich ihrer Zeitung zu. Sie kannten das schon. Täglich wurde man in der U-Bahn von Leuten angesprochen, die Krebs, AIDS oder kein Dach über dem Kopf hatten. Nur ein Touri-Pärchen hielt sich aufrecht und hörte sich aufmerksam Jürgens Offenbarung an.

»... und deshalb wäre ich auch für jede noch so kleine Spende dankbar«, schloß er seinen Vortrag.

Das Schnorrergeschäft war härter geworden, keine Frage.

»Den würd ich gern mal sehen, Ihren Befund«, hörte ich eine Stimme. Sie gehörte einem verkniffen dreinschauenden Mann, der sich an der auf seinen Knien stehenden Tasche festklammerte, als sei sie der letzte Halt in seinem Leben.

»Was?« fragte der Bettler.

»Sie haben gesagt, Sie hätten den Eehts-Befund dabei. Den würd ich gern mal sehen.«

»Äh ... hab ich vergessen.«

»Sehen Sie, genau das habe ich mir nämlich gedacht. So viele

Eehts-Kranke, wie neuerdings in der U-Bahn betteln, gibt es nämlich gar nicht.«

»Wenn du meinst.«

Er ließ das Haupt sinken und stellte sich vor eine Tür, auf daß die nächste Station ihn von den peinlichen Blicken seiner Mitmenschen erlöse. Ich traute meinen Ohren nicht.

»Entschuldigung«, sagte ich förmlich.

Hoffentlich verschluckte der Typ mit der Tasche sein Gebiß. Der Bettler drehte müde den Kopf.

»Hmm?«

Ich gab ihm eine Mark, das Pfand für den Einkaufswagen vom letzten Reichelt-Einkauf.

»Danke, Kumpel.«

Jürgen verließ das Abteil, und ein großes Aufatmen ging durch die Reihen, als seien die Fahrgäste von einer Last befreit worden. Der Mann mit der Tasche tat, als spräche er zu sich selbst, aber so, daß ich es hören mußte. So etwas mag ich besonders.

»Der hat kein Eehts. Da wette ich zehn zu eins.«

»Macht nichts«, sagte ich. »Ich auch nicht.«

Im Hausflur bemerkte ich aus dem Augenwinkel, daß in meinem Briefkasten Post auf mich lauerte. Ich schätzte die Wahrscheinlichkeit, daß es eine Rechnung oder etwas anderes Unangenehmes war, auf 70 zu 30 gegen mich. Vielleicht sogar 75 zu 25. Besser jetzt, als sich morgen einen schlechten Start in den Tag bereiten. Mutig trat ich der drohenden Anklage entgegen.

Zu meiner Überraschung fand ich einen Brief von Henrik. Wir waren zusammen in die Schule gegangen und, soweit ich mich erinnern konnte, die einzigen in der Klasse, die Klavier spielten. Das führte dazu, daß bei Schulfesten, Lehrerverabschiedungen etc. unsere Anwesenheit besonders gefragt war.

Wir spielten dann vierhändig ›selbstkomponierte‹ Stücke, das kam besonders gut an, so wie sich Omi zu Weihnachten über etwas Selbstgemaltes von ihren Enkeln am meisten freut. ›Hören Sie nur, die komponieren ihre Werke selbst. Bravo, bravo!‹

Tatsächlich bestanden diese Werke selten aus mehr als einem festgelegten Takt und einem harmonischen Gerüst, das wir uns vorher zurechtgelegt hatten, der Rest war aus der Situation geboren. Oft standen wir in den Pausen zwischen den Stücken auf und wechselten umständlich die Plätze. Das schien einige der Anwesenden schwer zu beeindrucken, so als müßten wir Beidhänder sein. ›Sehen Sie nur, die können rechts *und* links spielen.‹

Auch auf anderen Gebieten hatte Henrik improvisatorische Qualitäten, so konnte er mit einzigartiger Gabe die phantasievollsten Schimpfwörterverkettungen ohne Vorbereitung aus dem Hut zaubern. Dabei schöpfte er aus einem Fundus, der sich täglich vergrößerte.

Unserem Lateinlehrer hatte er einmal ohne zu zögern gesagt, dieser sei doch nur sauer auf ihn, weil er nicht darüber hinwegkomme, daß er ein impotenter, stummelschwänziger Fettgreis sei, was die Androhung eines Verweises zur Folge gehabt hatte.

Nach der Schule beschloß Henrik, die Welt zu bereisen. Seitdem bekam ich ein- bis zweimal im Jahr einen Brief von ihm. Rio, Marrakesch, Seattle, Kapstadt … Es hatte sich einiges angesammelt.

Dieser war, wenig exotisch, aus Brighton. Als ich ihn gelesen hatte, wurde mir klar, daß er das Ende einer Epoche markierte.

Henrik erklärte darin, daß, nach all den Jahren, er jetzt doch den Wunsch verspüre, sich niederzulassen. Dazu habe ihn sicher auch der Umstand bewogen, daß er in Brighton auf die Frau seines Lebens gestoßen sei, weshalb er mir jetzt eine feste Adresse mitteilen könne. Es folgten besagte Adresse nebst Telefonnummer sowie der Wunsch, ich möge ihm seinen Sinneswandel verzeihen können.

Im Bett las ich den Brief noch einmal. War es das, wonach Menschen natürlicherweise in ihrem Leben trachteten – sich irgendwann mit jemandem zusammenzuschließen, um so der Einsamkeit zu entfliehen?

Und was war mit mir? Stand mir das auch bevor, oder würde ich immer außerhalb stehen und zusehen? In meiner Vorstellung lief mein Leben einfach immer weiter. Eigentlich hatte ich überhaupt noch nie richtig darüber nachgedacht. Komische Sache. Leben.

# 28

Ich bin auf einem endlosen, ausgestorbenen Rummelplatz. Nachts. Bei jedem meiner Schritte pikst mir der Schotter in die Fußsohlen.

Warum hab ich keine Schuhe an? Wie dumm von mir, auf einem Schotterplatz ohne Schuhe.

Ein Zwerg streicht ständig um mich herum, deutet in verschiedene Richtungen, gestikuliert hektisch, stampft mit den Füßen auf, daß es staubt. Er hat eine Hose an, die an den Seiten mit Messingschellen besetzt ist. Sie klingeln seltsam, wenn er sich bewegt.

Die Attraktionen sind beleuchtet, überall erklingt Musik, die sich zu einem flirrenden Farbenspiel mischt.

In jedem Kassenhäuschen sitzt eine Frau. Es ist immer dieselbe, wie ich erstaunt feststelle. Sie lächelt starr – hundertfach – und winkt mir mechanisch mit einem Arm wie ein Hampelmann, ich solle zu ihr kommen.

An einer Losbude dreht sich ein gläsernes Losrad, ohne daß es jemand antreibt. Der Hauptgewinn, ein überdimensionaler Plüschgorilla, schaukelt, an einem Vorsprung aufgefädelt, hin und her.

Ich bin unentschlossen, bleibe stehen. Der Zwerg stapft um mich herum, die Spitzen seiner Schuhe sind ebenfalls mit Schellen besetzt.

Orientierungslos gehe ich auf ein Karussell zu. Es gibt Pferde, Rennwagen, Flugzeuge … Ich setze mich in einen Feuerwehrwagen. Aus dieser Perspektive wird alles um mich herum sehr groß.

Verwundert bemerke ich, daß ich auf die Maße eines Kindes geschrumpft bin. Ich sitze bequem, vor mir die Feuerwehrglocke. Von ihrem Schlegel hängt eine Kordel herab.

Ich greife mit einer winzigen Kinderhand nach der Kordel und schlage den Schlegel gegen die Glocke. Sie tönt mächtig; das Karussell setzt sich in Bewegung.

Der Zwerg bewegt es. Er steht grinsend am Rand und greift nach den Stangen, die er schwungvoll antreibt.

Das Rad dreht sich schneller und schneller, ich werde gegen die Tür gedrückt. In immer kürzer werdenden Abständen begegnet mir seine grinsende Fratze. Ein höhnisches Gelächter gesellt sich zu der Musik des Karussells, das wie eine Spieluhr dieselbe Melodie wiederholt.

Der Gnom peitscht die Stangen immer heftiger, meine Freude schlägt in Angst um. Schließlich springt die Tür auf.

Einen Moment noch kann ich mich festhalten, dann entgleitet der Griff meinen Fingern.

# 29

Am Tag zuvor war Mila nach London geflogen – wenn das Ticket, das ich in ihrer Handtasche gesehen hatte, mir nicht auch noch etwas vormachte. Fast eine Erleichterung zu wissen, daß sie nicht da war. Vielleicht würde ich jetzt etwas zur Ruhe kommen.

Immerhin hatte sie angerufen, um mir zu sagen, daß sie für ein paar Tage wegfahren müsse. Ich ersparte uns eine Nachfrage. Sie hätte mir doch nur wieder etwas von dem Geburtstag einer Freundin erzählt oder vom Hochzeitstag ihres Stiefcousins dritten Grades oder dem großen gelben Kürbis.

Ich schlurfte in Unterhose und T-Shirt in die Küche. Halb acht. Neuerdings wachte ich immer früher auf als beabsichtigt. Früher war es umgekehrt. Kein Kaffee. KEIN KAFFEE! Die Apokalypse.

Es klingelte. Ich machte nicht auf. Um diese Zeit konnte das nur die Müllabfuhr sein, die in den Hinterhof wollte, um die Gärfässer auszuwechseln. Sonst ärgerte ich mich immer darüber, daß ich vergessen hatte, die Klingel abzustellen, aber heute hatten sie es nicht geschafft, mich aus dem Schlaf zu reißen. Ich machte ein Fenster zur Straße auf und rief: »Erster!«

Als ich bemerkte, daß weit und breit keine Müllabfuhr zu sehen war, klingelte es zum zweiten Mal.

PUTIN!, schoß es mir durch den Kopf.

Leicht nervös schlich ich zur Gegensprechanlage, räusperte mich und versuchte zu klingen wie Charles Bronson.

»Ja?«

»Herr Borgers?«

»Möglich.«

»Ich bin ein Freund von Mila. Ich muß Sie sprechen.«

Wieder eine Stimme mit lauter rasselnden ch's, aber nicht die Putins. Eigentlich wollte ich nicht wirklich wissen, wer da war, aber mir fiel kein guter Grund ein, die Tür nicht zu öffnen. Ich versuchte, Zeit zu gewinnen.

*»Wen sie?«*

*»Sie!«*

»Mila?«

»Nein, *Sie*!«

Das war ziemlich albern. Ich machte auf. Mit geblähter Brust stand ich in der Tür, um zu sehen, wer die Treppe heraufkam. Im Notfall würde ich in zwei Zehntel-Sekunden die Tür zuschlagen, die Polizei rufen, über den Balkon in Bekims Wohnung flüchten und mich hinter einem Wandteppich in Luft auflösen. Ich wartete ziemlich lange. Schwerfällige Schritte und ein mühsamer Atem kämpften sich die Stufen hoch. Mein Puls beruhigte sich etwas. Schließlich schob sich eine Hand auf dem Geländer ins Blickfeld, die einen Mann mit grauen Haaren nach sich zog, dessen Hemd und Hosenträger ihn als den Uhrmacher auswiesen, mit dem sich Mila neulich gestritten hatte. Ich wunderte mich, daß ich seine Stimme nicht erkannt hatte.

Stehend kam er mir noch kleiner vor als sitzend. Er hatte gutmütige Augen und ein sehr schmales Gesicht, das irgendwie unterernährt aussah. Seine Haut war von gelblich-ungesunder Farbe. Er trug dasselbe Hemd oder hatte mehrere davon. Kurzatmig blieb er vor mir stehen.

Was wollen *Sie* denn hier?, wollte ich ihn schon fragen, als mir einfiel, daß er keine Ahnung davon haben konnte, daß ich ihn schon einmal gesehen hatte.

»...?«

»Sind Sie Rai?«

»Und wer sind Sie?«

Er hechelte und brauchte eine Pause. Ich bekam Mitleid.

»Ein Freund. Haben Sie keine Angst.«

Angst vor DIR?

»Ich habe keine Angst. Wollen Sie reinkommen?«

»Nein. Ich muß weiter. Ich habe keine Zeit.«

Halb acht Uhr morgens und schon keine Zeit mehr – was für ein Leben.

»Ein Schluck Wasser?«

»Nein, nein. Es geht schon … Hören Sie, ich habe eine Nachricht für Sie. Es ist sehr wichtig – vielleicht lebenswichtig … Haben Sie das verstanden?«

»Wichtig für wen?«

»Wichtig für Mila. Sehr wichtig.«

Er griff mit seiner knöchrigen Hand nach meinem Unterarm und sah mich eindringlich an.

»Hören Sie! Mila ist nicht in Berlin. Sie ist …« (er überlegte, wieviel er mir sagen sollte) »verreist … nach London …« Gestern, das wußte ich. »… Ich weiß nicht, ob sie es Ihnen gesagt hat.«

»Ich weiß, daß sie es nicht getan hat.«

»Sie sind sehr wichtig für Mila. Sie vertraut Ihnen.«

»Wenn sie mir vertraut, weshalb weiß ich dann von nichts?«

»Weil sie Sie da nicht mit hineinziehen möchte …«

»… Wo hinein?«

»Das ist jetzt nicht wichtig. Es ist besser, wenn Sie es nicht wissen, glauben Sie mir … Es kann sein, daß Mila sich bei Ihnen meldet. Wenn sie Sie anruft, dann müssen – hören Sie! Sie MÜSSEN – ihr sagen, daß sie in Gefahr ist und daß Wassily tot ist. Wassily ist tot. Haben Sie verstanden?«

Wer um alles in der Welt war Wassily? Und daß sich diese Geschichte jetzt auch noch mit Leichen anreicherte, fühlte sich gar nicht gut an. Langsam war ich nicht mehr so sicher, ob ich überhaupt noch wissen wollte, in was ich da hineingezogen worden war.

»Wer ist Wassily?«

Er winkte ab.

»Ist alles nicht wichtig. Sagen Sie ihr nur, Wassily ist tot. Werden Sie das tun?«

»Ja, natürlich«, sagte ich genervt. Ich kann es nicht leiden, wenn man mich wie ein Kind behandelt.

»Gut«, sagte er und ließ traurig den Kopf hängen, »dann habe ich alles getan, was in meiner Macht steht.«

Er drehte mir den Rücken zu.

»Warten Sie.«

Ich legte ihm von hinten eine Hand auf die Schulter, wie um ihn festzuhalten. Es war kaum Fleisch auf seinem Skelett.

»Wer ist Wassily?«

Er hob nur abwehrend die freie Hand.

»Wer sind Sie?«

Er steuerte auf die erste Stufe zu. Ich ging an ihm vorbei und versperrte den Weg.

»Sagen Sie mir wenigstens eins: Wer ist Putin?«

Seine Augen weiteten sich. Wieder schien es so, als überlegte er, wieviel ich wußte und was er mir erzählen durfte. Schließlich zuckte er mit den Schultern.

»Ein schlimmer Mensch, fürchte ich«, sagte er resigniert.

»Das ist mir zu wenig!«

Für jemanden, der in Eile war, nahm er sich ganz schön viel Zeit, fand ich. Schließlich setzte er an: »Er hat gesagt, er bringt sie wieder zusammen ... aber Wassily ist tot, sehen Sie?

Es kann nicht sein. Sie hat sich in seine Hände gelegt ... Sagen Sie ihr, Wassily ist tot. Sie wird wissen, was zu tun ist.«

Er schlich an mir vorbei und trottete die Stufen hinab aus meinem Blickfeld. Ich konnte nur noch seinen Atem und die leiser werdenden Schritte hören. Ich stand auf dem Treppenabsatz wie ein Depp – in Unterhose und T-Shirt. Und hätte dort den ganzen Vormittag verbracht, wenn nicht die Tür von Bekims Wohnung aufgeflogen und zwei von seinen Töchtern kichernd an mir vorbeigehuscht wären.

Es wurde alles immer beschissener. Mila war in Gefahr. Und jetzt? Sollte ich den ganzen Tag lang neben dem Telefon sitzen und Topflappen häkeln, in der Hoffnung, sie würde anrufen und ich könnte ihr sagen, daß Wassily tot war? Und wer war überhaupt Wassily? Der merkwürdige Anrufer vielleicht? Und was hatte er mit Putin zu tun?

Putin war der Schlüssel. Ein schlimmer Mensch, hatte der Alte gesagt. Nicht sehr hilfreich. Daß Putin nicht zu der Sorte gehörte, denen man gerne die kleine Schwester übers Wochenende in die Obhut gab, hatte ich auch schon mitbekommen.

Er hätte Wassily und Mila zusammenbringen sollen. Damit konnte ich schon mehr anfangen. War es das, was sie meinte, als sie sagte, Putin könne etwas für sie tun, was kein anderer tun könne? Wenn ja, dann saß sie ganz schön in der Scheiße, denn der olle Wassily war tot, und sie wußte offenbar nichts davon. Und allem Anschein nach war sie deshalb nach London geflogen. Um dort Wassily zu treffen – und Putin. Nur daß der keinen Wassily mehr im Gepäck haben konnte. Klang nicht gut, das sah sogar ich ein.

Nächste Frage: Wer war Wassily, und weshalb war es so wichtig für Mila, ihn zu treffen? Vielleicht hatte er etwas, das für Mila von großer Wichtigkeit war. So wichtig, daß sie bereit gewesen war, sich dafür von Major Haßobjekt Putin vergewaltigen zu lassen. Und so wichtig, daß es Wassily mit dem Leben bezahlen mußte. Ein Dokument, der Ehering von Katharina der Großen, zwei Umzugskartons mit KGB-Akten, die die Erringung der Weltherrschaft innerhalb der nächsten zwölf Monate skizzierten, 250 Millionen Dollar in Goldbarren …

Nicht sehr wahrscheinlich. Wenn Mila sich in Putins Hände gelegt hatte, wie es der Alte ausgedrückt hatte, dann könnte er ihr das Zeug auch gleich bringen.

Vielleicht war Wassily ihr Geliebter. Ihr Freund, ihr Mann, ihr Leben. Die Sehnsucht ihres gebrochenen Herzens, das Putin zu heilen versprochen hatte. Er war in den Weiten Rußlands verlorengegangen und streunte seit Jahren wie ein Hund durch die Tundra auf der Suche nach seiner geliebten Mila. Und Putin hatte ihn gefunden und ihr gesagt, er könne sie wieder vereinen. Romeo und Julia. Wie romantisch. Zum Kotzen. Und ich bildete mir irgend etwas ein, dabei war ich für sie vielleicht nicht mal ein Werkzeug, sondern eigentlich … völlig bedeutungslos.

Eifersucht, Rai, die reine Eifersucht.

Jaja, laß mich in Ruhe.

Ich legte eine alte LP von Otis Redding auf. Seitdem jeder Zweitklässler einen tragbaren CD-Player hatte, begann ich wieder Gefallen an den knisternden schwarzen Scheiben zu finden, denen man bei ihrer Arbeit noch zusehen konnte. So saß ich in meinem Sessel und schaute aus dem Fenster, bis sich ein Hungergefühl einstellte und die Information, daß kein Kaffee mehr da war, sich ins Bewußtsein zurückdrängte.

Im Supermarkt kam es mir so vor, als sei ich von Menschen umgeben, die sich alle gegenseitig haßten. Die sich selbst haßten und in den anderen frustrierten Gesichtern sich selbst wiedererkannten und deshalb auch diese haßten. Und wenn sie einen sahen, der nicht war wie sie, dann haßten sie ihn dafür. Was für ein trauriger Haufen. Und ich mittendrin.

Als ich mich wieder in mein Refugium geflüchtet und die Tür hinter mir zugezogen hatte, zeigte mir der Anrufbeantworter einen Anruf an. Ich starrte auf die blinkende Ziffer, und der Blitz der Erkenntnis traf mich wie ein Gehirnschlag – Mila. Ich brauchte ihn gar nicht abzuhören. Mit zwei Tüten in der Hand und dem Schlüssel im Mund stand ich einbetoniert im Flur, blickte wie hypnotisiert auf die rastlose Anzeige und wußte, daß Mila angerufen und ich sie verpaßt hatte. Wassily war tot, Mila war in Gefahr, und ich IDIOT hatte im entscheidenden Moment mit einem Haufen Zombies meinen Platz in der Kassenschlange ausgefochten.

Scheiße, Scheiße, Scheiße.

Ich ließ die Tüten fallen und schleuderte meine Jacke auf den Boden.

»Scheiße, Scheiße, SCHEISSE!«

Ich kniete mich vor den Anrufbeantworter und drückte den Play-Button.

Sie klang nicht, als sei sie in Gefahr, sondern eher gut gelaunt – fast euphorisch. Es sei alles in Ordnung, in ein paar Tagen käme sie zurück, dann würde sie sich melden. Es ginge ihr gut und »ich vermisse dich irgendwie. Wenn ich wieder da bin, müssen wir uns sofort sehen, okay?«

Das war's. Ich kauerte vor dem Anrufbeantworter wie ein Betender vor einer Reliquie. Das war's. Sie würde nicht noch mal anrufen. Meine Chance war vertan. Ich hatte verloren.

Ich verbrachte den Tag wie ein zum Tode Verurteilter in seiner Zelle, trottete vom Sessel in die Küche und wieder zurück, wälzte mich auf meinem Bett hin und her, nahm mir ein Buch, legte es weg, setzte mich ans Klavier, stand wieder auf, Fernseher an, Fernseher aus, Sessel, Küche, Bett …

Dann war es Nacht, und ich tastete mit den Augen jeden Quadratzentimeter der Zimmerdecke ab und hörte die Geräusche des Hauses, wie ich sie noch nie gehört hatte. Die entblößten Stimmen von zwei Betrunkenen im Hof, das Pärchen aus dem zweiten Stock, das sich, wie immer, stritt (heimlich nannte ich sie Husch und Knack), Türen, die geöffnet und geschlossen wurden, Fernseher. Ich roch den Geruch der noch frischen Farbe an den Wänden und des letzten Restes Kaffee, der sich in einer Ecke versteckt hielt, und irgendwann reichte mir der Schlaf seine gnädige Hand.

## 30

Mein erster Blick fiel auf Henriks Brief, der auf dem Tisch lag, irgendwie erwartungsvoll. Nachdem ich ihn das drittemal gelesen hatte, griff ich zum Telefon: »Helloo-o?«

Die Frau seines Lebens hatte einen Akzent, daß es einen schüttelte, aber er war nur halb so schlimm wie ihre Stimmlage. Ich fragte sie, ob Henrik zu sprechen sei.

»Whoo's the-ere?«

Ich sagte ihr, wer ich sei.

»Just a minute, pleeese.«

Ihre Stimme war wie ein Ballon, dem man die Luft ausquietscht. Am Satzende verselbständigte sie sich und verlor den Bodenkontakt.

»Rai, du rindsnilliger syphilitischer Eiernacken!«

Sein Kontingent war unerschöpflich.

»Was muß ich lesen? Du wirst seßhaft?«

»Tja, was soll ich dir sagen, wir werden heiraten.«

»Der Brief hätte einen schwarzen Rand verdient.«

»Hahahaha. Sag so was nich. Da wird mir ganz schwer ums Herz.«

»Was sagt denn deine Frau, wenn sie dich so reden hört?«

»Sie versteht kein Deutsch, nicht einen Brocken, hehe. Aber mal im Ernst, ich hab's mir nicht ausgesucht, ich liebe sie nun mal.«

»Ich bin richtig gerührt.«

»Ja, ich auch.«

Ich hatte das Gefühl, erklären zu müssen, weshalb ich anrief. Tatsächlich wußte ich es nicht so recht. Seit Jahren hatten wir nicht miteinander gesprochen, und der Umstand, daß er jetzt eine feste Adresse hatte, erforderte nicht zwingend ein sofortiges Telefonat.

Plötzlich sagte ich etwas, das mich selbst völlig überraschte.

»Ich würde euch gern besuchen.«

Es dauerte einen Moment, ehe er antwortete. Offensichtlich hatte ich nicht nur mich überrascht.

»Na sicher, jederzeit. Stimmt was nicht?«

Wenn er auch einen noch so grobschlächtigen Eindruck machte, unter seiner harten Schale war er richtig feinfühlig.

»Ach, mir fällt die Decke auf den Kopf«, sagte ich.

»Mmh. Von mir aus komm, wann du Lust hast, bist immer willkommen.«

»Gut, dann komm ich morgen. Das heißt ... wenn ich's mir recht überlege ... ich komme heute noch.«

»Muß ja ziemlich tief hängen, deine Decke.«

»Das ist nicht übertrieben.«

»Dein Bett wird gerichtet sein.«

›Ich würde euch gerne besuchen‹? Wie kam ich denn darauf? War es wirklich nur die tiefhängende Decke? Oder war es der plötzliche Anfall von Sentimentalität, der eine Gänsehaut auf meinen Unterarmen produziert hatte, als ich seine Stimme hörte? Von beidem etwas.

Vielleicht.

Wäre ich ehrlich gewesen, hätte ich mir eingestehen müssen, daß ich nicht auf die Idee gekommen wäre, Henrik und sein Quietscheentchen zu besuchen, wenn Mila nicht zwei Tage zuvor nach London geflogen wäre. Nicht daß ich allen Ernstes annehmen konnte, sie dort zu finden. Aber vielleicht hoffte ich, daß ihr nichts zustoßen würde, wenn ich nur nahe genug bei ihr war. So als könne ich durch meine bloße Nähe mögliches Unheil von ihr abwenden. Klingt abgedreht, ich weiß. Und wenn mir das damals auch schon klar gewesen wäre, hätte ich die Tasche gar nicht erst vom Schrank geholt. Aber ich wußte nichts von dem eigentlichen Grund, also warf ich wahllos einige Sachen in meine Sporttasche, legte vorsichtig den Pyjama zuoberst, deckte Isabellas Tasten ab und ließ leise die Tür hinter mir ins Schloß fallen. Meine Verpflichtungen konnte ich später noch absagen.

In der Bank ließ ich mir den Scheck der Hausverwaltung auszahlen, tauschte fünfhundert Mark in Pfund um und brauste Richtung Autobahn. Eigentlich kroch ich mehr im Schneckentempo am Ufer entlang, aber mein Fernweh ließ sich durch solch weltliche Nichtigkeiten wie einen Stau nicht vom Sockel stürzen.

War ich froh, die Stadtgrenze hinter mir zu lassen. Ich kurbelte trotz der Kälte das Fenster runter und forderte das Letzte von meinem alten Röhrenradio.

»… my my, hey hey … (schrummschrummschrummmmmm) Rock 'n' Roll is here to stay.« Es folgten lässige 25 Minuten Gitarrensolo mit dem Verzerrer am Anschlag. Was für ein Sender spielte bloß so herrlich alte Kamellen?

An einer Raststätte gabelte ich Maria auf. Sie hatte so kurze Haare, daß ich mich fragte, wie Haare überhaupt so kurz wachsen konnten, und die wahrscheinlich schärfste Warze, die ich je auf einer Nase gesehen habe. Zwei einsame schwarze Haare kräuselten sich daraus hervor und verloren sich in freier Wildbahn. Sie berichtete mir mit Eifer von einer just aus dem Himalaja zurückgekehrten Frau, die so etwas wie den schwarzen Gürtel in Meditation haben mußte und nach deren Theorie sich auf der Stirn des Menschen ein zehnter, unsichtbarer (wer hätte das gedacht) Körperausgang befand, durch welchen die Seele eines Menschen den Körper bei dessen Tod verlassen könne, natürlich nur, wenn man zu Lebzeiten ganz doll arg viel meditierte. Außerdem wußte sie zu berichten, daß, wenn man zum Beispiel viel Fleisch aß, man nicht nur den Tod eines Tieres erleiden, sondern auch nur als ein solches wiedergeboren werden könne.

Ich sah mich genügsam käuend auf einer saftigen Wiese stehen, die Fliegen auf meinem Rücken lässig mit dem Schwanz vertreibend, und dachte, daß man es schlechter treffen konnte. Hatte nicht schon Nietzsche geschrieben, daß der Mensch stets mit einem Auge neidisch nach dem Tiere schiele?

Nachdem ich sie abgesetzt hatte, fühlte ich mich ziemlich blümerant ob der neuen Horizonte, die sie mir zu eröffnen versucht hatte.

Auf der Fahrt durch Belgien gab sich langsam der Tag auf und tauschte seine Farben gegen graue Watte. Als ich in Dünkirchen am Hafen eintrudelte, war es Nacht. Die Fähre ging am nächsten Morgen. Ich stieg aus und streckte mich. Der Parkplatz war verwaist. Eine einsame Laterne funzelte vor sich hin – der einzige Leuchtturm für alle Fluginsekten im Umkreis von ich weiß nicht wieviel Kilometern.

Ich lehnte mich an das kalte Geländer, das den Parkplatz begrenzte, und starrte in die Dunkelheit, dorthin, wo das Meer sein mußte.

Nach einer Weile meinte ich, auf den Wellen Mila Gestalt annehmen zu sehen. Sie trug ein weißes Kleid, das sie umwehte wie ihr Haar, und bewegte sich barfüßig wie eine Schachfigur auf den Wellen hin und her, ohne mich zu bemerken.

»Ich werde von einem Geist verfolgt!« rief ich in das Rauschen hinein, um gleich danach über mich selbst zu lachen.

»Ich leg mich jetzt schlafen. Ciao, Desideri!«

Auf der ganzen Welt konnte es keinen besseren Platz geben, um in Einsamkeit seine Wunden zu lecken. Meilenweit Ödnis, garniert mit einem kalten Meeresrauschen. Die Fähre lag vertäut und düster, ein totes Ungetüm, das es nicht mehr an Land geschafft hatte, von der Evolution im Stich gelassen. Ich rollte meine Jacke zu einem Kissen zusammen und umwickelte meinen Hals mit dem Pyjamaoberteil.

* * *

Brighton erschien mir kulissenhaft, ausgehöhlt, wie ein Relikt vergangener Zeiten. Ich mochte das. Einst Wochenendenklave für wohlhabende Londoner, war es jetzt in Demut versunken. Die Piers im Winterschlaf, die Hotelfassaden nur mehr eine Ahnung früheren Wohlstands. Eine sterbende Schönheit, in graues Licht getaucht. Prima Platz für Suizidgefährdete.

»Rai, du stummelschwänziger, hühnerfickender Kameltreiber!«

Es würde nie enden.

»Henrik, die nächsten Tage werden nicht leicht für dich.«

»Mmh, dacht ich mir.«

Er hatte einen kleinen Bauch bekommen, der wie angeklebt wirkte, da alles andere dünn geblieben war.

»Ich sehe, du hast dich seßhaft gemacht«, sagte ich und streichelte zärtlich seinen Wams.

»Kein Wort, Unwürdiger.«

Entweder er hatte es schnell zu etwas gebracht, oder die Liebe seines Lebens war von der bessergestellten Art. Sie bewohnten eine luxuriöse Fünfzimmerwohnung mit Meerblick, und die Einrichtung machte den Eindruck, als funktioniere alles per Fernbedienung. Nach den Farben zu urteilen, die sich seine Angebetete für die Zimmer ausgesucht hatte – und es konnte keinen Zweifel darüber geben, daß *sie* dafür verantwortlich war, machte ich mich auf die Begegnung mit einer lebenden Haribo-Tüte gefaßt. Als er mir mein Zimmer zeigte, ging die Haustür.

»Das ist Nadine«, sagte er und wackelte aufgeregt durch den Flur.

Nach einer heftigen Begrüßung sagte er noch einmal: »Das ist Nadine.«

»Hell-oo, I'm Nadiieene.«

Ihre Stimme war noch schlimmer als am Telefon. Sie gab mir ihre Hand. Ich nahm sie in der Hoffnung, das würde Worte ersetzen. Sie sah aus wie eine Barbie-Puppe, nur weißer.

Henrik sagte, er müsse jetzt hurtig zur Arbeit, diese halbgaren, versoffenen Hosenscheißer bekämen sonst eine hormäßige Herzattacke. Und weg war er. Nadine erklärte mir, daß er im Radio eine Sendung moderiere. Ob ich nicht müde sei und mich ein bißchen hinlegen wolle. Ich hätte sie küssen können.

Als Henrik mich weckte, duftete es nach Essen. Nach dem Abendessen erwähnte ich, daß ich zwei Paletten Bier von der Fähre mitgebracht hatte. Sofort begann Henrik ›Ein Freund, ein guter Freund‹ zu intonieren, in das ich mit einstimmte. Bei ›... drum sei doch nicht betrübt ...‹ hatten wir einige Mühe, den Ton zu halten. Wir verfügten uns ans Klavier und improvisierten ›Mein kleiner grüner Kaktus‹ in vierhändiger Version.

»That was amajii-zing«, tat uns Nadine kund, nachdem wir geendigt hatten. Ich flitzte schnell runter und holte das Bier aus dem Auto. Sie merkte, daß wir einige Erinnerungen aufzufrischen hatten, und zog sich früh zurück. Ich mag es, wenn Frauen es nicht als Opfer betrachten, solche Rücksichten zu nehmen. Eins rauf für Nadiieeene.

Am Morgen wurde ich von einem hektischen Henrik unsanft aus den Träumen gerissen. Die Tür flog auf, und seine Stimme tönte: »Steh auf, du kleiner, hämorrhoidengeschwängerter Wackelpopo, wir müssen uns beeilen. Und zieh dir festes Schuhwerk an.«

Ein flüchtiger Kaffeeduft durchstöberte die Wohnung, das stimmte mich milde. Fünf Minuten später stand ich in der Küche.

»Good Mor-niiijjjnnng.«

Ich wünschte so sehr, sie würde ihre Stimmbänder mit etwas Weichspüler pflegen können. Ich war dabei, mich mit dem Kaffee anzufreunden, als Henrik den Kopf durch die Tür streckte: »Fertig?«

»Nei ...«

»... Gut, wir müssen los.«

Unterwegs klärte er mich auf. Einem Freund, der im Landesinneren eine Farm unterhielt, war über Nacht die Schafherde abhanden gekommen. Die lieben Tierchen hatten sich über das gesamte Umland verteilt. Nadine war zu Hause geblieben, Schafe mochte sie nicht, die rochen so unsauber.

»Wie findest du sie?«

»Nadine?«

»Nein, meine Oma. Natürlich Nadine, wen denn sonst?«

»Oh, ich hab sie ja kaum gesehen bis jetzt, aber ich glaube, sie ist … nett.«

»Ich finde sie unglaublich. Kann gar nicht genug von ihr kriegen, weißt du. Sie ist *die* Frau für mich, das spür ich. Eine Nacht von ihr getrennt, und ich bekomme Hautausschlag. Wenn ich weiß, daß sie da ist, und wenn sie nur im Nebenzimmer sitzt, dann bin ich schon glücklich.«

Ich dachte an Mila und daran, daß es sich so anfühlte, als sei alles richtig, wenn sie im Sessel kauerte und mir beim Klavierspielen zuhörte.

»Mmh.«

So ging das über eine Stunde, bis Henrik unvermittelt eine Vollbremsung machte. Die Farm war noch anderthalb Meilen entfernt, aber vor dem Kühler tummelten sich bereits die ersten Schafe. Sie nahmen uns unbeeindruckt zur Kenntnis. Ganz selbstverständlich standen sie auf der Straße und kauten vor sich hin, ohne eine Spur schlechten Gewissens.

»Ach du grüne Scheiße«, sagte Henrik, vorübergehend von seinem Schimpfwortverkettungszwang befreit.

»Wie viele Schafe hat er denn?« fragte ich zaghaft.

»Ungefähr vierhundert.«

Auf der Farm teilte Sam, der Besitzer, eifrig Leute ein. Sein Händedruck konnte einem Angeklagten das letzte Geständnis entreißen. Henrik und ich schwärmten mit vier weiteren Helfern in Richtung eines kleinen Sees aus, der sich nach gut zwei Meilen vor uns auftat und eine natürliche Fluchtgrenze für Sams Schafe bildete. Von dort sollten wir in Treibjagdmanier die Schafe wieder zurückscheuchen. Das Gelände war unwegsam und schlecht einzusehen. Ich glaubte nicht, daß die Methode funktionieren würde, ohne daß uns dabei die Hälfte der Tiere durch die Lappen ging, doch es klappte besser als erwartet. Wir stellten uns in einem Abstand von hundert bis hundertfünfzig Metern voneinander auf und machten ziemlichen Lärm. Sam hatte den Familienfundus geplündert und jedem etwas in die Hand gedrückt. Manche schlugen mit Topfdeckeln gegeneinander, andere hatten Trillerpfeifen. Ich war mit einer Kindertrompete aus zerbeultem Blech ausgestattet worden, auf der ich Fanfaren zu blasen versuchte.

Der Erfolg war beeindruckend, aus den verborgensten Winkeln kamen Schafe hervor und trotteten gemächlich heimwärts.

»Ich kann nicht glauben, wie blöd die sind«, rief ich Henrik zu.

»Mmmäähh, mmäähh«, machte er.

Auf halbem Weg den ersten Hang hinauf erspähte ich im Unterholz ein Schaf, das sich in eine manövrierunfähige Position geflüchtet hatte, nun plärrend im Gestrüpp feststeckte und fieberhaft nach einer Möglichkeit suchte, mir zu entkommen.

Langsam bewegte ich mich mit ausgebreiteten Armen darauf zu und überlegte, wer von uns beiden mehr Angst hatte. Auge in Auge mit dem Feind nahm das Schaf ein bedrohliches Aussehen an. In auswegloser Verzweiflung sprintete es schließlich los, und ich stürzte mich mit zugekniffenen Augen und Todesverachtung darauf, um als erstes zu bemerken, daß so ein Schaf zu zwei Dritteln aus Fell besteht. Weiches, staubiges Fell. Ich machte keine sehr glückliche Figur, vermutete ich. Glücklicherweise hörte es sofort auf zu strampeln. Ich hob es hoch und trug es auf die andere Seite des Gebüschs.

Plötzlich mußte ich an Mila denken. Wie sie ihr Engelslachen lachen würde, wenn sie mich so sähe, und wie ich sie dafür lieben würde. Ich stand wie versteinert da. Schließlich fing das Schaf an, ungeduldig zu werden, und ich setzte es vorsichtig ab und ließ es laufen.

Als wir zurückkamen, hatte sich bereits eine beträchtliche Anzahl Schafe eingefunden. Wir aßen Brot aus der Hand, mit Käse- und Wurststücken, dann schickte uns Sam in eine neue Richtung los.

Bei Einbruch der Dunkelheit traten wir den Rückweg an. Die letzte Wanderung hatte uns zwei Meilen durch Morast geführt. Auf der letzten Anhöhe wehte uns der Duft von gegrilltem Fleisch entgegen. Die Lichter der Farm boten den einzigen Orientierungspunkt.

Alle anderen waren schon eingetroffen. Ein prickelndes Kaminfeuer erwartete uns. Wir zogen Schuhe und Strümpfe aus und stellten sie vors Feuer. Der Raum hatte die Ausmaße eines Rittersaals und war mit einer Unzahl von Sitzmöbeln versehen. Generationen hatten ihre Sessel hier abgestellt, so war der Vorrat nach und nach auf ein unsinniges Maß angewachsen. Heute allerdings wurden alle Sitzgelegenheiten genutzt. Etwa dreißig Männer saßen im Raum verteilt, den ein einschläferndes Gemurmel erfüllte.

»Good to see you again«, sagte Sam.

Ich lächelte nur erschöpft.

Auf einem Sofa nahe des Kamins rückte man für uns zusammen. Henrik und ich ließen uns simultan in die Kissen fallen. Es fühlte sich an, als würde ich nie wieder aufstehen. Eine Frau, von der ich annahm, daß sie zu Sam gehörte, kam von irgendwoher und drückte mir ein Bier und einen Teller Fleisch in die Hand. Nach einer halben Flasche spürte ich den Alkohol zäh in meinen Adern, er preßte meinen bleiernen Körper tiefer und tiefer in den Sitz.

Wieder kam mir Mila in den Sinn. Zum zigsten Male versuchte ich mir zu erklären, weshalb sie in Gefahr sein konnte. Fehlanzeige. Der Gedanke lief wie auf einer Warteschleife durch meinen Kopf. Eine Zeitlang zockelte er durch die entlegensten Regionen meines Gehirns, bis er unangemeldet wieder mein Bewußtsein befiel.

›Es ist sehr wichtig‹, hatte der Uhrmacher gesagt. ›Vielleicht lebenswichtig.‹ Wieso hing Milas Leben von der Information ab, daß Wassily tot war? Unmöglich, da einen Sinn zusammenzubasteln. Ein beklemmendes Gefühl griff mir von hinten um den Körper und schnürte mich ein wie ein Korsett.

Bis auf eine Handvoll waren alle Schafe eingefangen worden, hörte ich jemanden sagen, dann bewegte ich nur noch meine Zehen im Widerschein des Feuers und ließ das Bier meine Kehle hinuntergleiten.

* * *

Am nächsten Abend saßen wir schon wieder im Auto. Ein Typ von der Rundfunkanstalt in London, für die Henrik arbeitete – durch eine Kultsendung zur landesweiten Berühmtheit geworden –, feierte seinen ersten Hochzeitstag mit handverlesenen Gästen. Er hatte Einladungen verschickt, die Humor vortäuschen sollten: Auf der Vorderseite ein Schwarzweißbild von zwei Neunzigjährigen, die sich ganz verliebt anschmachteten, auf der Innenseite der Klappkarte ein Limerick, der besagen sollte: ›Jetzt sind wir schon ein ganzes Jahr verheiratet und lieben uns trotzdem immer noch.‹ Echt lustig. Nadine fand die Einladung anbetungswürdig.

Henrik teilte mir mit, daß er und ich dorthin fahren würden, Nadine hätte darauf bestanden.

»Kommt nicht in Frage«, sagte ich, »die Einladung ist für euch.«

»Du kannst ja versuchen, sie umzustimmen.«

Es klang so, als hätte er mich aufgefordert, den Mount Everest mit bloßen Händen abzutragen. »Außerdem – sie steht nicht auf Partys. Ich glaube, sie ist ganz froh, wenn wir ohne sie fahren. Im Ernst, du tust ihr einen Gefallen.«

»Wenn du meinst«, sagte ich schließlich, während ich die Einladung in meinen Händen drehte.

»Das wird super, du wirst sehen! Nadine und ich haben ein kleines Apartment in der Nähe des Senders – fürs Wochenende, wenn wir mal Kultur wollen oder ich lange arbeiten muß. Da können wir schlafen.«

Die Fahrt lief nach demselben Schema ab wie am Vortag, abgesehen von den Schafen. Nadine, Nadine, Nadine. Mir kam der Gedanke, sie könne darauf bestanden haben, daß wir beide dorthin fuhren, um mal einen Tag Luft holen zu können. Soviel Verehrung erträgt niemand auf Dauer.

Die Party war einigermaßen entsetzlich. Vor allem war es keine Party, sondern eher eine Modenschau. In einem üppig dekorierten Loft in Hafennähe hatte sich eine Sammlung unglaublich erfolgreicher Twens zu einem Sit-in zusammengerottet und lauschte versonnen Mozarts ›Kleiner Nachtmusik‹. Nicht auszuhalten. Daß es wirklich noch Menschen gab, die dieses Gedudel ertragen konnten, ohne davon Brechreiz zu bekommen …

Henrik und ich waren das einzige Nicht-Pärchen und wurden sofort als Quotenschwule identifiziert. Bei jedem neu eintreffenden Paar grüßten sich die Männer mit einem ritterlichen »Hello!«, während die Frauen sich ein halbes dutzendmal auf die Wangen küßten, mit Mündern, die spitz genug waren, um Wäsche daran aufzuhängen. Auch uns nahm der Gastgeber mit seinem »Hello, boys!« in den Orden auf, und seine Frau stach zur Begrüßung mit ihren alarmroten Lippen Löcher in die Luft. Bei der Wahl der Garderobe pflegte man den klassischen englischen Stil. Christopher, der alte Möchtegern-Yuppie, hätte sich vor lauter Aufregung die Beine runtergepinkelt. Ich sah Henrik mit einem Was-kennst-du-denn-für-Menschen-Blick an, worauf er entschuldigend die Schultern hochzog. Das hatte er offensichtlich auch nicht erwartet.

Man hatte sich in artigen Grüppchen über den großzügig bemessenen Raum verteilt, die Frauen sitzend, mit den Händen ihre Knie zusammenhaltend, die Männer jovial in der Gegend herumstehend, die freie Hand in die Hüfte gestemmt, das Jackett lässig beiseite geschoben.

Jeder zweite Satz begann mit einem falsettierten »Really?« oder einem »Oooh!«, das in einem Kußmund auslief.

Man zeigte sich bemüht, das vermeintliche Schwulenpärchen in die Konversation einzubinden, schließlich war man ja ach so tolerant. Eine Frau mit einem Sack voll pinkfarbener Haarklammern in ihrer Frisur und einem unbeugsamen Kommunikationswillen war fest entschlossen, nett zu mir zu sein: »Berlin! Really? Oooh! So tell me, where you there when the wall came down?«

So wie sie davon sprach, mußte man annehmen, es sei ein Naturereignis gewesen, wie der Ausbruch des Pinatubo oder eine Mondfinsternis. Ich versuchte, wie eine Mischung aus Siegfried und Roy auszusehen, machte mit der linken Hand eine wegwerfende Bewegung und sagte: »You bet, babe.«

Sie war entzückt.

Junge Frauen mit weißen Schürzchen trabten artig hin und

her und boten auf silbernen Tabletts Getränke und Häppchen an. Es dauerte nicht lange, und ich war betrunken. Und zwar nicht auf diese Wir-waren-auf-einer-Party-und-haben-was-getrunken-, sondern eher auf die Hoppla-wenn-ich-noch-einen-trinke-muß-ich-kotzen-Art. Der klassische englische Stil und die dazugehörige Konversation hatten mich derart überfordert, daß ich nach kurzer Zeit kapitulierte und konsequent im Alkohol Zuflucht nahm. Das ging solange gut, bis ich achtlos ein schlankes Glas von einem vorbeiziehenden Silbertablett fischte und einen großen Schluck nahm. Danach stürzte ich vor Überraschung von der Sofakante.

»Henrik«, rief ich auf dem Boden sitzend, »wir gehen. Sofort!« Er löste sich aus einem Gespräch und kam ungeschickt angetrottet. Seine Miene drückte Besorgnis aus.

»Was ist denn mit dir los?«

»Weißt du, was das ist?« Ich hielt ihm das halbleere Glas entgegen, das ich unglaublicherweise bei meinem Sturz nicht verschüttet hatte.

Er zog die Schultern hoch: »Keine Ahnung.«

»Ramazzotti! Das ist Ramazzotti! Das Zeug verfolgt mich. Hier bleibe ich keine Sekunde länger!«

Auf der Straße schlug uns eisige Kälte entgegen. Henrik stellte den Kragen seiner Jacke auf, meine hatte keinen.

»Ist das derselbe Nebel wie bei Edgar Wallace?« fragte ich.

»Genau der.«

Ich griff in die Dunkelheit und verlor meine Hand aus den Augen. Ein paar Stunden vorher konnte man noch bis zum Hafen runter sehen, jetzt war es wie in einem Dampfbad.

»Omnipräsent«, stellte ich fest. »Der hat echt was drauf, der Nebel. Wo müssen wir lang? Ich hab die Orientierung verloren.«

»Laß uns in *die* Richtung gehen, ich glaub, da kommt eine Ampel.«

Die Straßen waren ausgestorben. Wir mußten Händchen halten, um uns nicht aus den Augen zu verlieren. Eins von den anderen Pärchen kam giggelnd an uns vorbei, wir stießen fast zusammen. Wie aus dem Off hörte ich sie zu ihrem Begleiter sagen: »Seee! I told you they were queer.«

An einer Kreuzung warteten wir auf ein Taxi.

»Wie spät ist es?«

»Sehr spät.«

Aus dem Nebel schoben sich die leuchtenden Augen eines Autos an die Ampel. Kein Taxi.

Lange Zeit passierte gar nichts, außer daß meine Füße abstarben. Ich stand wie auf Stelzen. Dann kam es mir plötzlich so vor, als sei dieses Gefühl eine Erinnerung, als hätte ich diesen Moment und dieses Gefühl schon einmal erlebt, und jetzt streckte es aus dem Moor der Vergangenheit seine Hand nach mir aus und packte mich an der Fessel. Ich bekam am ganzen Körper Gänsehaut.

Das war alles schon einmal da, dachte ich, das hast du alles schon einmal erlebt.

»Henrik?«

»Mmh?«

»Hast du Zigaretten dabei?«

»No.«

Als nächstes fuhr eine große schwarze Limousine heran. Das heißt, zuerst hörten wir ihr Motorengeräusch. Es war ehrfurchtgebietend. Sie schlich sich an die Ampel heran und kam zum Stehen. Das Gesicht der Fahrerin war von einem Vorhang glatter brauner Haare verdeckt, der langsam zur Seite wich und den Blick auf das Gesicht freigab.

Ich kniff die Augen zusammen: »Mila?«

Mich selbst zu hören, wie ich ihren Namen aussprach, fühlte sich an, als würde mir jemand meine Eingeweide durch den Bauchnabel ziehen. Ich ging zwei Schritte auf den Wagen zu.

»Mila?«

Der Vorhang brauner Haare hatte sich wieder vor das Gesicht geschoben. Ich legte meine Hände auf die Motorhaube, als könne ich so den Wagen festhalten, und blickte durch die Scheibe in ein Gesicht, so starr, daß es keiner Regung fähig schien, dann duckte sich der Wagen und glitt unter meinen Händen hindurch.

»Mila!«

Ich rannte hinter dem Wagen her über die Kreuzung.

»MILA! Was soll das?! MILA!! MILA, WER BIST DU?«

Die roten Lichter verloschen im Nebel wie Kerzen. Ich rannte immer noch.

»MILA! MILAA!!!«

Meine Rufe wurden vom Nebel verschluckt.

Dann fiel mir plötzlich der Uhrmacher ein: »MILA! DU BIST IN GEFAHR!! WASSILY IST TOT!! MIILAA!!!«

Das Ganze dauerte nicht mehr als eine Minute.

Eine Minute Ewigkeit.

Ich stand auf der Straße wie ein Gekreuzigter.

Und fing an zu weinen.

Später hörte ich eine Stimme.

»Rai? Rai, wo zum Teufel bist du?«

»Hier.«

»Sehr witzig. Wo ist ›hier‹? Ich kann dich nicht sehen.«

»Hier auf der Straße.«

»Bist du bescheuert? Komm da runter, oder willst du vom nächsten Auto überfahren werden?«

»Ja.«

»Ja, was?«

»Ja, ich komme runter.«

»Heulst du etwa?«

Tränen bei Männern waren für Henrik ein Zeichen von Charakterschwäche. Er klang leicht angeekelt.

»Ja.«

Ich fühlte mich wie der Ritter Reinhold aus meiner Kindheit – vom Schicksal gedemütigt und verspottet. Nur viel schlimmer. Hier gab es niemanden, dem ich deshalb die Nase hätte blutig schlagen können.

»Kannst du mir verraten, was da eben in dich gefahren ist?«

»Das wüßte ich auch gerne ... Ich glaube, ich habe Halluzinationen.«

Ich schaute in die Richtung, in die der Wagen entschwunden war. Ein schwarzes Loch. Kein Oben, kein Unten, kein Vorne, kein Hinten, Rechts oder Links.

»Sie hat sich in nichts aufgelöst«, murmelte ich.

## 31

Ich blieb noch zwei Tage. So lange brauchte ich, bis mir klar wurde, daß kein Ort der Welt mich von meinen Sorgen befreien, keine noch so abenteuerliche Reise Mila aus meinen Gedanken vertreiben konnte.

Die Nachmittage verbrachte ich damit, am Strand dem Rasseln der Steine zuzuhören, die mit jeder neuen Welle tausendfach gegeneinanderstießen. Punkt drei Uhr fand sich an beiden Tagen ein junges Pärchen in Neoprenanzügen ein und stürzte sich in die eisigen Fluten. Sich den Arsch abzufrieren schien für sie das Größte zu sein. Nie brachten sie etwas mit oder ließen etwas draußen. Sie setzten sich einfach ihre Taucherbrillen ins Gesicht, stopften die Füße in Flossen und watschelten begeistert ins starre Wasser. Zehn Minuten später krabbelten sie wieder an Land und umarmten sich überschwenglich, dann zogen sie ab.

Manchmal nahm ich einen Stein und warf ihn so weit ich konnte oder ließ ihn übers Wasser springen, aber meist hielt ich nur die Hände in den Taschen. Die Piers zogen mich besonders an. Ihr Glanz war von ebenso kurzer Dauer wie das Glück, das die Spielautomaten in den Arkaden versprachen, die sich wie Kultstätten auf ihnen emporreckten. Ein Pier, dessen glitzerndes Lebenslicht bereits erloschen war, verweste langsam im Wasser – das mochte ich am liebsten. Der Zugang war abgerissen worden, und so stand es nun abgenabelt und focht einen letzten aussichtslosen Kampf gegen die geduldige Brandung. Und zu meinen Füßen das endlose Rasseln der Steine.

Milas Gespenst war allgegenwärtig. Es teilte nachts mit mir das Bett, ging mit mir einkaufen und begleitete mich auf meinen täglichen Wanderungen am Strand. Ich vermißte ihr ungezwungenes Lächeln, die Art, wie sie mich in glücklichen Momenten ansah. Ich vermißte die Selbstverständlichkeit ihrer Anwesenheit, wenn sie in meinem Sessel kauerte, die dankbare Entspannung ihres Körpers, wenn ich ihr vorlas.

Manchmal kam das Gefühl ganz plötzlich, wenn ich einen Stein ins Wasser warf oder beim Waschen in den Spiegel sah. Dann schnürte sich mir vor Schreck die Brust zusammen, und ich mußte mich auf dem Rand des Waschbeckens abstützen wie ein alter Mann. In solchen Momenten konnte ich an nichts anderes denken, nicht mal daran, daß mir gerade die Zahnbürste im Mund steckte.

# 32

Ich saß über meinen Kaffee gebeugt und ließ die Tasse in meinen Fingern kreisen.

Seit zwei Tagen war ich wieder da. Von Mila keine Spur. Auf dem Anrufbeantworter eine Ansammlung von Nichtigkeiten. Viermal Tom, der mir exorbitante Partys ans Herz legte, um dann am nächsten Tag Entwarnung zu geben. ›War doch nicht so toll, sei froh, daß du nicht dabei warst.‹ Viermal kein ›Wie geht's‹, kein ›Warum rufst du nicht zurück‹, kein ›Was ist los‹. Vier unbeantwortete Anrufe. Daß ich nicht zurückrief, interessierte ihn kein Stück. Ignorant. Zweimal Camie, meine Tante, Herr Geyer, der sich sorgenvoll erkundigte, wann mit meiner Rückkehr zu rechnen sei. Er war schwer nervös, seine Töchter könnten in einer Woche alles verlernt haben. Eva, der ich vergessen hatte abzusagen. Mein imaginärer Filofax war das reinste Sieb. Die Hausverwaltung und noch irgendein Versicherungsfritze, den ich sofort wieder vergaß.

Keine Mila.

Und jetzt? Ja, Rai, WAS JETZT?

Bekim hatte mir erzählt, daß kurz nach meiner Abfahrt zwei Männer dagewesen seien und nach mir gefragt hätten.

»Zwei?«

»Zwei.«

»Haben die mit Akzent gesprochen?«

»Russen.«

»Woher weißt du …?«

»Ich weiß.«

Das konnte nur Putin gewesen sein. Und der andere war ein

Hundefreund, jede Wette. Vielleicht war nicht nur Mila in Gefahr. Wassily tot, Mila in Gefahr und ich ahnungslos. Klasse Kombination.

Ich beschloß, nach dem letzten Strohhalm zu greifen, der sich mir bot. Wenn mir jemand sagen konnte, was das alles zu bedeuten hatte, dann der Uhrmacher.

Ich befürchtete, es könne schwierig werden, die kleine Werkstatt wiederzufinden. Im Prenzlauer Berg kannte ich mich genauso gut aus wie in Britz, Bukow, Rudow und Wanne-Eickel. Aber ich täuschte mich. Ich fuhr einige Male im Karree, bis ich vor einem Eckhaus drei Polizeifahrzeuge stehen sah. Da ist es, dachte ich. Ich wunderte mich nicht einmal richtig darüber, vor der Werkstatt auf ein Polizeiaufgebot zu treffen. Mit meinem Amazon kam ich mir vor wie Inspector Columbo. Ich parkte in zweiter Reihe. Die Eingangstür zur Werkstatt war verschlossen, vor dem Hauseingang waren zwei Polizisten wie Legionäre bei Asterix und Obelix vor einem Römerzelt postiert. Was ist euer Begehr – ich will rein – gut. Die beiden kamen mir bekannt vor, aber ich konnte mich irren. In Uniform sehen sie sich doch sehr ähnlich, und einen Schnauzer hat fast jeder.

»Entschuldigung«, sagte einer der beiden, »aber wir können Sie jetzt nicht reinlassen.«

Ich schielte an ihm vorbei auf das Klingelbrett.

»Ich wohne aber hier«, protestierte ich. »Hier«, ich zeigte auf das Klingelschild, »Kampmann, dritter Stock.«

»In Ordnung.«

Im Hausflur herrschte rege Betriebsamkeit. Der Seiteneingang zur Werkstatt stand offen, Leute gingen ein und aus, und weil niemand davorstand, tat ich es ihnen nach.

Es roch süßlich – nach Tod. Ich kannte den Geruch. Tom hatte mal in der Pathologie gejobbt. Alle Desinfektionsmittel der Welt konnten diesen Geruch nicht vollständig tilgen. Es zog mir die Lungenflügel zusammen, der Gestank legte sich auf die Haut wie fettige Creme.

Von innen war die Werkstatt noch kleiner als von außen. Ein kleiner Raum, mit einem noch kleineren hintendran, in dem der Arbeitstisch stand. Dort hatten sich Mila und der Uhrmacher gestritten. Der Platz, an dem Mila auf und ab gegangen war, war nicht größer als der für einen Löwen im Käfig.

»Was …?«, stotterte ich.

Ein uniformierter Beamter, der nutzlos in der Gegend rumstand, deutete auf einen großen, grauen Plastiksack mit einem Reißverschluß.

»Der Uhrmacher.«

»Ist er tot?«

»Sonst hätten wir ihn wohl kaum eingetütet.«

»Aufgesetzter Kopfschuß«, sagte ein zweiter, der mir entgangen war, weil er in der Ecke stand wie eine Uhr. Er formte mit Daumen und Zeigefinger eine Pistole und ließ mit dem Daumen den Hahn fallen.

»Und wenn ihr hier jeden reinspazieren laßt«, sagte eine durchdringende Stimme hinter mir, »brauchen wir mit der Spurensicherung gar nicht weiterzumachen.«

Ein Mann in einem grauen Anzug, der hier offensichtlich das Sagen hatte, kam im Stechschritt in die Werkstatt. Seine Haare waren zurückgegelt und klebten am Kopf wie eine Orangenschale an einer Orange. Ich schätzte ihn auf Mitte Zwanzig. Der Shooting-Star des Aufklärerordens. Seine Schritte schienen Worte zu buchstabieren. E – R – F – O – L – G! Er war mir auf Anhieb unsympathisch.

»Wie kommen Sie hier rein?« fragte er in inquisitorischem Tonfall.

»Durch die Tür.«

»Wer sind Sie?«

Er sah sich um, während er die Frage stellte, deshalb tat ich so, als fühlte ich mich nicht sofort angesprochen.

»Ich?«

»Ja, sie. Wer sonst? Kannten Sie den Toten? Weshalb sind Sie hier? Bitte nichts anfassen. Also?«

»Ich … nein. Es ist nur …«

»Ja?«

»Ich hatte ihm eine Uhr zur Reparatur vorbeigebracht.«

»Haben *Sie* uns verständigt?«

»Nein.«

»Mmh. Wissen Sie sonst etwas über ihn? Haben Sie ihn gekannt?«

»Nein … Wann ist es … passiert?«

»Weshalb interessiert Sie das, wenn Sie ihn nicht kannten?«

»Ich … mochte ihn irgendwie«, sagte ich zögerlich.

»Sie kannten ihn nicht, aber Sie mochten ihn?«

Seine penetrante Fragerei machte mich aggressiv. Mila war nach London geflogen und verschwunden, und der einzige Mensch, der Licht in das Dunkel meiner Hilflosigkeit hätte bringen können, lag erschossen keine drei Meter von mir entfernt in einem Plastiksack.

Ich erinnerte mich daran, wie ich ihn durch das Fenster zum Hinterhof auf seinem Stuhl hatte sitzen sehen. In dieser traurigen Haltung, mit dem schütteren weißen Haar.

Unter seinem Schemel hinter dem Arbeitstisch war ein großer brauner Fleck auf dem ausgetretenen Holzfußboden – geronnenes Blut. Er mußte auf seinem Stuhl sitzend gestorben und dann kurioserweise nicht heruntergefallen sein.

Mir kam die Idee, er könne Milas Vater sein. Mila konnte mir einen Bären aufgebunden haben mit der Geschichte vom Seemann. Hier paßte nichts zusammen, weshalb sollte ausgerechnet das stimmen? So wie sich die beiden gestritten hatten, mußten sie sich sehr nahestehen – nahegestanden haben. Auf der anderen Seite – weshalb hätte sie ausgerechnet ihren Vater verleugnen sollen? Das machte auch keinen Sinn.

Mila.

Mila.

Mila, wo bist du?

Ich konnte den Geruch nicht länger ertragen.

»Wo wollen Sie hin?«

»Nach Hause.«

»Was ist mit Ihrer Uhr?«

»…?«

Er machte eine ausladende Geste: »Ihre Uhr! Ich denke, Sie hatten ihm eine Uhr vorbeigebracht.«

Scheiße.

»Und ich denke, ich darf hier nichts anfassen.«

»Richtig. Kommen Sie morgen wieder. Fünfzehn Uhr.«

Von der Stechschritt-Gelhaube abgesehen schienen alle anderen im Angesicht des Todes merkwürdig ausgelassener Stimmung zu sein. Es lag fast so etwas wie Fröhlichkeit in der Luft. Mir war klar, daß man von Menschen, für die der Tod anderer das tägliche Brot bedeutete, keine Betroffenheit oder Pietät erwarten konnte, aber daß die Anwesenheit eines Toten gute Stimmung verbreitete, war mir neu.

»Gibt es noch Menschen, denen Sie ohne Argwohn begegnen?« fragte ich ihn.

Er zog eine Augenbraue etwas in die Höhe. Nicht zuviel. Er beantwortete keine Fragen, er stellte sie.

»Wenn Sie sicher sind, daß Sie uns nichts mehr zu sagen haben, können Sie jetzt gehen. Sie!« – er gestikulierte in Richtung der Standuhr – »nehmen Sie die Personalien dieses Herrn auf.«

Wir gingen in den Hausflur. Der Beamte setzte sich umständlich auf die Treppe, zog einen Notizblock hervor und legte ihn auf seine zusammengepreßten Knie.

»Kann losgehen«, sagte er.

Während ich meine Personalien angab, fragte ich so beiläufig wie möglich: »Wann ist es passiert?«

»Der Mediziner meint vor ungefähr 'ner Woche. So wie der gestunken hat, hätte ich gedacht zwei.«

Eine Woche.

Eine Woche tot auf seinem Stuhl.

Vor der Tür lauerten zwei Typen von der Presse, um den armen Uhrmacher für die Tagespresse wieder zum Leben zu erwecken. Schräg gegenüber war der kleine Laden, aus dem ich Mila hatte kommen sehen, bevor sie nach London geflogen und dort im Nebel verschwunden war. Ich ging mir Zigaretten holen.

Beim Überqueren der Straße konnte ich eine kleine Frau mit sehr roten Lippen und aufgetürmten grauen Haaren sehen, die durch die Ladentür hindurch das Treiben vor der Werkstatt verfolgte. Es war einer von diesen Läden, die auf zwanzig Quadratmetern alles bereit halten, was der Mann von nebenan zum Leben braucht: Zigaretten, Schnaps, Süßigkeiten, Lottoscheine und Schweinezeitungen. Aber auch ein paar ausgefallene Sachen.

Ihre Theke war verglast, so daß man von oben hineinsehen konnte. Dort bewahrte sie ihre Kleinode auf. Die Schubladen waren, wie die Auslage des Uhrmachers, mit schwarzem Samt ausgeschlagen. Mir wurde klar, daß diese Theke ihr Refugium sein mußte, ihre Illusion von einem besseren Leben, die sie davon abhielt, von der grauen Wirklichkeit billigen Fusels und mehr als aufdringlicher Zeitungen erschlagen zu werden.

In der einen Schublade lagen verzierte Silberfeuerzeuge und edle Kugelschreiber, die in diesem Laden niemals jemand kaufen würde, in der anderen befanden sich Mozartkugeln, Trüffelpralinen und … eine Packung DESIDERI.

Sie bemerkte meine Verwunderung und folgte meinem festgenagelten Blick.

»*Kennen* Sie die?« fragte sie. »Das sind ganz besondere Pralinen.«

Ich starrte sie an wie jemand, der zum ersten Mal sieht, daß Milch tatsächlich aus dem Euter einer Kuh kommt. Schließlich sagte ich: »Eine Freundin hat sie mir mal geschenkt.«

Sie musterte mich eindringlich und nahm sich Zeit mit dem Wechselgeld. Als sie es mir schließlich in die Schale legte, hielt sie es einen Moment unter ihrer Hand gefangen.

»Kannten Sie ihn?«

Sie mußte mich durch die Tür beobachtet haben.

Ich überlegte einen Moment.

»Kann ich nicht sagen.«

Auf der Straße steckte ich mir eine Zigarette an, ging zur Werkstatt zurück und schaute mir die Auslage an. Auf dem Samt, dessen Schwärze lange verblichen war, lagen zwölf Uhren verteilt, alle sehr alt. Zwölf Uhren, das war alles. Aus dem Augenwinkel sah ich, wie sie ihn heraustrugen. An der Glut meiner Zigarette steckte ich mir eine neue an, der Geschmack seiner Werkstatt lag mir noch immer auf der Zunge.

»Entschuldigen Sie, bitte.«

Ich war so vertieft, daß ich nichts bemerkt hatte. Neben mir stand die Dame aus dem Zeitungsladen. Wenn man ihr die Schuhe wegnahm und die Haare plattdrückte, war sie höchstens eins fünfzig. Das größte an ihr war die Brille.

»Ja?«

»Ich habe eine Frage, die ihnen lächerlich vorkommen könnte.« Sie sprach sehr langsam.

»Prima.«

»Sind Sie ... entschuldigen Sie ... sind Sie Rai?

Ich hätte beinahe die Zigarette fallen lassen.

Wundervoll.

Großartig.

Hier schien jeder alles zu wissen. Nur ich wußte von nichts auch nur das kleinste bißchen.

»Wer sind Sie?«

»Eine Vertraute. Und jetzt sagen Sie mir bitte, sind Sie Rai?«

Eine Vertraute? Eine Vertraute von wem?

»Bin ich. Und jetzt?«

»Kommen Sie mit. Ich glaube, es ist besser, wenn man uns nicht zusammen sieht.«

»Warum?«

»Sehen Sie, ich war es, die die Polizei gerufen hat.«

»...?«

»Kommen Sie, ich werde versuchen, es Ihnen zu erklären.«

Wir gingen in ihren Laden zurück, den sie abschloß und in dessen Tür sie ein Schild mit der Aufschrift ›Bin gleich zurück‹ hängte. Dann führte sie mich in ein Hinterzimmer, das aus einer Siebziger-Jahre-Couch, zwei Stühlen, Stehlampe, Tisch, Fernseher und Kaffeemaschine bestand. Es war nicht größer als die Werkstatt des Uhrmachers.

»Setzen Sie sich, ich mache uns Kaffee.«

# 33

»Es war nicht schwer, Sie zu erkennen. Sie sehen genauso aus, wie Mila Sie beschrieben hat.«

»Ja?«

»Ja. Sie hat gesagt, Sie gehen aufrecht. ›Wie ein Mensch, nicht wie ein Affe‹, hat sie gesagt, und daß Ihre Hände verraten, daß Sie Klavier spielen … Und daß Sie ein großes Herz haben.«

Ich betrachtete meine Hände. Mir verrieten sie nicht mehr, als daß ich zu selten an die Sonne ging.

»Wow.«

»Und als sie dann die Pralinen …«

»…«

»Mila hat großes Vertrauen zu Ihnen.«

Hier quatschten alle denselben Scheiß.

»Das Gefühl habe ich nicht.«

»Möchten Sie Milch oder Zucker?«

Ich schüttelte den Kopf.

»Danke … Woher kennen Sie Mila?«

Die alte Dame starrte ungefähr neunzig Sekunden lang Löcher in die Wand – ich trank derweil den stärksten Kaffee meines Lebens und versuchte so zu tun, als sei ich nicht da. Als ich schon fürchtete, sie würde überhaupt nichts mehr sagen, und mir überlegte, was ich jetzt tun sollte, fing sie schließlich zu erzählen an:

Mila sei vor inzwischen acht Jahren, damals noch ein halbes Kind, aus Petersburg gekommen und habe bis vor zwei Jahren bei Sergej gewohnt, dem Uhrmacher. Der sei ein Freund von

Milas Vater aus Kindertagen. Ihre Mutter starb im Wochenbett. Sie war deutscher Abstammung. Von ihr hatte sie den Mädchennamen angenommen – Weber.

Sergej kaufte seit zwanzig Jahren bei der alten Dame Zeitung und Zigaretten. Letzte Woche kam er plötzlich nicht mehr. Wäre er weggefahren, hätte er vorher Bescheid gesagt. Das machte er immer. Sie goß dann seine Blumen und nahm Ada, seine Katze, zu sich. Nach ein paar Tagen ging sie bei ihm vorbei – seine Wohnung lag direkt über der Werkstatt –, aber er machte nicht auf. In der Geschäftstür hing das Schild ›Geschlossen‹, und durch die Fenster war nichts zu sehen. Als er auch heute nicht kam, habe sie gewußt, daß etwas nicht in Ordnung sein konnte. Sie versuchte es noch einmal, und als sie Ada an der Tür kratzen und jammern hörte, rief sie die Polizei an – anonym.

»Er wurde erschossen«, sagte ich.

»Ich weiß«, sagte sie traurig. »Die Nachbarin hat es mir erzählt.«

Sie überlegte einen Moment.

»Wenn Wassily davon erfährt, wird ihn das sehr traurig machen«, sagte sie mehr zu sich selbst.

Der schon wieder.

»Wer ist Wassily?«

Sie war überrascht.

»Hat Ihnen Mila das nicht gesagt? Nun, mein lieber Freund, Wassily ist Milas Vater. Ich habe ihn nie kennengelernt, aber Mila hat mir viel von ihm erzählt. Er muß ein wundervoller Mensch sein. Sie liebt ihn sehr.«

Ihr Vater! Wassily war ihr Vater! Wie hatte ich es bloß fertiggebracht, nicht selbst darauf zu kommen? Mila war nach London geflogen, um ihren Vater wiederzusehen!

Und mußte erfahren haben, daß der inzwischen gestorben war.

Zu meinem Erstaunen wußte die alte Dame einiges über ihn. Er war hochdekorierter Kapitän gewesen und hatte seine Position benutzt, um andere in den Westen zu schmuggeln. Zum Teil sehr berühmte Landsleute: Künstler, Dissidenten, aber auch reiche Russen aus der gehobenen Gesellschaft.

Als Mila nach Deutschland kam, saß er bereits im Gefängnis.

»Sagt Ihnen der Name Kirow etwas?«

Ich mußte überlegen.

»Der Nobelpreisträger für …?«

»… Literatur. Ja. Wassily hat ihn außer Landes gebracht, aber als er zurückkam, hat man auf ihn gewartet.«

Er hatte offensichtlich damit gerechnet, daß so etwas eines Tages passieren würde. Deshalb hatte er Vorkehrungen getroffen, daß Mila außer Landes gebracht würde, wenn sie ihn verhafteten. So kam sie zu Sergej.

Die alte Dame fing lautlos an zu weinen. Ihre Finger suchten nach einem Taschentuch. Sie nahm ihre Brille ab und wischte sich die Tränen aus den Augen. Ohne die Brille war ihr Gesicht nur noch halb so groß. Sie schien in sich zusammenzufallen.

Ich kramte die Zigaretten aus meiner Jacke.

»Darf ich?«

»Bitte.«

Langsam griffen die Zahnräder ineinander. Wassily war Milas Vater. Sie kam nach Deutschland als halbes Kind einer toten Mutter, der Vater saß in unerreichbarer Ferne im Knast. Und jetzt war sie nach London geflogen, weil Arschkarte Putin sie mit ihrem Vater zusammenbringen sollte. Das konnte nicht funktioniert haben, denn Wassily war tot.

Aber was war passiert? Wo war sie jetzt, und warum war sie in Gefahr? Und weshalb hatte man Sergej erschossen?

Nachdem ich zweimal inhaliert hatte, sagte ich:

»Es tut mir leid, aber ich habe noch eine schlechte Nachricht für Sie.«

Sie sah mich fragend an.

»Wassily ist tot.«

Sie wurde immer kleiner, wie ein schmelzender Schneemann.

Es dauerte lange, bevor sie wieder etwas sagte. Ihre Finger zitterten, als hätte sie Parkinson.

»Woher wissen Sie ...?«

Ich erzählte ihr von Sergej und daß er neulich morgens bei mir vorbeigekommen war und gesagt hatte, daß Wassily tot und Mila in Gefahr sei.

»Aber warum?« fragte sie verständnislos.

»Ich hatte gehofft, das von Ihnen zu erfahren.«

Sie schüttelte nur stumm den Kopf.

Ich fragte sie nach Putin. Sie wußte von ihm. Ein Vertrauter Wassilys von früher, der jahrelang mit ihm zur See gefahren war. Sie war ihm einmal in Sergejs Werkstatt begegnet, hatte eine merkwürdige Spannung zwischen den beiden bemerkt. Sergej vermied es, über ihn zu sprechen.

»Ich hab es nicht verstanden, aber ich glaube, es ging um Geld. Milas Geld.«

»Woher sollte Mila Geld haben?«

»Oh, Mila hat Geld.«

»...?«

Ich erfuhr, daß Wassily offensichtlich nicht nur ein gutes, sondern auch ein geschäftstüchtiges Herz gehabt hatte. Er hatte sich seine Dienste teuer bezahlen lassen. Einige seiner

Kunden waren sehr reich, auch für westeuropäische Verhältnisse. Seine Einnahmen vertraute er seinem besten Freund an – Sergej, der sie im Ausland verwahrte.

»Ich habe Sergej nie gefragt, aber ich nehme an, es gibt ein Konto in der Schweiz. Sergej ist manchmal dorthin gefahren.«

Ich fragte mich, woher sie soviel wußte.

Sie schien sehr einsam zu sein, ein einsames Leben zu führen. Ich erinnerte mich daran, wie ich den Uhrmacher in seiner Werkstatt hatte sitzen sehen. Auch er war mir sehr einsam vorgekommen. Vielleicht waren sie zu zweit nicht ganz so einsam gewesen, vielleicht hatte sie heute einen großen Verlust erlitten.

Wir saßen beide gedankenverloren. Ich zündete mir noch eine Zigarette an. So viel wie heute rauchte ich sonst in einer ganzen Woche nicht.

Schweigend saßen wir uns gegenüber. Zwei völlig fremde Menschen, durch den Tod vereint.

Mir war übel.

Zu viele Zigaretten, zuviel Kaffee und zuviel Leid.

Ich stand auf, es war alles gesagt. Wir gaben uns die Hand.

»Danke.«

Sie sah mich mit rotgeränderten Augen an. Wir dachten beide an Mila, aber keiner wagte, seine Befürchtungen auszusprechen.

»Sie ist noch so jung ...«, sagte sie schließlich.

Im Auto fing ich an zu zittern. Die Spannung floß aus meinem Körper. Es wurde immer schlimmer. Meine Arme, meine Beine, ein einziges Rütteln. Schweiß trat mir aus allen Poren, lief in kleinen Rinnsalen den Hals hinab und tropfte aus meinen Achselhöhlen. Ich dampfte.

Ich fingerte eine Zigarette aus dem Päckchen – nach zwanzig Minuten fühlte ich mich soweit beieinander, daß ich es wagte, den Wagen anzulassen.

Das Rätsel schien sich selbst zu lösen. Ich saß wie vor einem dieser Bilder, die aus einem chaotisch anmutenden Farbhaufen zusammengesetzt sind, bis plötzlich etwas Gegenständliches aus ihnen herauswächst und man sich fragt, wie man das nicht hatte sehen können.

Eigentlich war es ganz einfach. Wassily hatte jahrelang Landsleute ins Ausland geschmuggelt und sich teuer dafür bezahlen lassen. Das Geld, viel Geld, sehr viel vielleicht, gab er Sergej, der für ihn darauf aufpaßte.

Was für ein Vertrauen! Ich sah Sergej plötzlich in einem ganz anderen Licht. Nicht als alten, knöchrigen, bemitleidenswerten Mann, der auf dem letzten Loch pfiff, sondern als einen aufrechten Menschen, dessen Grundüberzeugungen durch nichts aus den Fugen geraten konnten. Das würde mir nie passieren – ich hatte keine.

Bei dem Lebensstil, zu dem er gezwungen war, wäre manch anderer schnell schwach geworden. Eine Freundschaft, die mehr als zwanzig Jahre überdauert. Respekt. Dann nahm er auch noch Wassilys Tochter auf und gab schließlich sein Leben für sie.

Ich schämte mich für den Hochmut und die Arroganz, die ich ihm gegenüber empfunden hatte. Wenn er ein Baumstamm war, dann war ich ein Grashalm. Nicht daß man als Grashalm kein schönes Leben führen konnte, aber eins war klar: Ein Baumstamm würde man niemals werden.

Putin mußte über Wassilys Aktivitäten Bescheid gewußt oder davon Wind bekommen haben. Und wollte an das Geld. Vielleicht war er es sogar gewesen, der Wassily verraten hatte.

Als sich eine Gelegenheit ergab, in den Westen zu kommen, dauerte es wahrscheinlich nicht mehr lange, bis er bei Sergej auf der Matte stand und an das Geld zu kommen versuchte. Der dachte natürlich nicht im Traum daran, Putin auch nur einen Pfennig zu geben, also hatte er Mila weisgemacht, er könne Wassily aus dem Knast befreien und in den Westen bringen lassen. Gegen viel, viel Geld, versteht sich.

Dummerweise machte Wassily ihm einen Strich durch die Rechnung, indem er vorher starb. Also versuchte Putin, die Sache ohne ihn durchzuziehen – wenn er das nicht von Anfang an vorhatte. Nur konnte er sich denken, daß, wenn *er* von Wassilys Tod wußte, es nicht lange dauern würde, bis Sergej auch davon erfuhr. Also gab es nur eine Möglichkeit: Mila diese Information vorzuenthalten.

Was für ein armseliger Typ.

Und Mila hatte gehofft, durch Putin ihren Vater wiederzusehen. Hatte ihm vertraut und ihren sehnlichsten Wunsch gefüttert wie ein Tamagotchi. Das erklärte auch, weshalb sie gegen ihn nichts unternehmen wollte.

Schließlich war sie mit ihrem Geld nach London geflogen und dort im besten Fall all ihrer Hoffnungen beraubt worden.

Und dann …

Ich hatte immer noch keine Ahnung, was mit ihr passiert war. Sie konnte in London sein, in Berlin oder in Petersburg. Sie konnte leben – oder tot sein.

Bei dem Gedanken daran, daß ihr etwas zugestoßen sein könnte, bohrten sich meine Finger in die Oberschenkel, und mir stiegen Tränen in die Augen.

## 34

Ich weiß nicht, wie oft ich versucht habe sie anzurufen – ohne Erfolg. Ein dutzendmal fuhr ich bei ihr vorbei, ein ganz gewöhnliches Haus, in dem ganz gewöhnliche Leute ein ganz gewöhnliches Leben führten. Man mußte auf zehn verschiedene Klingeln drücken, damit einer einem die Haustür öffnete.

Mila war entweder nicht da oder machte nicht auf, jedenfalls konnte ich von jenseits ihrer Wohnungstür kein Lebenszeichen vernehmen, außer einmal, als ich glaubte, Schritte über den Flur trippeln zu hören, aber das konnte ich mir auch eingebildet haben. Ich schrieb ihr vier Briefe, in denen ich meine Seele sezierte und ihr die Stücke vor die Füße warf, dann merkte ich, daß sie alle mehr oder weniger gleichen Inhalts waren, daß ich ihr trotz der Übermacht meiner Gefühle nicht mehr zu sagen wußte, und so ließ ich es bleiben. Ich bin nicht besonders hartnäckig, aber wie hartnäckig muß man sein, um ein Phantom zu finden?

Bis heute habe ich sie nicht wiedergesehen. Inzwischen ersehne ich eine Begegnung und fürchte sie gleichermaßen.

Neulich habe ich im Kaufhaus eine Frau gesehen, die über einen Tisch mit Pullovern gebeugt stand – die gleichen Haare, die gleichen Hände, die gleiche Haltung. Ich habe mich so erschreckt, daß mein Herz aussetzte und meine Finger zuckten.

Manchmal sehe ich sie, wie sie mit hochgeschlagenem Mantelkragen in Petersburg einen der Prospekte entlanggeht und ihr Gesicht in die Sonne hält. Eine Stadt, in der ich nie gewesen bin. Dann rieche ich den Duft ihrer Haare und höre ihre

Stimme, ihr Lachen, das alles andere ins Reich der Nichtigkeiten verbannt und meine Seele streichelt wie warme Seide.

Ich hoffe, es geht ihr gut.

Vielleicht fahre ich mal nach Petersburg. In zehn Jahren oder so. Vorher müßte ich mir allerdings noch eine neue Jacke zulegen. In meiner Vorstellung ist es dort immer kalt, und alle Menschen rennen in Lammfelljacken herum, mit weißem Atem vor dem Gesicht.

Wir haben uns nicht mal geküßt. Beim Gedanken daran werde ich ein Wehmutsklumpen. Wie gerne hätte ich wenigstens einmal ihre Lippen gespürt. Nicht mal ein Foto. Ihren Anruf habe ich gelöscht, die Schachteln mit den Pralinen Tom geschenkt, der keine Woche brauchte, um sie zu vertilgen.

Manchmal kommt es mir vor, als sei sie nie wirklich dagewesen.

# 35

Als der Frühling durch den Boden brach und ich die Laufschuhe aus dem Winterschlaf weckte, ging ich meine Runden im Treptower Park drehen. Der lag ohnehin näher als die Jungfernheide, doch vermißte ich die Gehege mit den Wildschweinen und Rehen, außerdem stank es dort an manchen Stellen nach brackigem Wasser.

Ramon bekam ich nur noch selten zu sehen. Seine Buchungen brachten nicht genug Geld ein. In einer Modelagentur hatte man ihm angeboten, sich vor statt hinter der Kamera zu verdingen, aber das hatte er nicht gewollt und statt dessen einen Taxischein gemacht. Da er nachts fuhr, lebten wir im Wechsel.

Manchmal kam er zum Frühstück und trank ein Bier, bevor er ins Bett ging, während ich den Tag in Angriff nahm.

Camie hatte sich in ihrer neuen Wohnung blendend eingelebt. Ich schaute ab und zu bei ihr vorbei und ertappte sie stets dabei, wie sie zufällig gerade nichts tat.

Wir machten uns einen Spaß daraus, wie ein altes Hauswartsehepaar aus dem Küchenfenster zu spähen, denn ein Stockwerk tiefer wurde in einer Sprachenschule Deutsch als Fremdsprache unterrichtet, und so gab es manch exotischen Anblick zu erhaschen.

Tom hatte neuerdings eine halbe Freundin, Monika. Sie erfreute sich eines Verlobten, was sie aber nicht weiter zu interessieren schien, zählte zweiundzwanzig Lenze und arbeitete in einem Reisebüro. Tom hatte ihr Alter verteidigt, indem er mir kundtat, er stehe zur Zeit eher auf die reifere Frau.

In ihren Arbeitspausen piepste sie ihm stundenlange Tiraden auf den Anrufbeantworter, die mit ›Bussi‹- und ›Schmatzi‹-Bezeugungen durchsetzt waren. Er löschte geflissentlich die meisten davon, ohne sie bis zu Ende gehört zu haben.

Wenn sie gemeinsam auf eine Party gingen, bestand Monis Lieblingsbeschäftigung darin, ihn eifersüchtig zu machen, indem sie mit anderen Männern, vorzugsweise seinen Freunden, flirtete und dabei lolitakeusch mit dem Finger im Mund spielte. Am nächsten Tag trällerte sie dann auf seinen Anrufbeantworter, wie leid es ihr doch täte und Bussi und Schmatzi.

»Tom, sie ist krebserzeugend«, gestand ich ihm bei einer Schachpartie.

»Was willst du, Rai, sie bumst wie eine Göttin.«

»Und ich dachte, die lassen sich bumsen.«

Wenn ich Christopher traf, erkundigte er sich jedesmal nach Mila. Ich brauchte Wochen, um ihm klarzumachen, daß ich ihm nichts Neues würde sagen können, da unsere Beziehung zum Erliegen gekommen sei und er endlich mit seiner dämlichen Fragerei aufhören könne.

Doch auch nach Monaten kam es noch vor, daß er über einer versenkten Kugel am Billardtisch stand, den Kopf schüttelte und unvermittelt sagte: »Ich frage mich, was sie jetzt wohl gerade macht.«

In solchen Augenblicken hätte ich ihm am liebsten das Queue auf dem Kopf zertrümmert.

* * *

Isabella war frisch gestimmt, und ich spielte gerade Gershwins Präludium Nr. 2, als Susanna, meine alte Versuchung, anrief. Tom mußte ganz scharf darauf gewesen sein, ihr meine neue

Nummer zu geben, der alte Kuppler. Sie hatte mir verziehen. Wie schön.

Sie gab, wer hätte es gedacht, eine Party. Eher etwas Privates, in kleinem Kreis. Wenn ich versprach, den Wagen nicht wieder auf dem Kiesweg stehenzulassen, dürfe ich daran teilnehmen.

»Ist dein Mann auf Geschäftsreise?«

Sie war verärgert: »Du hast dich ja nicht sehr verändert, sehe ich.«

»Nein, nicht sehr«, sagte ich.

»Er ist jedenfalls nicht da, wenn du das meinst.«

Sie glaubte wirklich, das interessierte mich.

»Na ja, ich bekomme meine ersten Falten, weißt du«, gab ich zu bedenken.

»Die würde ich mir gern mal aus der Nähe ansehen.«

»Nein, im Ernst, ich hab schon was vor.«

»Du verpaßt was, wenn Du nicht kommst.«

»Ja«, sagte ich, »da bin ich sicher.«

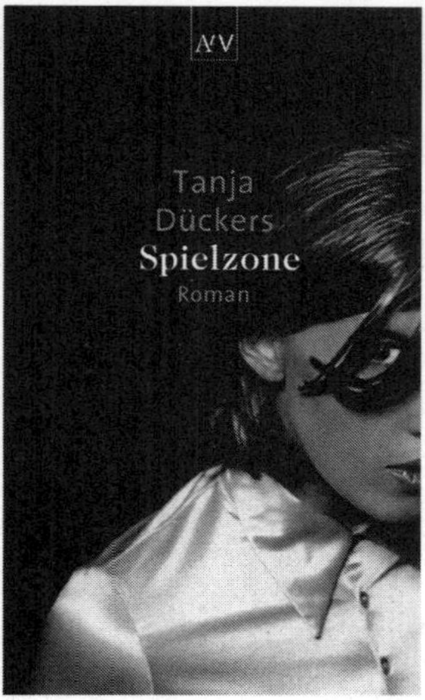


Tanja Dückers

Spielzone

*Roman*

*207 Seiten*
*Band 1694*
*ISBN 3-7466-1694-8*

»Tanja Dückers' Buch ist Stadtplan, anthropologische Recherche, Milieustudie und Clubführer in einem, und außerdem ist es noch ein ziemlich guter Roman. Ein Berlin-Roman, so zusammengestückelt wie die Stadt selbst, voller merkwürdiger Geschichten und durchgeknallter Gestalten. Ihr ist es egal, ob andere ihre Texte für schrill und szenemäßig halten und darin den Sound der 90er Jahre hören. Sie erzählt von dem, was sie kennt, sie beobachtet und beschreibt.«

*Tagesspiegel*

»Vorsicht, eine Reise mitten in den deutschen Zeitgeist: Nach Berlin, ist ja klar.«

*Stern*

»Auf den ›bad taste‹ hat Tanja Dückers ihr Auge geworfen, und für die Augen ist der Roman geschrieben. Alles knallig und geradeaus.«

*Süddeutsche Zeitung*

AtV
Aufbau Taschenbuch Verlag

Christian Försch

Unter der Stadt

*Roman*

*Mit einem Autorenfoto*

*304 Seiten. Gebunden*
*ISBN 3-351-02910-1*

Paul Holbig saß vier Jahre im Gefängnis, weil er im Streit seinen besten Freund getötet hatte. Jetzt versucht er, in Berlin eine neue Existenz aufzubauen. Er stellt fest, daß ihm eine Million Mark auf sein Konto überwiesen wurde. Doch von wem stammt es und aus welchem Grund bekommt er es?

Christian Försch schuf einen Entwicklungsroman eines Menschen und einer Metropole im Aufbruch. Kühl beobachtet und präzise erzählt, entfaltet sich eine packende Krimihandlung und ein scharfes Porträt der Gegenwart.

»...Försch hat die literarische Schule Alfred Döblins besucht.«

*Märkische Allgemeine*

»Ein ordentlicher Plot: Försch erzählt gemächlich, beobachtet gut, lässt die Personen lebendig werden in einer lakonischen, präzisen Sprache.«

*Tagesspiegel*

Aufbau-Verlag

Annett Gröschner

Moskauer Eis

*Roman*

*288 Seiten. Gebunden*
*ISBN 3-378-00628-5*

»Daß ein Leben in Magdeburg vor der Wende nicht in erster Linie aus Beschnüffelungsterror und Monotonie bestand, sondern so schillernd wie jedes andere auf der Welt sein konnte, das offenbart dieser von Geschichten überschäumende und von Witz sprühende Roman.«

*Stuttgarter Zeitung*

»Blendend gelingt es der Autorin, eine ostdeutsche Biografie zu erzählen, und dies mit eigenwilligem Humor, mit viel Distanz, doch mit einer Ernsthaftigkeit, die den Figuren ihre Würde läßt. Das Ganze ist in einen herrlich bizarren Krimi mit rasanter Handlung gepackt. Eine poetische Metapher für das Leben in Zeiten des Kalten Krieges, das sich bis in die Gegenwart verlängert.«

*Frankfurter Rundschau*

»Ein unbedingt lesenwertes, witziges Schelmenstück par excellence, leicht verdaulich wie ein Softeis.«

*Zeitpunkt*

Gustav Kiepenheuer
VERLAG